301
302

301호 그 男종와
302호 그 女종

## 301호 그 男子와 302호 그 女子 2
렌쥐 N세대 연애 소설

초판 1쇄 찍은 날 § 2003년 7월 22일
초판 1쇄 펴낸 날 § 2003년 8월 1일

지은이 § 렌쥐
펴낸이 § 서경석

편집장 § 문혜영
편집책임 § 이종민
마케팅 § 정필 · 강양원 · 이선구 · 김규진 · 홍현경

펴낸곳 § 도서출판 청어람
등록번호 § 제1081-1-89호
등록일자 § 1999. 5. 31
어람번호 § 제4-0014호

주소 § 경기도 부천시 원미구 심곡1동 350-1 남성B/D 3F (우) 420-011
전화 § 032-656-4452 팩스 § 032-656-4453
http://www.chungeoram.com
E-mail § eoram99@chollian.net

ⓒ 렌쥐, 2003

값 9,000원

ISBN 89-5505-763-6 (SET)
ISBN 89-5505-765-2 04810

※ 파본은 본사나 구입하신 서점에서 교환하여 드립니다.
※ 저자와 협의하여 인지를 붙이지 않습니다.

렌쥐 N세대 연애 소설

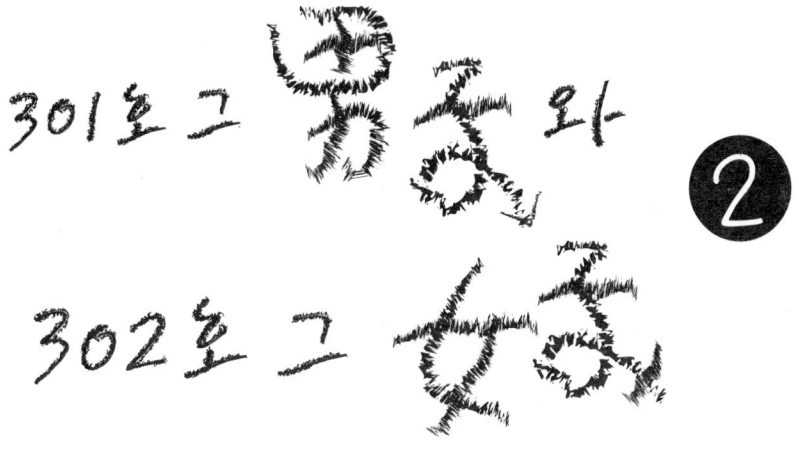

301호 그 남자와
302호 그 여자

②

# CONTENTS

제5-2장 그 남자와 그 여자의 두 번째 사랑 / 7

제6장 양정희, 네가 정녕!! / 51

제7장 건방진 그 남자, 술만 먹으면? / 187

제8장 독감에 걸린 빈털터리들 / 265

제9장 그 남자와 그 여자가 습격한 그 집 / 303

● 제5-2장

그 남자와 그 여자의 두 번째 사랑

### 제5-2장
## 그 남자와 그 여자의 두 번째 사랑

드르르륵—

"아, 아저씨, 스톱! 자, 잠시만요. 왜 벌써 닫아요!!"

"뭐여, 학상? 아, 닫을 시간인게 닫는 거 아녀?"

"저기 부탁이에요. 제가 이 은혜 평생… 잊을지도 모르지만 그, 그래도 공책 살 일 있으면 꼭 아저씨 문방구만 올게요. 이것만……."

"이런, 학상 운 좋은 줄 알아. 공책 살 일 있으면 여기로 와야 뎌! 두고 볼 텐께. —,.—"

"아, 예."

두고 보다니? 괜히 쓸데없는 말을 꺼낸 것 같다. 이 나이에, 더군다나 나같이 놀고 먹는 백수가 더 이상 공책이 필요할 이유가 없지

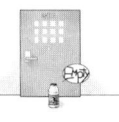

않은가. 그냥 설탕 과자 만들러 온다고 말할 걸 그랬나 보다. =__=

"그랴, 얼만큼이여?"

"아, 열 장? 아, 아니다. 스무 장? 에이, 그래! 오, 오십 장! 아니, 아니……."

"뭐랴! 똑바로 말혀!! 몇 장이라는 겨!!"

"왜 화, 화를 내요? 배, 백 장요."

위잉— 위잉—

철컥—

"다 됐구만. 다섯 장은 덤으로 얹어서 백오 장이구만."

"고맙습니다."

폴짝폴짝—

문방구 아저씨에게 건네 받은 백오 장의 종이 뭉탱이를 가슴에 꼬옥 안고 폴짝거리며 거리를 활보했다.

"학생, 또 봐. 허허."

오늘도 어김없이 아는 척을 해대는 청명 세탁소 주인 허허 아저씨. 말 시키지 말라고 버럭 화를 내고 싶었지만 가식적인 미소로 화답해 준 뒤 빠르게 그 자리를 떠버렸다. 가련한 소녀의 발길질 덕분에 더 이상 현란하게 깜빡대던 가로등의 모습은 그 어디에도 찾아볼 수 없었다. 덕분에 손으로 벽을 더듬거려 여렵사리 칠흑 같은 골목길을 빠져 나올 수 있었다. =___=

집에 도착해 약사 아저씨가 내 손에 쥐어준 약 봉지와 진상 규명을 위한 연습장. 증거 소멸을 대비한 소량의 종이 뭉탱이를 들고 비장한 각오로 집을 나서 301호 문패가 걸린 문 앞에 섰다. 마른침을 꼴깍꼴깍 삼키며 벨 위에 손을 올렸다 내렸다를 60회 정도 반복했다. 그리고 일단 저질러 보자라는 생각에 심호흡을 크게 하고 좀 심하다 싶을 정도로 덜덜 떨어대는 오른손을 들어 벨을 눌렀다.

띠— 띠— 띠—

긴장을 하고 손이 떨려서 였을까? 나도 모르게 정신 나간 듯이 벨을 눌러 버렸다. =___=

휘잉—

어라? 1분이 지난 지금. 지금쯤이면 왜 정신 나간 사람마냥 벨을 눌러대느냐… 죽고 싶어서 환장했느냐… 라는 험한 발언을 하며 나올 법도 한데……. 아니, 총각의 성격상 그래야만 지극히 정상적이고 당연한 현상이 건데. 고개를 갸웃거리다 누누이 말하건대 다른 사람에 비해 단지 궁금증과 호기심이 많다는 이유로 301호 문고리를 사정없이 돌려댔다.

철컥—!!

열렸다. =___=

"어머, 저 봐, 저 봐. 완전 스토커라니까. 저거 봐. 이제 아무도 없는 빈집에 들어가려고 그러잖아!!"

"세상에, 세상에! 저거 신고해야 되는 거 아니야?"

긁적긁적—

"저기, 이봐요. 저는 스토커가…….."

"야! 빨리 가, 빨리 가. 눈 마주쳤어. 어머, 세상에!"

"너 어떡해! 스토커들 한 번 찍으면 끈질기게 물고 늘어진다던데."

위층에 사는 여인네들은 오늘도 날 손가락질하며 내 변명이 채 끝나기도 전에 자기들만의 상상의 날개를 펼친다. 나랑 눈이 마주쳤다며 기분 나쁘게 호들갑을 떨며 급히 올라가 버렸다. 내가 설령 스토커라 치더라도 설마 여자를 스토킹할까? 걱정도 많으셔라. 한순간 소심해져 버린 난 잡고 있던 문고리에서 손을 떼려 했지만, 이왕 문이 열린 거 그냥 돌아가면 예의가 아닌 것도 같고… 무엇보다 말 많은 의사 선생님에게 다시 치료받으러 가야 된다는 생각을 하자 온몸에 소름이 돋아 다시 한 번 마음을 다잡고 총각네 집 문을 열었다.

벌컥—

오랜만에 보는 낯익은 내부가 눈에 들어왔다. 총각은 침대에 널브러져 세상 모른 채 주무시고 계셨다.

"저, 저기요, 저 들어가요."

예의상 자는 사람이 들을 수 있게 작은 목소리로 들어간다는 새삼스런 말을 내뱉고 집 안으로 발을 내디뎠다. 몇 발을 걸어가다가 무심결에 식탁이 자리 잡고 있는 오른쪽으로 눈을 돌렸다.

화들짝—

식탁 옆에 걸려 있던 다트 판에 만신창이가 되어 너덜너덜한 현석 오빠의 사진이 칼에 꽂혀 있는 괴기스런 모습을 목격했다. 그 자리에 잠시 굳은 채 싸해지는 심장을 쓸어내려야 했다. =___= 무서운 놈. 나랑 닮은 구석이 너무 많은 것 같다. 솔직히 나도 정희 사진으로 저런 짓 많이 하고 놀았다. 단지 내가 놀란 이유는 갈가리 찢겨진 사진의 주인공이 내 지갑 속 깊숙한 곳에 넣어뒀던 현석 오빠의 사진이었기 때문이다. 왜 내 지갑을 뒤져 남의 귀한 집 아들내미 사진을 저 지경으로 만들어놨냐? 따지기 위해 내가 온 목적도 잠시 잊은 채 성큼성큼 침대로 걸어갔다. 침대에 얼굴을 파묻고 잠이 들어 있는 총각을 살포시 흔들었다. 잘 때는 이렇게 아기처럼 순하게 생겼는데 어째서 눈만 뜨면 세상 모든 건방과 거만을 혼자 다 짊어진 사람처럼 변해 버리는 건지. 언제 〈사건 25시〉나 〈그것이 알고 싶다〉에 신고해 진상을 밝혀내고 싶었지만 그랬다가는 등신 같은 짓거리나 하고 돌아다닌다고 날 죽이려 들 테니…….

　흔들흔들—

　"이, 일어나 봐요!! 사진을 왜 저 지경으로… 그보다 아직 잘 시간 안 됐잖아요! 왜 안 어울리게 바른 생활 어린이인 척하는 거예요!"

　"…러."

　"에? 과거 청산했다구요? 안 어울려요! 일어나 봐요. 붕대 감아준다고 해서… 그리고 중요하게 하, 할 얘기도 있어서……."

　"…끄러."

　"에? 뭐, 뭐라구요?"

　"시끄러. 무슨 야한 짓거리 하려고 남자 혼자 사는 집에 발을 들여, 이 변태야! 깨우지 마."

　잠에 취해 그렇게 막말을 내뱉으면 내가 넓은 아량으로 너그러이 이해해 줄 줄 알았나 보다. 아무리 잠결이라지만… 기분 참 더럽다.

　풀썩—

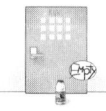

　잠에 취해 눈도 뜨지 않고 뒤척거리던 총각이 돌연 손목을 잡아당겨 날 자신이 누워 있는 침대 위로 쓰러지게 한 뒤 덥석 껴안아 버린다. 대담하고 대범한 행동이다. 참… 황당하다.
　콩닥콩닥—
　거기에 맞춰 미친 듯이 뛰어대는 내 심장 역시 날 황당하게 만든다.
　"왜, 왜 이래요? 붕대 감아준다 그랬잖아요. 놔요."
　"어깨가 결려서 피곤하다. 30분만 같이 자자. 꼼지락거리면 죽여 버린다."
　"……"
　콩닥콩닥—
　꼼지락대면 죽여 버린다는 말에 움직이지도 못하고 그대로 굳었다. 유일하게 움직임이 가능한 두 눈을 동그랗게 뜨고 죽부인마냥 날 끌어안고 다시금 잠을 청하는 총각의 얼굴을 빤히 쳐다봤다. 내 얼굴과 닿을 듯 말 듯한 거리. 총각의 숨소리까지 귓가에 생생하게 들리는 이 위험한 거. 이렇게 가까이에서 얼굴을 자세히 들여다보기는 처음인 것 같다. 총각네 엄마와 아빠의 유전자가 참 부럽다. 나도 조금 잘난 부모의 잘난 유전자를 물려받았더라면… 지금의 우리 엄마와 아빠를 원망하는 건 아니지만 조금 질 나쁜 유전자를 물려준 엄마, 아빠가 이 순간… 아주 살짝 조금 많이 원망스럽구나.
　그렇게 총각의 얼굴에 취해 30여 분이라는 시간은 총알처럼 후딱 지나가 버렸다. 30분가량이 지났다는 사실을 귀신같이 알아차린 총각도 조금씩 뒤척거리는 듯하더니 날 안고 있던 팔을 느슨하게 풀어 버린다. 그리고는 갑작스레 두 눈을 번쩍 떠 날 깜짝 놀래켰다.

"고개 돌려."

"예? 왜, 왜요?"

"내 얼굴 그렇게 쳐다보면 닳아. 나 잘생긴 거 이제 알았냐? 새삼스러운 짓 하지 마. 근데 찐득찐득하다. 아, 기분 드러. 찜찜하게… 뭐야?"

성격에도 조금 신경을 썼더라면 참 괜찮은 인간이 될 수 있었을 텐데. 스스로 참다운 인간이 되기를 거부하는 어리석은 인간 같으니라고.

"이 팔부터 풀어줘요."

"어? 이거 뭐야! 야, 너 빨리 일어나 봐!!"

벌떡—

호떡집에 불이라도 난 듯 총각의 다급한 음성에 덩달아 다급해 침대에서 급하게 몸을 일으켰다.

"왜, 왜요?"

미간을 찌푸리며 날 쳐다보는 그 눈길에 새삼 두려움을 느끼고 이유도 모른 채 한동안 말없이 오돌오돌 떨어야만 했다.

"너 안 아프냐?"

"안 아픈데요."

"진작에 말을 해야 될 거 아냐!! 이거 봐, 이거! 피투성이잖아!! 이 등신, 빨리 붕대 가지고 와!! 왜 안 깨웠어, 이 멍청한 기집애야!!"

    버릇처럼 뒷머리를 긁적이려다 진득한 느낌에 손을 바라보자 뒤통수에서 시뻘건 피가 묻어 나왔다. 아무 생각 없이 내가 누워 있던 침대를 바라보자 베개며 이불 이곳저곳이 피에 물든 게… 몇 년 전 인기리에 방영됐던 〈전설의 고향〉 저리 가라였다. 아무리 내 몸에서 흘러나온 피라지만 마치 살인 사건 현장을 보는 것처럼 참 이루 말할 수 없이 섬뜩했다. 날 안고 자던 총각의 옷에도 내 피가 듬성듬성 흥하게 물들어 있었다.

    급하게 침대에서 몸을 일으킨 총각은 내가 사들고 온 약 봉지를 정신없이 뒤적거리더니 붕대와 약사 아저씨가 권해준 약 몇 가지, 그리고 서랍에서 가위와 반창고를 꺼내 들고 멍하게 앉아 있는 내게 달려왔다.

    "똑바로 앉아봐! 진짜 안 아프냐? 하! 기가 막힌다, 진짜. 둔한 거야, 아니면 멍청한 거야? 왜 안 깨웠어!!"

    "깨, 깨웠는데."

    "이러다가 진짜 골로 가는 수가 있단 말이야!! 아씨, 내 침대에서 기분 나쁘게 송장 하나 치울 뻔했네."

    소, 송장! 송장이라 함은 시체, 시신, 주검을 일컫는 말이 아니던가? 저런 빌어먹을. 침대에 날 앉혀놓고는 쉴 새 없이 투덜거리며 내 머리에 붕대를 휘감아 주고 있다. 아프다.

    돌돌돌—

    "저기 내일 미란이 언니 결혼식 갈… 악! 아파요!!"

    "말 많네. 가위."

덥석—

"그럼 미란이 언니 아직 좋아… 아악! 살살 감아줘요."

"시끄럽네. 반창고."

덥석—

"내일 미란이 언니 결혼식인데 아무렇지 않아요? 아악!!"

"대충 하고 내일 병원 다시 가봐야 되겠다."

"그 병원 싫어요!!"

"왜 싫은데?"

"원장 할아범이 너무 말 많아서 싫어요! 사악한 할아범이 나 붙잡고 맨날 설교만 해대고……."

"훗! 그래?"

잠시였지만 총각의 표정이 굳은 것 같기도 하고, 입가가 움찔거린 것 같기도 하다.

"너무 싫어요."

"나도 니가 싫어."

"그짓말."

"과다 출혈로 머리에 이상 증세가 심각한 것 같다. 싫어도 낼 병원 들러야 되겠다. 원장 할아범 어디 멀리 쫓아내 줄 테니까 병원 가봐라."

"저기! 아, 물어보고 싶은 말이 있는데… 그게 혹시… 나, 나, 나, 조, 조……."

"미쳤냐? 아다다 같은 짓거리 할래? 너 뭐?"

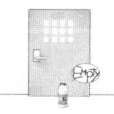

또 아다다라는 말로 내 궁금증을 증폭시킨다. 국어 시간에 배웠던 백치 아다다는 내 기억에 말 못하는 바보로 저장되어 있는데. 그보다 말해야 되는데……. 지금 아니면, 지금 아니면 못할지도 모르는데……. 물어봐? 말아? 한 대 맞는 건 아닐까? 아니, 헛다리 짚은 건지도 모르는데.

돌돌돌—

"저기… 저, 정말 혹시… 정말 만약… 만약… 혹시라 하고 만약에… 나… 나… 나 좋… 아해요?"

멈칫—

내 말에 돌연 붕대를 감던 손놀림을 잠시 멈추는가 싶더니 금세 내 귓가에 대고 작게 속삭여 줬다.

"니가 이제 아주 정신이 나갔구나."

돌돌돌—

아주 정신이 나갔다는 한마디를 속삭인 뒤 다시 신경질적으로 붕대를 휘감아 댔다. 아까보다 더 아프게 붕대를 감아댄다.

"그, 그짓말. 즈, 증거물까지 있는… 꺄아아아아아!! 아파, 아파요! 잘못했어요!!"

"시끄러! 내가 미쳤어? 너 말야, 주제 파악 좀 하지 그러냐! 사람이 할 말이 있고 해서는 안 될 말이 있는 거야! 뭐 해! 고개 안 들어? 고개 들어, 붕대 감게!!"

우득—!!

팔랑팔랑—

고개를 숙이고 들고 있던 연습장을 팔랑거리며 넘기곤 총각이 남긴 맹랑한 글이 있는 부분을 펼쳐 들어 총각의 코앞에 들이 내밀었다. 짜증스런 얼굴로 내가 얼굴에 들이민 연습장을 내 손에서 뺏어 들고 읽던 총각의 표정이 조금씩 굳어져 감을 느꼈다.

"이거 뭐야?"

"글쎄요, 내가 묻고 시, 싶은데요?"

쫙쫙—

팔랑팔랑—

종이를 갈기갈기 찢어버리는 만행을 저지르는 총각을 보며 잠시 움찔하기는 했지만 예상했던 일이다. 이런 일이 있을 거라는 깃쯤은 미리 예견했었다. 품에 안고 있던 종이 뭉탱이 중 한 장을 꺼내 또 한 번 총각의 얼굴에 들이밀었다.

"짠! 복사본."

"하! 웃기네. 복사본? 너 머리 좀 썼다? 너 지금 나 물 먹이려고 일부러 쇼하는 거지? 니가 조작한 거지?!"

"조작한 거 아니에요!! 글씨 보면 자기 글씨인지 아닌지 알잖아요."

"씨발, 그거 다 내놔!!"

품에 안고 있는 내 복사본을 다 빼앗아 미친 듯이 찢어대는 총각의 모습을 보고 있자니 조금은 안쓰러웠다. 아직 집에 팔십오 장이나 남았는데.

"그걸 그렇게 찢어버리면 어떡해요?"

"너 이것 땜에 내가 너 좋아하는 거라고 깊이 착각하고 있는 것 같은데… 술김에 내가 무슨 짓을 했는지는 모르겠다만… 그냥! 단지……."

"알았어요!! 아니면 아닌 거지, 왜 과민 반응을 해요?!"

"시, 시끄러!! 누가 과민 반응했다는 거야!! 빨리 붕대 싸매고 니네 집으로 튀어가!!"

돌돌돌―

고의로 힘을 실어 붕대를 휘감고 있는 총각의 손놀림을 허벅지를 꾹꾹 찔러대며 아픔을 참아야 했다. =__=

"됐어. 가봐."

조금은 기대했는데.

"……."

"안 가고 뭐 해! 다 됐다니까!!"

총각도 어쩌면 날 좋아할지 모른다고… 내심 기뻐했는데 이렇게 매정하게 부인해 버리면……. 바보같이 석이 오빠보다 지훈이 총각이 더 좋아져 버렸다는 말을 할 수 없게 되어버리잖아. 큰맘먹고 백 장이나 복사해 뒀는데. 보너스 다섯 장 포함해서.

"나빠요."

"뭐?"

"그럼… 그럼 왜 이딴 이상한 말 써서 사람 기대하게 만들어요!! 나는… 나는 조금 기뻤단 말이에요!! 여, 여자로 보인다는 말 보고 바보같이 심장이 두근거렸단 말이에요!! 이… 버릇없는 놈아!!"

주섬주섬—

약 봉지와 찢겨진 연습장을 챙겨 들고 화끈거리는 볼을 매만지며 총각네 집에서 뛰쳐나왔다. 머리에 크게 충격받고… 나 정신이 나갔나 보다.

텅 빈 집 안으로 기어들어 왔다. 총각 앞에서 내가 저지른 엄청난 실수에 대한 수습을 어찌해야 될 것이며… 이제 앞집 총각의 낯짝을 어떻게 봐야 될 것이며… 현석 오빠에게는 줏대없는 애라고 찍혀 버릴 텐데… 나조차도 이해하기 힘든 이 감정을 어떻게 전달해야 할 것이며… 하아……. 이런저런 생각으로 심각한 고민에 빠져 붕대를 쥐어뜯던 내가 문득 정신을 차렸을 때, 난 겨울에 차디찬 베란다 바닥에 맨발로 서 있었다. 팔십오 장의 복사본을 품에 안은 채 밖으로 한 장 한 장 날려대고 있었다.

팔랑팔랑—

잘도 날아가는 복사본. 그리고 내 품에 복사본이 달랑 한 장 남았을 때 뒤늦게 내가 저지른 몰상식한 행동에 대해 후회를 하기 시작했다. 차디찬 맨발을 동동 굴러봤지만 이미 엎질러진 물이었다. 팔십사 장의 종이 쪼가리들은 이미 내 품을 떠나 바람을 타고 팔랑팔랑 어디론가 사라져 버린 뒤였다. 하나 남은 종이 쪼가리를 품에 안고 침대로 기어들어 가 얼굴에 부비적대며 혼자 중얼거렸다.

"내가 보고 싶었다며… 내가 여자로 보인다며… 나쁜 놈… 나는… 나는 현석 오빠밖에 모르는 바보였는데… 그런 바보한테 좋아하지도 않으면서 왜 잘해줬어? 난 바보라… 쉽게 착각하고 쉽게 상처받는단

말이야."

세 시간 동안 혼자 중얼대다 잠이 들었나 보다.

띠— 띠— 띠—

"으음… 싫어, 싫어. 아침부터 하암… 누구야, 아침부터!!"

눈가에 눈물이 그렁그렁 맺힐 정도로 심하게 하품을 해대며 현관문을 열자 되려 벨을 눌러대던 사람이 현관문을 세차게 잡아당긴다. 입을 쩌억 벌리고 하품하다가 문을 당기는 힘에 이끌려 문 앞에 서 있는 웬 총각 품에 덥석 안겨 버린 꼴이 되어버렸다. 낯익은 향수 냄새와 샴푸 냄새가 내 코끝을 자극하고 내 신경까지 침범해 오자 새삼 어젯밤 일들이 하나하나 파노라마처럼 내 머리 속을 헤집고 다녔다.

"추해. 입 벌리고 하품하지 마!"

"아, 아침부터 어쩐 일로……."

앞집 총각이 오늘도 멋들어지게, 그렇지만 다른 날과는 다른 분위기를 풍기는 까만 정장을 차려입으셨다. 쫙 빼입었구려, 총각. 내가 이런 말 할 처지는 아니지만 괘씸하고도 괘씸하게 스타일이 아주 그냥 끝장이 나버리는구나.

"오늘 미란이 결혼식이야."

"네."

"뭐 해, 옷 안 갈아입고?! 시간없어. 지금 안 나가면 늦어!"

"내, 내가 거길 왜 가야 돼요? 미란이 언니 결혼식에……."

"아씨, 쪽팔리게 내 입으로 꼭 말해야 되냐! 첫사랑 후회없이 멋들어지게 떠나보내 주는 모습 보여주려고 그런다, 왜!! 그래야 두 번째 사랑한테 덜 미안하잖냐… 등신."

"네?"

"아, 지랄 같네, 진짜. 사람이 말을 하면 알아들을 줄도 알아야지. 넌 어떻게 된 인간이 뇌를 아주 상실했냐? 인정하기 싫은데 여기 이 가슴속에 니가 멋대로 겨들어 왔다고. 이 등신아!!"

결코 만취 상태가 아니었다. 두 눈 시퍼렇게 뜨고, 그것도 하루 중 머리가 가장 맑디맑다는 오전 9시에 날 찾아와 두 번째 사랑이라느니, 멋대로 겨들어 왔다느니 하는 낯짝 화끈거리는 말을 해댄다. 갑작스레 총각의 입에서 저런 말을 듣고 있자니 괜히 무안해져 입고 있던 파자마 끝자락만 만지작거렸다.

"너 아니었음 오늘 나 크게 사고 냈을지도 모르지. 고맙다. 유부녀랑 불륜 일으킬 뻔했는데. 큭! 그래도 아직 미란이 누나 다 잊은 거라는 거짓말은 못하겠다. 처음으로 많이 좋아한 여자였으니까. 아씨, 내가 왜 니 앞에서 이런 헛소리나 해대고 있어야 돼!! 죄졌냐? 고개 숙이고 뭐 해!! 붕대 대충 풀고 옷 갈아입어!!"

뭐, 뭐지? 어제 꿈자리가 뒤숭숭하고 몹시도 사납던데. 꿈은 반대라는 흔하디흔해 빠진 미신 같은 소리를 지금 이 순간 믿어야 하는 걸까?

"주, 준비하려면 시간 많이 걸리는데 드, 들어와서 기다려요."

이 총각은 왜 아침부터 새삼스러운 짓을 하는 걸까? 가뜩이나 뭐가 뭔지 어리둥절해 죽을 맛인데. 평소 같았더라면 굳이 내가 이런 말 꺼내지 않더라도 알아서 신발 벗고 안으로 들어오고도 남았을 인간인데.

"됐어, 대충해. 오늘부터 너랑 나, 사귀기로 한 거다? 어? 무르기만 해봐. 이날 달력에 동그라미 쳐서 집안 대대로 기념일로 남겨라. 그리고 애인 혼자 사는 집에 함부로 들어가는 거 아니다."

말도 안 돼. 말도 안 돼. 말도 안 돼. 저건 앞집 총각일 리 없다. 난 지금 꿈을 꾸고 있는 거야. 인간 말종의 표본이었던 사람이 하루아침에 저렇게 참다운 인간상을 하고 있으면 돌연사로 송장이 될 확률이 높단 말이야, 총각. 한동안 입을 쩍 벌리고 서서 존경하는 눈빛으로 총각을 쳐다봤다. 그보다 애인?

"애, 애인요? 내가 지훈이 총각을 좋아하기는 한다지만… 지금은 현석 오빠랑 사귀고 있는데요?"

"깨."

"어떻게 깨요? 차라리 차였으면 차였지. 다시 돌아와 줬는데… 나 현석 오빠한테 그런 말 못해요."

"찢어져."

"남녀가 만나는 게 무슨 종이 쪼가리예요, 찢어지게?"

"아씨, 싫음 말던가!! 석이 자식인지 돌이 자식인지랑 계속 사귀던가!!"

돌이는 또 어디서 나온 말이란 말인가? 혹시 돌 석? 한자 뜻을 풀이한 건가? 똑똑하구나, 총각.

"마, 말을 해도 왜 그렇게 무섭게 해요!!"

"신경 거슬려. 말 높이지 마."

"그래도……."

"너 가만히 보니까 말야. 한 대 맞고 정신 차리는 케이스더라."
주먹을 매만지며 내뱉은 말이었기에 참 무섭더라.
"그래, 지훈아. 우리 사이좋게 지내자."
퍽—

혹이 나 한껏 부어버린 이마를 매만지며 총각과 계단을 내려갔다. 그래도 부상을 입은 뒤통수를 때리지 않은 총각에게 내심 고마워하고 있다. 진지하게 지훈아, 사이좋게 지내자라는 말을 내뱉었다가 내가 니 친구냐며… 죽고 싶어서 환장했냐며… 길길이 날뛰던 총각. 우편함을 뒤적여 우편물을 확인하며 자신이 차가 주차되어 있는 원룸 외벽으로 걸어갔다. 총각은 보지 못했던 것 같다. 난 계단을 내려오자마자 내 눈에 펼쳐진 아리따운 풍경에 감탄해 새어 나오는 비명을 막아보려 입을 틀어막고 한동안 경악해야 했다. 나뭇가지, 자동차 위, 원룸 창문 벽, 화단 안, 저 멀리 보이는 근처 놀이터까지. 팔랑팔랑거리며 잘도 날아다니는 하얀 종이 쪼가리들. 내 팔십사 장의 복사본 종이 쪼가리들이 온동네를 멋지게 주름 잡고 있었다. 그리고 저 멀리 낯익은 제복을 입은 두 명의 아저씨와 역시 낯익은 마스크의 아저씨 한 명. 날 향해 걸어오고 있는 것 같았다.

"야!! 너 빨리 안 오고 뭐 해!! 어? 어떤 새끼가 죽으려고 차 위에 전단지를 뿌려댔어!!"

"악!! 보지 마요!! 벼, 별거 아니니까 일단 시동 걸어요!!"

"맞당께. 분명히 이 근처 사는 학상이었구만. 어! 저기 있네, 저기 있네. ㅡ,.ㅡ 저 도망가는 학상이 분명 어제 요기, 요 종이 백 장을 복

사해 갔구먼!! 아이구, 학상 잡아라!! 도망간다. 잡아라!"

젠장. 총각의 차에 자리를 잡고 차가 출발하기만 초조하게 기다렸다. 다가온다. 또 한 번 죽음의 그림자가 날 향해 다가온다.

"뭐, 뭐 해요!! 아, 뭐, 뭐 해! 빨리 차 출발시켜!!"

내 다급한 외침을 무참히 씹어대고 있는 총각은 굳은 얼굴로 손에 들린 종이 뭉탱이 중 한 장을 뚫어져라 노려보고 있었다. 이런, 일났네. =_=

"뭐야, 이거? 어제 찢어버린 게 전부 아니었어?! 도대체 몇 장을 복사한 거야!!"

"배, 배, 백 장하고 다섯 장 덤······."

"미쳤어? 이걸 왜 복사해, 이 기집애야!! 온동네에 아주 도배를 했네!! 아씨, 복사를 했으면 곱게 가지고 있을 일이지, 밖으로 왜 집어던져!! 니가 정신 질환자야? 너 진짜 나 물 먹이려고 작정했어?! 왜 등신 같은 짓거리만 하고 돌아다녀!!"

종이 뭉탱이를 돌돌 말아 내 얼굴에 삿대질을 하는 총각. 많이 쪽팔리고 흥분한 모습이다. 그리고 죽음의 그림자는 나에게로··· 나에게로 다가와 버렸다.

똑똑—

차창을 두드리는 이름도 찬란한 우리 민중의 지팡이 경찰관 아저씨. 날 무섭게 노려본다. 차창을 스르륵 내리는 총각.

"아, 실례 많습니다. 저번에도 한 번 봤죠? 신고하신 분 맞죠?"

"그랬던가?"

총각, 어른한테 높임말을 사용해야지. 버릇없게. 저것 좀 보라우. 경찰관 아저씨 미간에 주름지는 거.

"아가씨, 오랜만입니다."

"아… 네. =____= 씨.익."

"두 분… 아는 사이였습니까?"

"아저씨, 내 애인인데 내가 아깝지?"

이 총각의 건방짐은 어디까지가 진실이고 어디까지가 거짓이라는 말인가? 굳을 대로 굳어버린 몸을 힘겹게 추슬러 시종일관 애써 입가에 가식적인 미소를 띠고 있어야 했다.

"아저씨, 잠시만 와보세요. 이 아가씨가 확실합니까?"

"아유~ 맞당께. 학상, 나 기억나지? 왜 엇저녁에 가게 셔터 닫기 전에 정신 나간 듯이 뛰어와서 니가 여자로 보인다라고 적힌 볼짝 뜨거운 글 백 장 복사해 갔잖여!!"

"=_= 씨.익. 그랬던가? 그, 글쎄요. 기억이……."

"기억없대잖아!! 왜 죄없는 애를 데리고 닦달해!! 바쁘니까 다 비켜!!"

어떻게 하면 경찰관 앞에서까지 이렇게 당당할 수 있는 걸까? 비, 비키라니. 경찰관 아저씨의 오른손에 들린 몽둥이는 언제든 맘만 먹으면 총각의 머리를 내려칠 기세였다.

"온동네가 지금 이 종이 천지예요!! -0-"

내가 뿌린 종이 한 장을 손에 들고 미친 듯이 흔들어 보이는 경찰관 아저씨. 집 밖에 종이 몇 장 날린 것도 민주주의 국가에서는 큰 죄

가 되나 보다.

"아, 이 학상이 나를 뭘로 보고 이러는 겨!! 아, 기억없는 겨? 아유~ 대가리 뚜껑 열려 버리네. 미치겠당게. 학상, 내려봐. 나랑 얘기 좀 혀!! 아, 빨랑 내려!! -0-"

"이 아저씨가 미쳤나!! 어따 대고 고함이야!! 귀청 떨어지겠네. 너! 니가 동네에 이 종이 뿌렸어, 안 뿌렸어!! 똑바로 말해!! 안 뿌렸지?!"

끄덕끄덕—

"전 그런 몰상식한 짓 따위 아니하였어요."

"안 했대잖아!! 바쁜 일이 있어서 이만. 아저씨, 필승!"

경찰 아저씨에게 필승이라는 건방진 손동작을 보여준 뒤 차창에 왼쪽 팔을 걸치고 나머지 한 손으로 핸들을 돌려 유유히 그 자리를 빠져나오는 존경스러운 총각이었다.

그랜드 호텔 예식장을 향해 도로를 내달리는 검정 스포츠카. 어째서 차 안의 온도가 겨울날 차 밖의 온도보다 더 낮은 걸까? 온몸이 으슬으슬 춥다. 생명에 위협을 느낄 만큼 거세게 속력을 높여대는 총각은 구겨 버린 종이 쪼가리를 손에 쥔 채 운전대를 잡고 있었다.

"미, 미안해요, 아니, 미안……."

"나 물 먹이니까 기분 좋아 죽겠지?"

"누가 물을 먹였다고……."

"시끄러!! 너 반말하려면 확실히 하고 높일려면 확실히 높여!! 거슬려."

그렇게 20분 동안 차 안을 가득 채우고 있는 알 수 없는 냉기와 싸웠다.

목적지인 호텔 앞에 도착했다.

북적북적—

호텔 입구에 들어서자 수많은 사람들로 로비가 북적거리고 있었고 뭇 여성들의 시선이 우리에게 꽂히고 있었다. 정확히 말하면 내 왼편에 서서 정장 호주머니에 두 손을 찔러 넣고 세상만사 다 귀찮다는 표정으로 걸어가는 앞집 총각에게로 향했다. 저 옆에 있는 떨거지는 뭐냐라는 표정으로 날 노려보는 아녀자들의 곱지 않은 눈길. 나는 그 눈길에 가식적인 미소로 일일이 화답해 준 뒤 서둘러 발걸음을 재촉했다. 젠장.

화려한 결혼식장 내부. 턱시도를 차려입고 식장 입구에 서서 하객들에게 일일이 인사를 하는 예비 유부남이 눈에 들어왔다. 걱정스런 맘에 총각을 올려다보자 혼자서 조용히 궁시렁대고 있다. 들어서는 안 될 총각의 궁시렁거림을 들어버리고 말았다.

"씨발, 저게 사람 얼굴이냐? 내가 훨씬 잘생겼네."

"왜 욕을 하고 그래요? 결혼할 사람에게……."

"누가 욕을 했다 그래!! 아씨, 너도 봐봐! 못생겼잖아!!"

따끔따끔—

갑자기 버럭 소리를 질러대는 총각 덕에 또 한 번 주위 사람들의 따가운 시선을 온몸으로 받아내야 했다.

"왜, 왜 소리를 지르고 그래요!!"

"가려면 나보다 잘생긴 놈한테 시집을 가던가. 기껏 시집간다 그

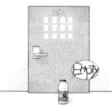

래서 행차해 줬더니만. 뭐야, 얼굴이 왜 저래? 상태가 안 좋잖아, 상태가!!"

"얼굴이 별로더래도… 성격이 착하겠죠."

"미란이 누나 성격 안 따져. 얼굴 따지지."

"아… 네."

첫사랑 후회없이… 그리고 멋들어지게 떠나보내 주는 모습 보여준다 그랬으면서… 그래서 따라온 건데……. 꼭 미란이 언니한테 무지하게 미련 많이 남아 있는 사람 같아 보인다.

"야, 서지훈. 미란이 누나 결혼 상대자가 못생긴 게 너랑 무슨 상관이 있다고 식장에서 소리를 지르냐?"

뒤에서 들려오는 낯익은 목소리에 고개를 돌리자 역시 검은 정장을 빼입은 현석 오빠가 총각과 나에게로 걸어왔다.

"혀, 현석 오빠."

"아, 이게 누구야? 돌이냐? 넌 여기 뭐 하러 왔냐?"

"너만… 첫사랑이었냐?"

너만 첫사랑? 그럼 현석 오빠 첫사랑도 정미란이라는 여자라는 말? 아주 남자복이 터진 여인네였구나. 온몸에서 끓어오르는 분노와 질투심.

"아, 맞다. 그랬지? 참 그러고 보니 너 병신같이 나한테 미란이 누나 뺏겼었지?"

"미란이 누나만 뺏어갔냐?"

움찔—

"훗! 잘됐네. 말이 나왔으니 말인데… 오늘 얘랑 나 사귀기로 했거든? 그러니까 너 얘랑 찢어지든, 깨지든, 헤어지든 셋 중에 하나만 선택해라."

찢어지든, 깨지든, 헤어지든 셋 중? 다 헤어지라는 소린데? 그보다 난 이 상황에서 누구 편을 들어야 되는 것이며… 현석 오빠에게 무슨 말을 해야 되는 걸까? 말없이 날 쳐다보는 현석 오빠의 시선을 피해보려 고개를 푹 숙여 버렸다.

"고개 숙이지 마. 나 같아도 그럴 만했겠다. 너 차버리고 딴 여자한테 가버린 나한테 무슨 정이 남아서 나랑 사귀겠냐? 나도 너 다시 붙잡고 죄책감 많이 남았었는데 잘됐어. 니 맘 가는 대로 가. 내가 무슨 명분으로 널 붙잡겠냐?"

그렇게 말하면 내가 너무 미안해지잖아. 너무 미안해서 앞집 총각이 좋아져 버렸다는 말 따위 못하겠잖아. 난 다른 사람에게 상처 주는 나쁜 역할 따위 하지 않으려 일부러 회피하고 저 멀리 도망가기 좋아하는 아주 악질적이요, 못된 애다. 지금 이 순간도 현석 오빠에게 상처 주는 못된 애가 되기 싫어 아무 말 못하고 끝내 입을 다물어 버리고 마는 그런 못된 애다. 총각과 현석 오빠 사이에서 묵묵부답으로 고개만 숙인 채 하염없이 땅만 바라보는데 담이 오려는 겐지 고개가 뻣뻣해짐을 느꼈다. 고개를 들었을 때 하객들은 이미 식장 안으로 들어가고 난 뒤였다.

"드, 들어가. 결혼식 시작하겠다."

"그럼 신부 입장하겠습니다."

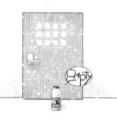

하객들의 박수 갈채를 온몸에 받으며 식장 안으로 입장하는 하얀 웨딩드레스의 미란 언니. 정말 XX나게 이뻤다. 내 옆에 앉아 있는 총각을 바라보자 다리를 꼬고 앉아서 마지못해 박수를 몇 번 치는가 싶더니 내 시선을 느꼈는지 고개를 돌려 날 쳐다봤다.

"뭘 봐!"

"에?"

"걱정 마. 오늘뿐이니까."

"예?"

짝짝짝—

"오늘이 마지막이니까… 오늘만 이해해라. 첫사랑 멋지게 보내주는 모습 보여주고 싶었는데… 아씨, 그게 안 되네. 내일부턴… 너한테 잘할게."

짝짝짝—

"에? 박수 소리 때문에 안 들려요."

"등신. 너 좋다고."

"나중에 다시 말해요!!"

하객들의 박수 소리에 파묻혀 총각이 내게 내뱉은 말들을 알아들을 순 없었지만 처음으로 내게 보여준 따듯한 웃음에 심장이 콩닥콩닥 방망이질치기 시작했다. 총각은 더 이상 미란 언니의 남편 될 사람 면상에 대해 이러쿵저러쿵 토를 달지 않았고, 결혼식이 끝날 때까지 묵묵히 예의 그 거만한 자세를 유지하며 미란 언니와 남편 될 사람을 쳐다볼 뿐이었다. 문득 현석 오빠가 떠올라 뒤늦게 주위를 두리번거렸지만 식이 끝나자마자 돌아가 버린 건지 보이지 않았다. 용기 내서… 미안하다는 말 전하고 싶었는데.

총각과 내 모습을 발견하곤 드레스 차림의 우아한 자태로 우리를 향해 걸어오는 미란 언니의 그 모습이 어찌나 청순하던지.

"왔어?"

"어. 결혼 축하한다."

"축하는 무슨… 나 아직 너 좋아하……."

"이 아줌마가 미쳤구나. 결혼식장에서 소박맞으려고 작정을 했나. 시끄러. 남편 될 놈 착하게 생겼더라. 잘살아라."

못생겼다고 생난리를 피워대던 아까 모습이 불현듯 내 머리를 잠시 스쳐 지나가는 이유는 뭘까? 총각 옆에 서 있는 나를 발견하고 눈을 부라리는 미란 언니. 입 열지 말아요. 난 언니의 이런 청순한 모습만 떠올리면서 언니를 존경하며 이 험한 세상 살아갈래요. =__=

"뭘 쳐다봐, 이년아! 넌 여기 왜 왔냐?"

"뭐 그, 그냥 결혼 축하하러 왔는데요."

"내가 결혼하니까 좋지? 나 아직 지훈이 포기한 거 아니니……."

"미란 씨!! 한복 갈아입어야지. 시간없어요!!"

"암튼 이년아, 너 두고 봐! 정희라는 년 손봐주고 난 뒤에 니 차례니까. 지훈아, 연락할게."

"이제 전화도 하지 말고 우리 집으로 찾아오지도 마. 더 이상 우리 서로 얼굴 보는 일 없이 살았으면 좋겠다. 이 말 하려고 온 거야. 남편 될 사람 앞에서는 승질 죽이면서 살아라."

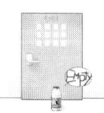

웃으면서 저런 심각한 말을 내뱉을 수 있는 앞집 총각과,

"어, 연락할게~ ^—^"

역시 웃으면서 총각의 말을 철저하게 씹어버리는 미란 언니가 내 눈에는 참으로 비정상적인 인간들로 비춰진다. =__=

"이제 가자."

"어, 어딜요?"

"어디긴 병원이자."

"시, 싫어요. 안 갈래요, 그 병원."

안 간다고, 차라리 배 째라고 발악을 해봤지만 정말 배를 찢어버린다는 총각의 무서운 발언에 한없이 쫄아 그저 조신하게 말 많은 의사 할아범이 일하고 있는 병원으로 걸음을 옮겨야 했다.

째깍째깍—

원장실에서 말없이 날 노려보는 의사 할아범과 그 시선을 피해보려 눈동자만 이리저리 굴리고 앉아 있는 나. 째깍대는 시계 소리만 방 안 가득 울려 퍼질 뿐 누구 하나 먼저 입을 열지 않았다. 이런 모습을 뒤에서 지켜보고 있던 총각이 가라앉은 목소리로 입을 열었다.

"웃기고들 앉아 있네."

뭐가 웃기다는 말이지?

"아, 의사 선생! 치료 안 해줄 거예요? 환자 뒤통수 한번 살펴봐요!! 박이 터졌으니까!"

우득—!!

박이 터지다니. 실밥이 조금 풀린 것뿐인데.

"흠! 지민이 학생, 오랜만이에요. 그때 그렇게 가버려서 참 놀랐어요."

"놀라실 것까지야."

"으흠! -_- 그래, 어디 한번 봅시다. 그렇게 조심하라고 주의를 줬는데도 어른 말 안 듣고 고삐 풀린 망아지마냥 설치더니……."

우득—!!

"전 망아지가 아니라 사람인데요. =_="

"시끄러워요, 지민이 학생!! 한 번만 더 입 열면 바늘로 입까지 꿰매 버릴 테니까. -_-"

"신고할 거예요."

"뭐라 그랬어요, 지민이 학생?"

"내 입 꿰매 버리면 신고할 거예요."

병원에 발을 들이자 악몽 같던 지난 병상 생활이 다시 떠올라 신경이 곤두설 대로 서버렸나 보다. 이런 내 모습을 어이없다는 듯 빤히 쳐다보는 총각. 그리고 양손을 부들부들 떨며 내 뒤통수를 고의적인 손놀림으로 꾸욱꾸욱 눌러대는 의사 할아범.

"악! 아파요. 살살 좀 해요, 아저씨!"

"지민이 학생이 의사 할래요? 시끄러워요."

꾸욱꾸욱—

"아, 아파요! 상처난 자리를 그렇게 세게 누르면 어떡해요!!"

아프다고 눈물을 찔끔찔끔 흘리는 내 모습에도 아랑곳 않고 10분 가량 내 상처를 살펴보는 척하면서 고의적으로 상처 부위를 눌러대

는 의사 할아범과 실랑이를 벌이고 있는 그때,

벌컥—

갑작스레 문이 열렸다. 눈물을 머금고 뒤를 돌아보자 웬 사내 하나가 하품을 해대며 버릇없이 기어들어 왔다.

"아, 미안. 아빠, 진찰 중이었어? 어? 형! 뭐야, 웬일이야?"

"시끄러."

아빠? 형? 그러고 보니 원장실 안에 옹기종기 모여 있는 세 명의 사내들, 얼굴이 참 많이 닮아 있구나. 오늘도 날 찾아오는… 이건 아니다 싶은 분위기. =_=

눈물이 그렁그렁 맺힌 두 눈을 들어 슬며시 의사 할아범을 쳐다봤다. 어설픈 총각 흉내라고 할 수 있는 내 어설픈 버릇없음에 상당히 노하신 듯했다. 내 뇌가 자꾸만 이 의사 할아범이 총각의 아빠라는 엄한 상상을 주입시켜 댄다. 그럴 리 없다며 뜨거운 눈물을 삼키고 이를 악물었다.

"서정훈!! 이 망할 놈!! -0- 이 시간에 웬일이냐!! 학원 또 빼먹었냐?!"

내 머리를 고의로 눌러대던 의사 할아범이 돌연 정훈이라는 지훈 총각의 동생을 향해 노발대발 버럭버럭 화를 내신다.

"아빠, 아들 너무 구박한다. 나 오늘 짤렸어. >_<"

"이놈아!! 학교도 아니고 학원에서 무슨 원생을 짤라!!"

"그러게. 나같이 착실한 학생을 짜르더라고!! 하이고, 치사하게 학원 비품 몇 개 부순 거 가지고 유난 떨더라니까!! 교무실 난장판 된

게 내 잘못인가!! 친구들이랑 장난하면 그럴 수도 있는 거 아닌가? 그리고 수학 선생이 나 꼬셨지, 내가 꼬셨는가? 수강비 도로 손에 쥐어주면서 제발 나가달라던데? 으하! 거기 다니던 내 친구들 내가 죄다 끌고 나와서 그 학원 파산되기 일보 직전……."

퍽—!!

의사 할아범은 새하얗게 질린 얼굴로 연신 저 망할 놈이, 저 망할 놈이라는 말을 수도 없이 연발하며 손을 부들부들 떨어댔다. 그 옆에서 거만하게 벽에 기대어 동생의 말에 고개까지 끄덕이며 경청하는가 싶던 앞집 총각이 철없이 학원 짤렸다는 말을 자랑인 양 지껄여대는 사랑스런 동생의 뒤통수를 강타했다. =__=

"아!"

학원이 자기로 인해 파산되기 일보 직전이라는 소리를 채 내뱉기도 전에 뒤통수를 가격당한 총각 동생은 짧게 그리고 안타깝게 아!라는 고통에 찬 신음 소리를 내뱉었다.

"이 개, 소, 돼지만도 못한 새끼! 놀고 있네. 너 왜 사냐?"

개, 소, 돼지만도 못한 새끼? 총각은 욕인 듯하면서도 아닌 듯한, 상당히 애매모호한, 그렇지만 듣는 이로 하여금 엄청난 굴욕감과 더불어 수치심을 심어주기에 충분한 욕설을 동생에게 내뱉었다.

"씨, 형! 개 새끼, 소 새끼, 돼지 새끼 중에서 나보다 잘생긴 새끼들 봤어? 봤어? 왜 때려!!"

"씨발, 그 면상 들고 길거리 돌아다니면 안 쪽팔리냐? 사람들이 돌은 안 던지든?"

제삼자의 입장으로 보건대 어리석게도 이 버릇없는 두 형제들은 붕어빵 기계로 찍어 올린 붕어빵마냥 닮아 있다. 하지만 사이는 썩 좋아 보이지 않았다.

"왜 신경질인데!! 오늘 미란이 결혼한다고 나한테 화풀이하는 거지!! -0-"

"너 어디서 약 잘못 처먹고 와서 머리가 홱 돌아버렸냐? 그래서 지금 개기는 거냐?"

"이놈들아!! 그만!! 아비 앞에서 뭐 하는 짓거리야!! 어디서 험한 욕질들이야, 이것들아!! 내가 니들 그렇게 가르쳤더냐!!"

내 머리를 좌우로 흔들며 자식들을 말리려 꽥꽥 소리를 질러대는 불쌍한 의사 할아범. 그보다 나 담 오는데…….

"아… 선생님, 담… 흔들지 마요. 아파요."

"형!! 동생을 떠나서 사랑스런 학교 후배한테 이럴 수 있어?"

"너 시끄러. 닥쳐! 너랑 같은 학교 나왔다는 것만도 짜증나."

"형, 변했어. 예전엔 이렇게 노골적으로 날 싫어하지는 않았잖아. 사람 패는 법도 가르쳐 주고… 담배 피우는 법도 가르쳐 주고… 여자 꼬시는 법도 가르쳐 주고… 선생 앞에서 개기는 법도 가르쳐 주고……."

앞집 총각은 참 유익하고 건전한 가르침을 동생에게 전수해 줬구나. 저 망할 놈을 연발해 대던 의사 할아범은 어느새 저 망할 놈들이라는 말을 연발해 대고 있었다.

"야!! 서정훈, 이 개자식! 입 열어봐. 한마디만 더 해봐!!"

"나 다 불어버릴 거야. 형 지금도 후유증 남아서 형 손으로 담배 못 사잖아!! 아빠, 그거 형이 학주네 가게… 읍! 놔! 놔!"

질질질—

총각은 사랑스런 동생의 입을 틀어막고 조용히 병실 밖으로 질질 끌고 가버렸다. 학주가 뭘 어쨌다고? 내가 학교 다닐 적 가위를 들고 다니며 두발을 체크하고, 멀리서도 줌이 가능한 고화질 캠코더를 들고 다니며 학생들의 흡연 현장을 몰래 포착하고, 증거물을 확보해 걸린 놈들을 복날 개 잡듯이 몽둥이로 패고, 학생들을 위해 무던히 애를 썼지만 정작 돌아오는 건 학생들의 욕지거리와 원망밖에 없던 불쌍한 교문 지킴이, 영원불변 독사가 바로 학주다. 그러고 보니 지난번 편의점에서 내 손에 돈을 꼭 쥐어주면서 담배를 사달라는 부탁을 했었던 것 같다.

쾅—

병실에 단둘이 남은 의사 할아범과 나.

"하하. 의사 선생님, 우애가 깊은 형제네요. =__= 씨.익."

아저씨라 부르기엔 너무나 멀어져 버린 당신. 총각에게 질 좋은 유전자를 물려주신 장본인께서는 내 물음에 화답하듯 무섭게 날 노려봤다. 내가 그동안 이 의사 할아범 앞에서 무슨 짓거리를 하고 돌아다닌 거지? 두 아들내미의 난동에 아직까지도 진정이 되지 않은 건지 의사 할아범은 유독 왼손을 부들부들 떨어댔다. 그리고 그 떨리는 왼손을 들어 바늘을 찾기 시작했다.

"오, 이런! 저기 의사 선생님… 뭐 하시려고……."

"시끄러워요, 지민이 학생! 입도 꿰매 버리고 정훈이 자식, 지훈이 자식 입도 싸잡아서 몽땅 다 봉합해 버리려고 그래요. 왜 뭐가 문제죠!!"

"꺄아아아!!"

외마디 비명을 치며 덜덜 떨어대는 나에게 다가오는 의사 할아범을 바닥에 내동댕이치고 원장실을 뛰쳐나왔다.

덥석—

부서질 듯이 원장실 문을 닫고 겁에 질려 도주하려는데 뒤에서 내 뒷덜미를 붙잡는 무언가에 의해 한 발도 나갈 수가 없었다. 가야 해. 가야 해. 벗어나야 해!

"캑캑! 가야 해. 여기 있다간 저 할아범이 나 죽일 거야. 놔!!"

"말 많은 의사 할아범한테 치료 다 끝내고 가는 거냐?"

캑캑거리며 뒤를 돌아보자 총각이 내 뒷덜미를 잡고 무섭게 노려보고 있었다. 조금 더 고개를 돌리자 총각에게 바락바락 대들다 결국 한 대 맞은 건지 병원 복도 의자에 널브러진 동생도 눈에 들어왔다.

"서지훈, 이 무식한 놈아!! -0- 사랑스런 동생을 개 패듯이 패는 형이 세상에 어딨냐!! 아, 미치겠네. 그 기집애는 뭐야?!! 애인이야? 아, 돌아버리겠네!! 형 보는 눈 그 정도였어? 미란이랑 깨지고 충격이 컸나 봐? 하하… 웃기네, 웃기네… 웃겨 죽겠네. 하하."

복도 의자에 널브러져서 지나가는 사람들 들으라는 듯 목청 높여 꽥꽥 고함을 질러대는 총각의 사랑스런 동생. 웃기네, 웃기네를 강조하는 저 사랑스런 동생 놈의 입에 불끈 쥔 내 두 주먹을 집어넣어 주고 싶었지만, 아빠도 모자라 동생에게까지 몰상식한 이미지를 심어 주지는 말자고 다짐하며 가식적인 미소를 입가에 띠었다.

"하하. 저 웃는 것 좀 봐라. 넌 지금 이 엽기적인 상황이 웃기냐? 아님 내가 웃겨? 너 입꼬리 심하게 떨어댄다? 너 나 패고 싶지? 그치? 웃기네, 웃기네. 하하. 웃긴다. 세상 진짜 웃긴다. 니가 우리 형 애인이야?"

내 머리 속은 이미 동생이라는 작자 입속에 다부지게 불끈 쥔 내 두 주먹을 수백 번을 더 쑤셔 넣고 있었지만 상상은 상상일 뿐. 배를 움켜쥐고 웃기네를 연발하는 동생 놈을 애써 아무렇지 않은 척하며 씁쓸한 표정으로 바라봤다.

"니가 아직 덜 맞아서 정신을 못 차렸구나."

잡고 있던 내 뒷덜미를 스르륵 놓아주더니 바지 주머니에 두 손을 찔러 넣고 널브러져 있는 동생에게로 능기적거리며 다가가는 총각.

"나 한 대만 더 때리면 형 상습 절도 혐의로 경찰에 신고해 버릴 거야!!"

"훗! 무식한 내 동생. 상습 구타 혐의겠지."

"하! 웃기네, 웃기네. 잘났네, 진짜!!"

"나 잘난 거 이제 알았냐? 잘난 형 인정해 줘서 아주 고맙다, 이 동생 놈의 새끼야. 웃겨? 웃기냐? 큭! 그래, 언제까지 웃고 앉아 있는지 보자."

퍽퍽—!!

미친 듯이 동생을 학대하고 구타하는 형의 모습을 고개 돌려 외면

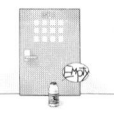

하고 기회는 지금이다 싶어 병원 출구를 향해 뛰고 또 뛰었다.

　덜컥—

"서지훈!! 서정훈!! 이 망할 놈들아!! 호적을 파라, 호적을 파!! 병원에서 뭐 하는 짓들이야!"

"아빠, 살려줘!!"

"안 닥쳐?!"

　두 아들들에게 호적을 파는 게 어떻겠느냐고 진지하게 설득을 하는 인자하신 아버지. 형의 폭력에 아빠에게 목숨을 구걸하는 맞아도 싼 동생 놈. 상습적으로 동생에게 폭력과 구타를 일삼는 인정없는 형. 한 가정이 파탄나는 꼴을 듣지 않으려, 보지 않으려 귀를 틀어막고 뒤도 돌아보지 않고 정신없이 복도를 내달렸다.

　턱—

　철푸덕—!!

　귀를 틀어막고 하염없이 복도를 내달리다 누군가가 내 두 다리에 태클을 걸어오는 바람에 스텝이 꼬여 중심을 잃고 맨들맨들한 병원 복도 바닥으로 철푸덕 자빠져야만 했다.

"아, 아프잖아! 누, 누구야!!"

"누나, 오랜만이야. 잘 지냈어? 나 안 보고 싶었어? ^—^"

"누, 누구니?"

"누나가 그렇게 먼저 퇴원해 버리고 혼자 남아서 나 많이 쓸쓸했다고!! 이 씹어먹어도 시원찮을 기집애야!! -O-"

　화들짝—

바닥에서 몸을 일으키려고 꿈틀거리는 날 향해 절뚝거리며 다가오는 이 아이. 낯익은 목소리와 낯익은 발걸음. 그럴 리 없다. 자장면 배달부일 리 없다. 병원 바닥에 고개를 파묻은 채 그대로 죽은 척을 해봤다.

"이거 봐, 이거 봐. 안 일어나? 넌 이제 독 안에 든 곰 새끼야!!"

"쥐가 아닐까?"

"너 딱 걸렸어. 이 봐, 말하는 거 봐. 어디서 시체 흉내를 내고 자빠져 있어!! 못 일어나?!"

내가 아는 유일한 속담이 독 안에 든 쥐새끼인걸? 괜히 아는 척해보려다 이렇게 걸려 버리고 말았다. 죽은 척을 한 게 들통나 버려 조금은 무안한 마음에 일어서길 포기하고 애꿎은 바닥만 쓱쓱 문질러댔다.

"개학하기 전에 퇴원하면 니네 집부터 찾아가려고 그랬는데 제 발로 병원에 기어들어 왔네. 왜? 또 한 번 도망가 보시지? 쥐새끼마냥 잘도 도망 다니더라, 너!!"

총각 앞에서는 한 마리의 순한 양인 척 가식을 떨어대던 배달부. 왜 내 앞에서는 한없이 깝죽대는 거니?

"나 죽일 거야?"

"내가 너 죽이면 그 형이 가만 있을라고? 간단하게 손해 배상만 해주면 돼. 한 달 월급 60만 원에 정신적 피해 보상 30만 원, 너 잡으러 다니느라 뛰어다닌 내 육체적 피로 보상 30만… 아! 아씨, 뭐야!!"

"내 애인 앞에서 공갈 사기 협박 헛소리나 지껄여 대는 이 짱깨 새

끼! 쪼잔하게 몇 십만 원 받아내지 말고 억 소리 나는 손해 배상 한 번 받아볼래?"

 총각, 중화 요리 배달부라고 불러야지, 몰상식하게 짱깨라니. 바닥에 퍼질러 앉아 있는 내 앞에 쪼그리고 앉아서 깝죽거리며 입에서 나오는 대로 손해 배상 액수를 불러대던 자장면 배달부는 언제 온 건지 기척없이 다가온 총각에게 귓불을 잡힌 채 억대 손해 배상을 받아보지 않겠냐는 제안에 세차게 고갯짓을 해댔다.
 "아… 형, 제가 무슨 말을 했다고… 오랜만이에요!!"
 "뭐 하는 짓인데?"
 "누나, 엎어져서 뭐 하는 거야? 아유~ 참. ^—^ 그러게 내가 조심하랬잖아. 몸도 성치 않은 누나가 혼자 잘 뛰어가다가 갑자기 넘어져 버리잖아요. 내가 일으켜 주려고 그랬죠. 자, 누나, 내 손 잡아야지."
 덜덜덜—
 "뭐 해? 자빠져 있지 말고 빨리 일어나!"
 "누나, 손 안 내밀 거야? 내 팔 떨어지겠네. 어? ^—^"
 가식적인 양 껍떼기를 뒤집어쓰고 있는 배달부. 웃기지 마, 이 자식! 껍데기를 벗어라고 말하고 싶었지만 상황이 상황이니만큼 마지못해 떨떠름하게 배달부의 오른손을 덥석 잡아야만 했다.
 꽈악—
 "아……."
 입은 웃고 있지만 배달부의 손은 사시나무 떨듯 부들부들 떨리고 있었다. 물에 젖은 걸레 비틀어 짜듯 내 손을 비틀어대는 배달부를 향해 나 역시 애써 입가에 미소를 띤 채 감사의 인사를 대신해 줬다.

3분이 흘렀다.

"아… 이제 손 좀 놔, 놔줄래?"

"아, 미안. 누나 손을 좀 오래 잡고 있었네. 참, 내 이름은 최민우거든? 잊지 마. 알았지? 나 퇴원하고 누나 꼭 찾아갈게. ^—^"

"그래, 민우야… 찾아오지 않아도 되는데……."

"아니, 한 번 꼬옥 찾아갈게. 그럼 형, 수고하세요. 누나, 잘가~ 몸조심해."

몸조심하라는 배달부의 저 마지막 말이 참 살벌하게 내 가슴에 비수가 되어 꽂힌다. 앞으로 밤길을 걸을 때 뒤통수를 조심해야겠다. ㅠ_ㅠ

다시 한 번 도주를 시도했지만 얼마 못 가 뒷덜미를 잡힌 채 의사할아범 앞으로 질질 끌려갔다. 아직도 흥분을 가라앉히지 못하고 손을 떨어대는 총각의 아버지에게 불안함을 가슴에 품고 내 뒤통수를 맡겨야만 했다. 바람이 유난히 따뜻하게 불어대는 어느 겨울 오후 5시경. 모 병원 원장실에서 들려오는 한 여성의 고통에 찬 비명 소리는 따뜻한 바람을 타고 너울거리며 병실 이곳저곳 메아리가 되어 울려 퍼졌다. 젠장, 돌팔이 의사 선생이 내 머리 잡는다다다다……. =___=

"훌쩍! 씨, 왜 아빠라고 말 안 했어요?"

"돌팔이 의사 선생이 아빠라는 거, 그 딴 게 뭐 자랑이라고 일일이 너한테 보고하냐?"

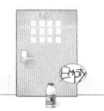

"그, 그건 너무 아파서 나도 모르게 튀어나온……."

빠아앙―!!

"야!! 죽고 싶어서 환장했어!! 어디서 끼어들어!!"

"저, 저! 나이도 어린 게 어디서 어른한테 반발이야, 어!!"

"기분 나쁘면 욕 들어 처먹을 짓을 하지 말던가!!"

"저, 저런……."

오돌오돌―

집으로 돌아가는 총각의 자동차 안. 차창을 다 열어젖히고 한 손으로 위태하게 곡예 운전을 해가며 별것도 아닌 일에 트집을 잡아 싸움을 걸어대는 총각. 요새 부쩍 욕도 많이 한다.

따르르르릉― 따르르르릉―

언제 들어도 정 안 가는 총각의 무식한 핸드폰 벨소리. 핸즈프리에 꽂아뒀던 핸드폰을 거칠게 빼내더니 운전하며 전화를 받는 겁없는 행동을 시도하려 한다. 대한민국 도로 교통법에 어긋나는 이런 어리석은 짓 하면 수갑 차고 벌금을 물어야 된단다, 총각. 이럴 거면 핸즈프리는 뭐 하러 사다놓은 거니? 내 마음속 간절한 부르짖음을 듣지 못한 건지 일말의 망설임없이 핸드폰을 귀에 대고 통화 버튼을 꾸욱 누른다.

[지훈 씨? >_< 나 정희. 알지? 양정희~]

우득―!!

듣고 싶어서 들은 게 아니었다. 어찌나 목소리가 우렁차던지 토시 하나 틀리지 않고 내 귓가에 쏙쏙 들어왔다. 지훈 씨… 나 정희라고.

"미쳤냐? 번호 어떻게 안 거야!!"

[왜 이래. 보고 싶어. 오늘 시간 안 돼? 어?]

"애인이랑 데이트할 건데?"

[뭐? 누구? 나 말고 누구? 누구야, 지훈 씨!!]

"한 번만 더 지훈 씨라 그러면 갈아버린다."

잘한다, 지훈이 총각. 근데 갈아버리는 게 뭐야? 씹어먹어 버린다고 그래!

[지훈 씨, 누구야? 누구, 누구야!! 애인이 누구야!!]

"박지민."

[꺄!! 미쳤어, 미쳤어! 지훈 씨, 미쳤어? 그 띨빵한 애랑 사귄다고? 거짓말!! 아니라며 왜 사귀어! 뭐가 모자라서 그런 애랑 지훈 씨가 사귀는 거야!!]

다시 말하지만 애석하게도 토시 하나 틀리지 않고 다 들렸다.

"띨빵해서 사귄다, 왜!!"

탁—

긁적—

총각이 남긴 마지막 말. 띨빵해서 사귄다는 말을 과연 좋은 의미로 받아들여야 할까, 나쁜 의미로 받아들여야 할까에 대해 나름대로 심각하게 고민하며 머리를 갸웃거리는데… 운전하다 말고 이런 내 머리를 툭 밀쳐 버리는 총각. 그 덕에 퍽 차창에 머리를 박아야만 했다.

"씨! 왜, 왜 그래요!!"

"노래 잘하냐?"

"노래? 못해요."

"노래도 못해, 얼굴이 특출나게 이쁜 것도 아냐, 머리도 나빠. 도대체 잘하는 게 뭐냐!"

"무슨 말이 하고 싶어서 이래요?"

사람을 한없이 비참하게 만들어놓고 곡예 운전을 해대며 차를 몰고 도착한 곳은 집 근처에 있는 목청 노래방.

"노래방은 왜 왔어요?"

"말 많네. 불러."

"부르기는 뭘 불러요?"

"노래방에서 부를 일이 노래밖에 더 있냐? 잘하는 노래나 불러!"

어둠침침한 노래방 안에서 노래를 부르라고 협박하는 총각의 눈치를 살피며 책자를 펄럭거리다가 눈길을 끄는 노래 제목의 숫자를 기계에 입력했다. 시작 버튼을 누르자 야시맹랑한 조명이 돌아가고 반주가 흘러나오기 시작했다. 내 옆에 거만하게 다리를 꼬고 앉아서 얼마나 잘하나 보자라는 표정으로 내 모습을 지켜보고 있던 총각. 모니터 화면에 나온 노래 제목을 보더니 얼굴에 인상을 쓰며 노래가 나오기도 전에 종료 버튼을 눌러 버렸다. =___=

"왜, 왜 꺼요! 노래 부르랬으면서."

"너 죽고 싶지?"

쿨의 그녀의 결혼식을 부르려다 노래방 안에서 소리없이 영원히 세상과 안녕할 뻔했다.

"그러게 노래는 왜 시켜요?"

"꿀리면 안 되잖아!!"

"꿀리다니, 뭐가요?"

"친구들이 애인 소개시켜 달라는데 니가 내세울 게 뭐가 있어!! 노래라도 잘하란 말야!!"

그리고 그날 난 우리 동네 목청 노래방에서 총각의 스파르타식 교육 아래 2시간 동안 되지도 않는 노래를 불러대느라 목청이 완전히 가버렸다.

"아파! 아파요. 더 이상 못 불러요."

"음치."

"씨, 집에 갈래요."

"너같이 노래 못 부르는 애 첨 봤다. 등신. 듣고 있는 난 얼마나 괴로웠겠냐? 귀 버렸다. 가자."

귀 버렸다는 말로 되려 신경질을 내며 노래방을 나가 버리는 버릇없는 총각. 따끔거리는 목을 움켜쥐고 비틀대며 노래방에서 걸어 올라왔다. 먼저 걸어나와 벽에 기대 담배를 피워대고 있던 총각은 비틀대며 걸어나오는 날 발견하고는 픽 하는 비웃음을 날려주었다. 그리고는 담배를 바닥에 버리고 내게 걸어왔다. 구석진 벽에 날 몰아세우더니 입가에 비소를 머금은 채 입을 열었다.

"12시 넘었다."

"그, 그래서요? 아, 늦었다… 빨리 집에 가서 자야겠네요."

"사귄 지 하루 된 기념으로 뭐 없냐?"

"없는데요."

"큭! 없어?"

"어, 없는데요."

 없냐는 물음을 반복하며 점점 더 가깝게 얼굴을 들이미는 총각. 막혀버린 벽으로 인해 뒷걸음질도 치지 못한 채 두 눈만 땡그랗게 뜨고 있는 그때, 총각 머리칼의 샴푸 향이 내 혼을 빼놓고 있을 그때,

 "하하! 웃기네, 웃기네. 뭐야? 둘이 키스하는 거야?"

 내 귓가를 파고들어 오는 신경 거슬리는 저 말투. 웃기네, 웃기네. 입술이 닿을 듯 말 듯 아슬한 거리에서 안타깝게 정지해 버린 총각과 내 입술. 작은 한숨을 내쉬고는 소리가 들리는 곳으로 고개를 돌리는 앞집 총각. 뭐가 그리 웃기는 건지 웃기네를 연발하는 사내 놈을 노려보며 한마디 내뱉었다.

 "서정훈! 개자식, 죽여 버린다."

● 제6장

양정희, 네가 정녕!!

## 제6장
## 양정희, 네가 정녕!!

휘영청 달 밝은 밤. 아, 달빛 한번 밝기도 하여라. 배를 움켜쥐고 웃기네, 웃기네를 연발하는 사랑스런 동생 놈의 목구멍을 따버리고 그와 더불어 목숨을 절단 내버리는 잔인한 짓을 저지르기엔 너무나 아름다운 밤이었다. 목청 노래방 앞에 떡하니 주차시켜 뒀던 총각의 까만 차 앞에 쪼그리고 앉아서 실성한 사람마냥 자지러지게 웃어 젖히는 동생 놈. 내 귓가에 일단 보류라는 맹랑한 말을 조용히 속삭이더니 미간을 있는 대로 찌푸리며 동생 놈을 향해 능기적대며 걸음을 옮기는 뚜껑 열린 총각. =___=

"하하! 웃기네, 웃기네. 아씨, 나 배 아파, 형."
"홋! 서정훈, 뭐가 웃기는지 이유나 알고 같이 웃자. 큭!"

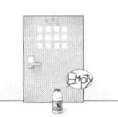

애써 입꼬리를 올리며 동생 놈에게 가식적인 미소를 지어 보이던 총각이 돌연 입고 있던 재킷의 단추를 하나씩 풀기 시작했다.

"크크! 웃기네, 웃기네. 뭐야, 형? 내 앞에서 스트립 쇼하려고? >_< 돈 줄까? 얼마야? 얼마면 우리 형의 죽이는 바디를 감상할 수 있는 거야? 어? 오만 원? 십만 원? 으하!"

난 며칠 전 내 모습과 닮아 있는, 간이 부어 배 밖으로 흘러나온 실성한 놈을 녹화도 아닌 생중계를 통해 생생하게 시청할 수 있었다. 내가 저랬었구나. 어리석은 동생 놈아, 니 눈엔 니 형이 스트립 쇼나 하려고 옷을 벗어젖히는 걸로 보이나 본데… 내 눈엔 널 개 패듯이 팰 준비를 하기 위해 걸리적거리는 정장을 벗어젖히는 걸로 보인단다.

"아… 형, 잠깐. 지금 그 주먹 나 때리려고 쥔 거야?"

"어."

"형, 실수했어!! 이번에도 나 때리는 거면 나 진짜 상습 절도 혐의로 신고해 버릴 거야!!"

"무식한 놈. 너도 누구처럼 아주 뇌를 상실했냐?"

뇌를 상실한 그 누구인 난 괜히 무안해져 괜스레 목청 노래방 입구에 붙어 있는 최신 노래 목록 종이 쪼가리만 만지작거렸다.

퍽퍽—!!

10분이 경과했지만 멈추지 않는 폭력과 구타. 무심결에 올려다본 하늘. 휘영청 밝은 보름달에 달무리가 서려 있었다.

[네, 사랑과 봉사, 국민을 위해 수고하는 경찰섭니다.]

"아! 씨파, 그 사랑과 봉사 정신으로 죽어가는 국민을 살려줘요!! -0- 여기 사람을 개 패듯이 악! 패는데요!! 여기가 악! 목처 악! 노래방, 목청 목청!!"

"어따 전화질이야!! 전화기 안 내놔?!"

[저기 진정하시고 무슨, 무슨 일이십니까!!]

"경찰관님!! 형이 실성했어요! 악! 내놔! 전화기 내놔!!"

홱—

"내가 내 동생 패는 것도 법으로 문제있냐? 끊어!!"

탁—

"아! 아! 이 버릇없는 형 놈의 새끼!! 아! 아! 그게 경찰한테 할 소리야!! -0-"

"닥쳐!! 이 겁이랑 뇌를 세트로 상실한 동생 놈의 새끼야!!"

퍽퍽—!!

쫙쫙!!

"아유… 저라다 사람 하나 잡것네. 아가씨, 뭐 해! 좀 말려봐!"

쫙쫙!!

"에?"

난 어느새 노래방 입구에 붙어 있던 최신 노래 목록 종이 쪼가리를 떼어내 갈가리 찢어대는 만행을 저지르고 있었다. 퍽퍽 사람 패는 소리를 듣고 놀라서 튀어나온 뽀글뽀글 머리에 껌을 쫙쫙 씹어대는 목청 노래방 주인 아줌마가 멀뚱하게 종이 쪼가리를 찢어대는 날 흔들었다.

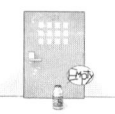

쫙쫙!!

"아유~ 저 총각들 좀 말려봐. 저 곱디고운 면상에 흠집 생기면 어쩌려고 그래."

쫙쫙!!

"근데 지금 니 행동은 무슨 행동?"

난 굳이 맞아도 싼 동생 놈을 말릴 생각 따위 없었으며 말리고 싶지도 않았기에 아줌마의 말에 대충 고개를 끄덕여 주고 다시금 종이 쪼가리를 찢는 일에 몰두하려는데 그런 날 곱지 않은 시선으로 노려보는 뽀글뽀글 목청 노래방 주인 아줌마.

"에?"

쫙쫙!!

"아가씨, 지금 뭐 찢고 있는 거래?"

"애인께서 사람을 패고 있기에 좀 무료하던 차에……"

쫙쫙!!

"뭐야! 저 사람 때려잡는 잡것이 그쪽 애인이라는 말야?"

쫙쫙!!

그러고는 내 위아래를 흘기듯 기분 나쁘게 훑어 내리는 아줌마.

"왜, 왜 쳐다봐요?"

쫙쫙!!

"아니여. 보기보다 복이 많나 보네. 그보다 손에 든 종이 쪼가리는 노래방 노래 목록 쪼가리 아냐? 이게 죽으려고 환장했어!"

쫙쫙!!

팔랑팔랑—

뽀글이 아줌마의 벌컥 화난 음성에 놀라는 나머지 들고 있던 종이 쪼가리를 떨어뜨려 버렸다.

"……."

총각은 목청 노래방 앞에서 정확히 23분 4초 동안 사랑스런 동생 놈을 구타했고, 난 노래방 앞에 퍼질러 앉아서 내가 갈가리 찢어 바람에 날린 139조각의 종이 조각을 테이프로 붙여야 하는 수난을 겪었다.

집으로 돌아가는 총각의 자동차 안.

"아! 아! 서지훈, 이 망할 놈, 웃기… 아! 웃기네. 저 망할 놈! 피를 나눈 형제를 소 때려잡듯 때려잡네."

"시끄러. 닥쳐!"

차 뒷좌석에 누워 고통에 찬 신음 소리와 함께 끈질기게 웃기네, 웃기네를 연발하는 동생 놈. 또다시 곡예 운전을 해대며 주택가 골목길을 엄청난 스피드로 질주하는 생명의 소중함도 모르는 총각.

쭉쭉—

"아! 머리 아프거든? 당기지 말아줄래?"

"너 이 머리 어디서 했냐? 진짜 웃긴다. 머리가 삐뚤삐뚤하네? 웃겨 죽겠네."

"엄마가 자주 가는 동네 미용실. 아! 잡아당기지 말아줄래?"

꾸욱꾸욱—

"뭐야? 뒤통수에 있는 이건 반창고야? 크크! 웃기네, 웃기네. 야,

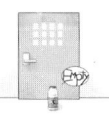

박이라도 깼냐?"

"우득—!!

"아프거든? 아! 눌러대지 말아줄래?"

"아, 맞다, 맞다. 크큭! 니가 철가방에 뒤통수 맞고 기절했다던 애냐? 웃기네, 웃기네. 하하! 아빠가 너 무지하게 씹어대더라. 버릇을 100원에 팔아넘겨서 버릇이 없다고. 어? 재수없게 니가 우리형 애인이면… 그럼 아빤 아직 모르는 건가? 에씨, 다 불어버려야지. 버릇없는 그 기집애, 형 새끼랑 사귄다고."

아프다고 앓는 소리를 내던 동생 놈은 언제 그랬냐는 듯 조수석에 앉아 있는 내 뒤에 딱 들러붙어서는 내 머리를 잡아당기거나 상처 부위를 꾸욱꾸욱 눌러대는 그야말로 인간 말종 같은 짓을 장난 삼아 하고 있다. =_=

"너도 갈아버린다. 입 안 다물래? 말 못해서 처죽은 귀신 붙었냐!! 집에 안 기어들어 가고 뭔 짓 하려고 남의 동네를 배회하고 돌아댕기냐!!"

"아씨, 아빠한테 쫓겨났다고!! 노래방 앞에 형 차가 있길래 얼마나 반가웠다고!! 그 추운 날 나올 때까지 부들부들 떨어대면서 기다렸더니, 심장 무너지게 저 기집애랑 노래방 앞에서 키스하는 형이 보였다고!! 그러니 나 재워줘."

"싫어!! 집에 겨드러 가!!"

"아빠가 형이랑 나, 부모 자식 연을 끊자고 하셨어. -_-"

"너랑 나 형제 간의 연 끊고 나면 생각해 본다고 그래라."

"내가 할 소리."

뒷좌석에서 쉴 새 없이 떠들어대는 동생 놈과 버럭버럭 고함을 질러대는 총각 덕에 내 귓구멍은 고막이 터지는 듯한 아픔을 호소했다.

도착한 대현 원룸.

"야! 너 먼저 내려서 집에 들어가!!"

"나 먼저 쫓아내고 둘이 차 안에서 무슨 짓 하려고?"

"개자식. 열 대 맞고 끌려나갈래, 다섯 대 맞고 니 발로 기어나갈래!!"

나라면 총각 입에서 욕지거리와 패버린다는 말이 나오기 전에 차 문을 박차고 내달렸을 텐데… 동생 놈은 배 밖으로 튀어나온 간을 아직 주섬주섬 다 집어넣지 못했나 보다. 2분마다 한 번씩 욕지거리를 내뱉는 무서운 총각. 하긴 내가 형이었더라도 저런 놈이 내 동생이었으면 24시간 쉬지 않고 쉴 새 없이 욕을 해댔을 것 같다. 끝까지 내릴 생각도 않은 채 뒷좌석에 뻐팅기고 앉아 있는 동생 놈을 죽일 듯이 노려보던 총각은 돌연 입가에 사악한 미소를 띠더니 동생을 보며 입을 달싹거렸다.

"훗! 그래, 두 눈 크게 뜨고 니 형이 얼마나 잘하는지 지켜봐라."

잘하는지 지켜봐? 뭘? 이 총각이 잘하는 건, 이 총각이 잘하는 건… 그것밖에 없는걸?

"뭐, 뭐 하려고 이래요!!"

"내가 잘하는 거."

"아… 하하. 요리를 잘하지, 참."

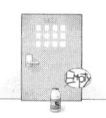

가식적인 내 말에 비웃음을 날려주는 총각. 총각의 얼굴은 말하고 있었다. 니가 지금 장난하냐라고. 그리고 점점 내 얼굴과 가까워지는 총각의 얼굴. 나는 더 더욱 목청 높여 가식적인 소리를 지껄여 댔다.

"하하… 이봐요, 차 안엔 반찬도 없고, 후라이 팬도 없고, 가스렌쥐도 없고, 전자렌쥐도 없고… 읍!"

입과 입이 부딪쳤을 때 나는 입막음 소리. 읍! 그렇게 부드러운 그의 입술이 그녀의 입술에 닿아버리고야 말았다. ㅠ_ㅠ 가식적인 렌쥐 타령이 채 끝내기도 전에 총각은 도발적인 표정을 지어 보인 채 날, 아니, 내 입술을 쳐다보다 결국은 내 입술을 덮쳐 버렸다. 부드럽게… 격렬하게… 황홀하게… 그리고 마지막은 죽여주게……. 키스의 네 단계 공식을 적절히 사용해 가며 내 혼을 빼놓는 총각의 돌발적인 키스. BUT 총각의 키스에 매료되어 잠시 잊고 있었지만 차 안엔 총각과 나, 그리고 또 한 명이 있었다.

"오! 죽여. 죽여, 형! 더 격렬하게… 오! 죽여, 죽여! 형수님, 죽여, 죽여!"

형수님, 죽여, 죽여? 형, 죽여, 죽여? 오, 죽여, 죽여? =_= 차 뒷좌석에 퍼질러 앉아서 각종 감탄사를 연발해 대며 죽여, 죽여를 외치고 있는 동생 놈. 내 손에 연장이 쥐어져 있었더라면 정말 죽이고 싶었다.

10분 뒤. 내 입에서 입을 떼는 총각과 미친 듯이 죽여, 죽여를 외치다 목이 가버린 동생 놈. 후에 안 사실이지만 서정훈이라는 총각의 동생 놈은 나랑 같은 학교에서 수능 시험을 쳤고 나랑 같은 시간대에 수능 시험장을 도주했던 걸로 밝혀졌다. 단지 다른 게 있다면… 난 행여 걸릴까 봐 눈물콧물을 찔끔찔끔 짜대며 담벼락을 넘었고, 정훈이라는 동생 놈은 당당하게 정문으로 걸어나갔다는 것이다. 담벼락에서 담배를 피우며 동생 놈을 지키고 있던 총각은 동생이 아닌 웬 여학생이 울면서 담을 넘는 추하디추한 광경을 봐버렸던 것이고… 그 시간 동생 놈은 멀리 형이 보이지 않는 머나먼 유흥가로 도주해버렸던 것이다. =___=

"안 들어가?! 뭘 더 바래!!"

"아니, 뭐 바란다기보다는… 그래, 둘이 죽여줬어. 근데 그냥 기분이 구려서. -_- 어? 너 입가 찢어졌다. 웃기네, 웃기네!"

301호와 302호의 갈림길에 서 있는 세 명의 무리. 입가가 찢어졌다는 말에 손을 들어 입가를 매만졌다. 소량의 피가 묻어 나왔다.

"죽여, 죽여. 어떡하면 피가 쏟아져 나올 때까지 키스를 할 수 있어? 크큭!"

"꺼져."

"문을 열어야 들어가지. 근데 세 명이 어떻게 자냐? 설마 나 바닥에 재우고 둘이서 침대에서 이상한 짓 하려는 건 아니지? 그럼 안 돼. 죽어."

불끈 쥔 두 주먹에 온 힘을 실어 동생 놈의 뒤통수를 어루만져 주려 했건만… 다행인지 불행인지 총각의 손놀림이 0.1초 빨랐다.

퍽—!!

"아! 왜 때려!! 내가 만만해?!"

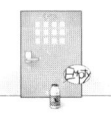

"어, 니가 만만해."

"저기 정훈이라 그랬지? 너 나랑 갑이더라. 난 앞집에 살거든? 사, 사이좋게 지내자."

내키지는 않았지만 악수도 해볼 참에 오른손을 내밀었지만 동생 놈은 열쇠로 문을 따더니 매정한 한마디를 남기고는 집 안으로 쏙 들어가 버렸다.

"내가 왜 너 같은 띨빵한 애랑 친구를 하냐? 나 너랑 친구 하기 싫어. 에이씨, 드럽게 웃긴다, 웃겨."

형 놈은 내가 띨빵해서 사귄다고 그랬는데, 동생 놈은 내가 띨빵해서 나와 친구하길 거부한다고 했다. 누구 말을 믿어야 할까? 중요한 건 둘 다 내 염장을 기름통에 불 붙이듯 사정없이 질러 버렸다는 것이다.

복도에 덩그러니 남은 총각과 나. 손을 들어 뜯어진 내 입가를 만지작거리던 총각이 입을 열었다.

"피나는데 한 번 더 하면 쓰라리겠지?"

이 자식아, 누구 죽는 꼴 보고 싶어서 이래! 물론 마음속 외침이었다. 날 안으려는 총각의 몸뚱어리를 휙 밀쳐 버리고 집으로 들어와 버렸다. 문 앞에 기대서서 내 의지와는 상관없이 작게 중얼거려지는 내 입.

"까짓 거, 좀 쓰라리면 어때? 다시 나가서 해달라고 그럴까……."

그렇게 총각과 나는 어부지리로 사귀게 되었고 사귄 지 하루가 지났다. 이틀째로 접어들고 있는 새벽 2시경. 좁디좁은 싱글 침대에 몸을 뉘이고 이불을 돌돌 말아 잠을 청하고 있는 내 귀에 들리는 거친 숨소리.

"핵핵! 핵핵!"

한여름 더위에 지친 똥강아지가 혓바닥을 내밀고 숨을 쉴 때 들을 수 있는 거친 숨소리.

번쩍—

부스럭대는 소리와 이리저리 안절부절 왔다 갔다 방황하는 발걸음 소리.

헉!! 도둑이다. 도둑이라는 생각이 미치자 내 온몸은 이불을 휘감고 누운 그대로 석고처럼 굳어버렸고 그 순간 제일 먼저 내 머리 속에 떠오른 건 앞집 사는 총각이었다.

"핵핵… 핵핵!"

핵핵대며 내 신경을 자극하던 거친 호흡 소리는 베란다에서 들려오는 듯했고 목숨을 구걸하기 위해 총각에게 연락을 해야 했지만 애석하게도 내 핸드폰은 탁자 위에 있었다.

"핵핵! 후훗! 라라라~ 핵핵!"

도둑놈은 거친 호흡 소리와 더불어 뭐가 신나는지 흥얼대는 콧노래까지 흥얼댄다. 어찌해야 할지 몰라 굳은 채로 바둥거리다 잠에 취해 뒤척이는 척하며 베란다가 있는 방향으로 몸을 틀었다. 슬며시 실눈을 떠 베란다에 있는 도둑놈의 얼굴을 확인해 봤다. 어두워서 잘 보이지는 않지만 촌스러운 밤색 빵모자를 착용하고 있는 것만은 확실했다. 물건을 훔치려면 집 안으로 기어들어 와야 정상이거늘…

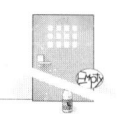

아무리 훔칠 게 없어 보인다지만 베란다를 뒤적거리며 알 수 없는 짓을 해대고 있는 도둑놈. 나는 그저 오돌오돌 떨며 말없이 바라볼 뿐이었다.

그렇게 10여 분을 이불 속에 파묻혀 오돌오돌 떨며 공포의 밤을 지새고 있는데 내 귓구멍을 자극하는 낯익은 목소리.

"개자식!! 너 뭐야, 이 새꺄!! 뒈질라고 환장했어!! 안 기어 내려와? 손에 든 거 안 내려놔? 죽여 버린다, 너!!"

"하하! 웃기네, 웃기네. 저 새끼, 저거 베란다에서 뭐 하는 짓이래? 싸이코 아냐?"

앞집 총각과 동생 놈의 목소리였다. 지금 이 순간처럼 총각과 그의 동생 놈의 목소리가 반갑게 내 두 귀를 자극했던 적은 없었다. 눈가에 한 방울의 눈물이 볼을 타고 흘러내렸다. 훌쩍!! 거친 욕지거리에 놀란 도둑놈이 돌연 베란다 문을 열어젖히더니 예의 그 거친 호흡 소리를 내며 신발을 신은 채 내가 자고 있는 침대 쪽으로 흐물대며 걸어왔다.

"핵핵! 후후! 어쩔 수 없어. 이렇게 된 이상······."

"꺄아아아악!! 뭐가 어쩔 수가 없어!!"

덮고 있던 내 이불을 홱 젖히더니 키티 파자마를 몸에 두르고 있는 내 몸을 더듬기 시작했다. 그 도둑놈의 양손에는 어제 빨아서 널어뒀던 내 속옷 뭉텅이가 꼬옥 쥐어져 있었다. 말로만 듣던 속옷 도둑이 이 야심한 새벽 우리 집을 방문하셨다!! 여전히 핵핵대며 거친 호흡을 몰아쉬는 도둑 놈.

쾅쾅쾅—!!

"야!! 문 열어!! 안 열어? 씨발, 문 열으라고!!"

"하하… 죽여, 죽여! 저 새끼, 죽여 버려!!"

부서질 듯이 우리 집 현관문에 발길질을 해대는 총각. 신축 건물에 그런 짓 하면 안 된다고, 초인종은 폼으로 달려 있냐며 길길이 날뛰며 울부짖고 싶었지만 내 입은 전혀 다른 말을 내뱉으며 울부짖고 있었다.

"꺄아아! 지훈아, 살려줘! 변태가 내 몸 더듬는다아아!!"

더듬더듬—

밤색 빵모자, 변태의 전유물이라고 할 수 있는 밤색 버버리, 그리고 까만 뿔테 안경까지… 변태 아저씨에게 보기 드문 센스를 지니셨다고 칭찬이라도 한마디 건네주고 싶었지만 찰흙 만지듯 내 몸을 주물럭주물럭 더듬어대는 이 변태에게 그런 칭찬은 사치라 생각됐다.

"핵핵! 아가야, 이리 온……."

"아, 이봐요, 전 아가라고 부르기엔 좀 성숙하지 않은가요? 아하하. =____= 씨.익. 집을 잘못 찾아오신 모양인데 전 그쪽 아가가 아니랍니다. 이, 이 손 좀 치워주실래요?"

"아가야, 이리 온……."

산만한 덩치와 어울리지 않게 맑고 고운 육성을 가지고 있는 변태 아저씨. 은 쟁반에 옥구슬 굴러가듯 고운 목소리로 컴온 베이비를 외쳐대는 변태 아저씨는 쥐고 있던 내 속옷 뭉탱이를 바닥에 살포시 내려놓는다. 그러더니 심하다 싶을 정도로 덜덜 떨리는 양손으로 내

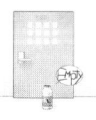

온몸을 노골적으로 주물럭대기 시작했다. 꼭 전신 마사지를 받는 찜찜한 기분이었다. 험한 욕지거리와 더불어 죄없는 현관문에 정신 나간 듯이 발길질을 해대던 총각과 뭐가 좋은지 연신 죽여, 죽여를 외쳐 대던 철없는 동생 놈. 문이 열리지 않자 포기하고 집으로 돌아가 버렸는지 더 이상 아무런 인기척도 들리지 않았다.

"훌쩍! 서지훈 훌쩍! 사귀자며… 니 애인이 변태한테 잡아먹힌다 아아아!! 좋아죽겠지? 씨, 내가… 내가 미란이 언니였더라면 당장 문을 때려 부셨을 텐데… 미란이 언니가 아니어서 미안하구나, 총각!! 이 변태, 어딜 만져!!"

찰싹—!!

"핵핵! 아가야, 이 오빠는 변태가 아니란다. 소리 지르지 말고 쉿! 조용히 하렴. —,.—"

"핵핵대지 좀 마!! 징그럽다구!! 기분 나쁘게 찰흙 만지듯 주물럭대지 말란 말야!!"

"우리 아가 참 시끄럽네. 핵핵! 조용히 있으랬잖아! 이 오빠 화나게 할래? —,.—"

참 긴박한 순간인데… 참 아찔한 순간인데… 참 기막힌 순간인데… 이 순간 내 속은 어째서 울렁거리는 걸까? 이 오빠 화나게 할래라는 느끼한 그 한마디가 사람을 한없이 울렁거리게 만들어 버린다. 내 고함 소리에도 불구하고 변태 놈은 덜덜 떨어대는 양손으로 내 파자마 단추를 하나씩 풀기 시작했다.

"아저씨!! 저 정말 볼 거 없어요. 이게 지금 뭐 하는 짓이에요!! 정보고 싶으면 거기, 거기 인체의 신비 대탐험, 거기 한 번 관람해 보세요, 아저씨이!!"

"핵핵! 아가야, 오빠랑 놀아보자."

발버둥 치는 날 엄청난 힘으로 저지시키고 덜덜 떨며 파자마 단추를 풀어젖히는 변태 놈. 변태의 손길이 내 몸을 스쳐 지나갈 때마다 하나씩 돋아나는 내 몸의 닭살들.

"흑! 나 주를 멀리 떠나갔네. 이제 옵니다. 아부지, 네, 그럼요. 믿어요, 믿어요. 주 예수 아부지를 믿습니다!! 어엉! 주 찬양할게요!"

딸에게 이년이년 거리며 구타를 베풀고 돈을 사랑하는 우리 엄마. 믿기진 않지만 사랑을 베풀고 니 이웃을 사랑하라는 명언을 남기신 예수님을 믿는 기독교인이시다. 일요일 아침마다 잠에 취해 사경을 헤매는 딸을 교회에 끌고 다닌 덕분에 위급할 때나 생명의 위협을 느낄 때 불쑥불쑥 내 입에서 튀어나오는 주기도문과 찬송가. 부디 하나님이 이 어린 양에게 기적을 베풀어주시리라 믿어 의심치 않고 열심히 찬송가를 불러댔다. 내 입에서 찬송가가 흘러나오자 흠칫 놀라는 변태 놈. 약발이 든 건가라는 생각에 더욱더 목청 높여 찬송가를 불렀다. 이런 내 모습에 머뭇거리던 변태 놈이 날 내려다보며 아주 조심스럽게 입을 달싹거렸다.

"핵핵! 그건 무슨 노래니? 노래가 참 듣기 좋구나. 후후… 아가야, 오빠랑 목욕할까? —,.—"

으아악!! 아가야, 오빠랑 목욕할까라니!! 일순 세차게 부르던 찬송가를 멈추고 순식간에 허연 석고처럼 굳어버렸다. 매번 말하지만…

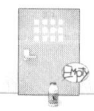

나 소심한 인간이다. 그렇기에 내 입에서 웬만해서는 욕 따위 튀어나오지 않는다. 나름대로 어르고, 달래고, 소리치고, 발버둥 치며, 참을 만큼 참았다고 생각했다. 그렇지만… 이건 아니다.

"이, 이, 싸, 싸, 쌍… 이 변태 자식이 실성을 했나!! 이 미, 미, 미, 미친놈아!! 너 뭐여!! 꺼져!! 안 꺼져? 삽으로 뒤통수 후려치기 전에 이 손모가지 못 치우니?! 너 대가리에 총 맞았어? 확 주둥아리에 재갈 물리기 전에 언능 나가라, 어? 내가 왜 너랑 같이 목욕을 해, 이변태 자식아!! 만지지 마!! 이 개자식, 개자식!! 이 변태 자식, 변태 자식!!"

쨍그랑—!!

툭—

화들짝—

상상을 초월해 버린 나의 욕지거리에도 굴하지 않고 핵핵대던 변태가 내 마지막 파자마 단추를 풀고 본격적으로 내 몸을 주물럭대려는 순간, 베란다 창문 깨지는 소리와 함께 방 안에 낯익은 핸드폰 하나가 날아 들어왔다.

"핵핵! 뭐, 뭐야!!"

"너!! 너 이 새끼! 아씨, 뭘 멍하니 보고 있어, 이 등신아!! 박지민!! 단추 안 잠가?!"

눈물콧물 범벅이 된 채 침대에서 몸을 일으키자 구겨질 대로 구겨진 표정으로 변태와 날 무섭게 노려보는 총각이 두 눈에 들어왔다. 아무리 건물이 낮다 한들 문지방을 밟고 걸어 들어와야 될 집 안을 어떻게 스파이더마냥 벽을 타고 기어올라 오는 건지……. 지금 이 순간 이놈의 집터가 억세게 나쁘다는 것만은 다시 한 번 확실히 알 수 있었다. 나 몰라라 집으로 돌아간 줄 알았던 총각이 내 눈앞에 모습을 드러내자 의미 모를 눈물이 주체하지 못할 정도로 흘러내렸다. 안도, 다행, 반가움, 기쁨의 눈물일 수도 있다. 그리고… 지은 지 얼마 되지 않은 신축 건물 베란다에 핸드폰을 집어 던지는 몰상식한 짓을 저지름으로써 창문에 주먹만한 크기의 구멍이 뚫림과 동시에 뚫린 구멍을 중심으로 사방에 쩍쩍 금이 가버렸다. 어쩌면 베란다 창이 만신창이가 되어버렸다는 경악스런 사실에 대한 분노와 슬픔의 눈물일지도 모른다. 만감이 교차되면서 급기야는 어깨를 들썩거리며 꺼이꺼이 서럽게, 아주 서럽게 통곡해 댔다. 창문이 깨진 건 결코 총각 잘못이 아니야. 베란다 시공을 약하게 한 인테리어 회사의 잘못이야. 침대에 풀썩 널브러져서 아주 서럽게 통곡을 해댔다.

자박자박—

난간을 부여잡고 베란다 안으로의 진입에 멋지게 성공한 총각. 바닥에 널린 깨진 유리 조각을 자박자박 밟아대며 상당히 노한 표정으로 변태와 날 노려봐 줬다. 당황한 밤색 빵모자가 돌연 버버리 자락을 휘날리며 베란다로 미친 듯이 달려갔다. 그리고는 총각이 미처 문을 열기도 전에 베란다 창문을 잠가 버리는 참으로 똑똑한 짓을 저질렀다. 그러면서 자기가 생각해도 기특했던지 그저 좋다고 웃는다. 난간에 기대서서 어이가 없다는 듯 비웃음을 날리며 빵모자를 노려보는 총각. 움찔움찔 뒷걸음질치며 총각의 눈치를 살피던 변태 놈은 투

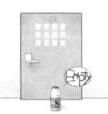

철한 직업 정신을 유감없이 발휘해 방바닥에 내려놓았던 내 속옷들을 코트 주머니에 미친 듯이 쑤셔 넣기 시작했다. 침대에 널브러져 오열하고 있는 내게 다가오더니 총각 보라는 듯이 노골적인 손놀림으로 다시금 내 온몸을 찰흙 주물러대듯 더듬기 시작했다.

퍽퍽—!!

난간에 기대서서 노한 표정으로 변태와 날 노려보던 총각이 변태의 노골적인 손놀림에 눈살을 찌푸리더니 무식하게 베란다 창문을 주먹으로 쳐대며 버럭버럭 내게 고함을 질러댔다.

"씨발! 너 뭐야!! 즐기는 거야?! 반항 안 해?!"

라고. ㅠ_ㅠ

"꺄아아악! 즐기기는 뭘 즐겨!! 이 손 안 치워!!"

총각의 노한 음성에 그제야 정신을 차리고 이유있는 반항을 시작했다.

퍽퍽—!!

와장창—!!

사방에 금이 가 있던 베란다 창문은 총각의 주먹질에 금세 와장창 하는 굉음과 함께 쉽게 깨어져 버렸다. 아무래도 이 원룸 부실 공사였나 보다. 창문을 왜 저따위로 약하게 만들어놓은 것일까?

"흑! 미쳤어요? 소, 손에 피나는데 흑! 꺄아아아! 것보다 창문 값 얼마한대요? ㅠ_ㅠ"

창문이 너무 쉽게 깨어져 버리자 소스라치게 놀란 변태 놈이 내 몸에서 손을 빼낸 뒤 다시 한 번 바바리 자락을 휘날리며 쌩 하니 현관을 향해 내달렸다.

덜컥—

퍽—!!

"푸! 아씨, 웃기네, 웃기네! 너 뭐야, 이 새꺄!!"

태평스럽게 우리 집 문 앞에 퍼질러 앉아 캔 음료를 꿀떡꿀떡 목구멍으로 넘기고 있던 동생 놈은 갑작스레 열린 현관문에 뒤통수를 가격당해 먹고 있던 음료수를 한강에 소주 뿌리듯 추하게 내뱉었다. 그리고는 입가에 묻은 주황빛 액체를 손으로 쓰윽 닦아내더니 버버리의 사내를 무섭게 노려봤다. 흔히 몹시 심하게 때리는 모양을 말할 때 복날 개 패듯이 팬다라는 표현을 사용하곤 한다. 저기 내 눈앞에 복날 개 패듯 패는 것보다 더 잔인한 방법으로 변태 놈을 응징하는 두 형제가 보인다. 한 손에 음료수 캔을 들고 죽여, 죽여를 외치며 사정없이 변태 놈을 밟아대던 동생 놈이 돌연 변태의 밤색 빵모자를 확 벗겨낸다. 맨들맨들 반짝반짝 윤기가 흐르는 변태 놈의 살색 머리에 어디서 주워온 건지 매직을 끄집어내 끄적거리며 낙서를 해대기 시작했다. 총각은 발을 사용해 변태의 손가락을 짓누르며 천천히 고통을 느끼게 해주려는 듯 뼈 마디마디를 으스러지듯이 밟아대며 입가에 사악한 미소를 띠고 있었다.

끝내는 정신을 잃어버린 변태. 주민들의 신고로 뒤늦게 도착한 경찰이 시체 끌어나르듯 변태를 질질 끌고 감으로써 끔찍했던 새벽녘의 변태 사건은 끝이 났다.

"손목이 분질러졌냐!! 다 큰 기집애가 문을 잠그고 자야 될 거 아냐!! 그리고 그건, 그건 팬티랑 그 위에 그건, 왜 그때까지 안 걷고 베란다에 걸어놨냐!! 아주 꼴에 가지가지한다, 진짜! 그리고 왜 정신 나간 인간처럼 반항 안 했어!!"

난 총각의 집에 끌려와 침대 밑에 조신하게 꿇어앉아 30분 동안 설교를 들어야만 했다. 참, 피는 못 속인다더니… 아주 누구누구랑 닮았구나. 그리고 그 설교라는 것도 얼토당토않은 억지들뿐이었다. 왜 단추를 늦게 잠근 거냐… 일부러 늦게 잠근 건 아니냐… 왜 정신 나간 인간처럼 반항을 안 했냐… 혹시 즐긴 건 아니냐… 누가 단추 달린 잠옷을 입고 널브러져 자랬냐… 내일 단추 없는 잠옷으로 바꿔라… 끝없는 억지들.

"하하! 웃기네, 웃기네. 야, 너 형이랑 내가 담배 사러 편의점에 안 갔더라면 대머리 변태한테 벌써 잡아먹혔어!! 그런 의미에서 잘생긴 정훈아, 고마워, 사랑해, 한 번만 해줄래? 아, 정말 날 사랑하면 상황이 좀 곤란하지만. 크큭!"

식탁 의자에 쪼그리고 앉아 이번엔 콜라를 홀짝홀짝 마셔대며 깐죽대는 동생 놈.

"정훈아, 너 입가에 콜라 묻었어. =___= 씨.익."

"형, 저 기집애가 나한테 꼬리치는데?"

우득—!!

한 대 맞고도 정신을 못 차리는 케이스. 형에게 한 대 맞고 왜 때리냐며 길길이 날뛰는 철없는 동생 놈. 쯧쯧.

"야! 너 오늘 저 앞집에서 자!"

"미쳤어?! 베란다 창문도 다 깨진 집에서 나보고 얼어 죽으라고!! -0-"

"그럼 얘가 그래도 여잔데 다시 거기로 돌려보내냐?"

얘가 그래도 여잔데? 얘가 그래도 여잔데? 고마워, 총각. 하지만 썩 기분이 좋지만은 않구려.

"형이 가서 자!! 내가 쟤랑 여기서 잘 테니까. 그럼 되겠네!!"

"죽을래? 안 꺼져?"

"아!! 사랑스런 동생 놈이 내일 아침 꽁꽁 얼어서 고등어되는 꼴 보고 싶어? 여기서 셋이 자면 되겠네. 왜 날 내보내!!"

"무식한 놈. 동태겠지. 빨리 꺼져!!"

결국은 꺼지기로 맘을 굳게 먹었는지 날 무섭게 노려보더니 문을 열고 휭 하니 걸어나가 버리는 동생 놈.

셋에서 자도 되는데 왜 굳이 동생 놈을 쫓아낸 거냐고 물어보고 싶었지만 괜한 이야기를 끄집어냈다가는 한 대 맞을 분위기였다. 동생이 나가 버리고 단둘이 남은 총각과 나. 참 어색하도다. =＿＿= 피가 흘러내리는 왼손을 물끄러미 바라보더니 대충 물로 씻어내고 침대에 앉아 돌돌 혼자서 잘도 붕대를 휘감아댄다. 따끔거리는지 눈썹을 찌푸리는 총각이 모습이 조금은 안쓰러워 기어들어 가는 목소리로 소심하게 말을 건네봤다.

"많이 아파요?"

"어, 돼.질. 만.큼. 아프다."

"아, 네."

돼질 만큼이라는 말을 강조하며 이를 갈았기에 고개를 떨구고 입고 있던 파자마만 배배 꼬아댔다.

"너."

"예?"

"아까 나한테 뭐라 그랬어!!"

"뭐라 그랬던가요?"

"지훈이라 그랬잖아!! 넌 오빠라는 말도 모르지!! 어디서 버르장머리없이 지훈아! 변태가 어쩌고저쩌고!!"

"상황이 급하니까… 근데 베란다에 어떻게 올라왔어요?"

"가스 배관 타고 기어올라 갔다, 왜!!"

"능력 좋으시네요."

"저 상자 뚜껑 열어서 입가에 후시딘이나 발라!! 기집애가 칠칠맞게 뭐냐, 그게?"

씨. 누가 이렇게 만들어놨는데! 투덜거리며 구급 상자 안에서 후시딘을 꺼내 이곳저곳 사정없이 덕지덕지 연고를 발라댔다. 붕대를 휘감다 말고 이런 내 모습을 어이없게 쳐다보던 총각이 신경질을 내며 내 손에 있던 후시딘을 확 낚아챘다.

"왜 뺏어요, 바르랬으면서!!"

"입가에 바르랬지, 입술에 바르랬냐!! 연고는 찜찜해서 먹기 싫단 말야!!"

"연고를 왜 먹어요!!"

"웬만큼은 먹겠는데 그렇게 많이는 찜찜해서 못 먹겠다고!!"
"연고를 왜 먹어요, 밥 놔두고!! 굶었어요?"
"내 입에서 욕 나오게 할래?!"
"딸꾹!"
"됐다. 그래, 집어치워라, 집어치워. 하고 싶은 맘도 사라졌다. 떨빵한 것도 어느 정도를 넘어서면 사람이 피곤하다고, 이 등신아!!"

하고 싶은 맘도 사라졌다는 의미 모를 말을 남기더니 죄없는 휴지통을 걷어차고 욕실로 걸어가는 총각. 잠시 후 샤워를 하려는 건지 물 떨어지는 소리가 들려왔고 난 바닥에 널브러진 휴지 조각을 다시 휴지통에 주워 담았다.

시계는 새벽 3시 30분을 가리키고 있었고 침대 끝자락에 살포시 걸터앉아 꾸벅꾸벅 졸아대던 난 샤워기 물 떨어지는 소리를 자장가 삼아 그대로 잠이 들어버리는 위험천만한 짓을 저질렀다.

띠— 띠— 띠—

쾅쾅쾅—!!

"이 살인자들!! 니들 미친 거 아냐? 잠이 와?! 나 얼어 죽이려고 작정하고 쫓아낸 거지!! 이 살인자들, 못 일어나! 살려줘!! -0-"

살려달라고 목숨을 구걸하는 웬 사내의 비명 소리에 천근만근 같은 눈꺼풀을 힘겹게 들어 올리자 낯익은 샴푸 향과 부드러운 머리카락이 내 이마와 코끝을 기분 좋게 자극했다.

화들짝—!!

두 눈을 번쩍 뜨고 현실을 직시한 결과, 난 어느 틈엔가 또 한 번

총각의 죽부인이 되어 있었다. 버릇처럼 뭔가를 끌어안고 자는 총각의 못된 습성에 또 걸려들어 버린 난 울컥하는 마음에 살포시 총각을 옆으로 밀었다.

떼구르르르… 쿵—!!

너무나 힘없이 침대 밑으로 굴러 떨어져 버리는 총각. 조금 당황한 나머지 침대 위에서 벌떡 일어나 바닥에 굴러 떨어진 총각을 빠꼼히 내려다봤다.

움찔—

바닥에 널브러진 채로 무섭게 날 노려보는 총각의 노한 눈길에 싸해지는 심장을 쓸어 내리며 말없이 뒷걸음질을 쳐야 했다.

"아씨! 뭐야, 너!! 왜 밀어!! 허리 부러지면 니가 책임질 거야?!"

"왜 아침부터 소린 지르고 그래요. 뭐, 뭐 잘했다고."

쾅쾅쾅—!!

"형 새끼! 일어난 거 다 알아!! 목소리 다 들렸어!! 빨리 문 열어줘!! 나 고등어 되기 일보 직전이라고!!"

똑똑! 형님, 문 좀 열어주세요라고 구걸을 해도 눈 하나 깜빡 안 할 인간인데 그런 인간 앞에서 형 새끼 문열어라니. 그리고 저 무식한 놈, 동태라고 몇 번 말해야 알아들을까? 현관문을 두드려대는 동생의 외침에 고개 한 번 돌려보지 않고 욕실로 들어가 버리는 매정한 총각.

쾅쾅쾅—!!

"살려달라고!! 나 얼어 죽는다고!! 이 살인자들!! 내 가슴에 못 박아놓고 두 다리 뻗고 잠이 오든?! 아, 짜증나!! 문 열어!!"

밤새 뚫린 베란다 창문으로 들어오는 바람에 맞서 추위에 떨었을 정훈 총각을 생각하니 괜스레 안쓰러운 마음이 들었다. 부리나케 현관으로 달려가 문을 열어줬다.

철푸덕—!!

문이 열림과 동시에 날 현관 바닥에 내동댕이치고 침대를 향해 무섭게 질주하는 동생 놈. 다이빙하듯 침대로 뛰어들더니 이불을 머리 끝까지 뒤집어쓰고 사지를 덜덜 떨어대며 콜록대기 시작했다.

"저기, 정훈아… 간밤에 많이 춥던?"

"콜록! 말 시키지 마, 이 기집애야!! 너 정말 싫어!! 짜증나!"

현관 바닥에 내동댕이쳐진 채로 침대를 바라보며 나도 니가 싫어, 이 자식아!를 속으로 열 번 정도 외쳤다. 총각이 욕실에서 나오기 전에 집으로 들어가야겠다는 생각에 자리에서 일어나 부리나케 집으로 도망왔다. 사실 또 밥 해달라는 소리를 할까 봐 무서웠다.

덜컥—

새벽에 엄청난 난동이 있었던 우리 집. 깨진 창문 틈새로 불어오는 냉랭한 바람이 온 집 안을 사정없이 휘젓고 있었다. 신발을 신은 채로 비틀대며 집으로 걸어 들어가 산산조각나 버린 베란다 창문을 부여잡고 쓰디쓴 눈물을 삼켜야 했다. 집 안 이곳저곳을 살피다 바닥에 널브러져 있던 총각의 핸드폰을 집어 들었다. 액정도 깨져 버리고 전원도 나가 버렸다. 제 한 목숨 희생하고 의롭게 죽은 총각의 핸드폰에 대해 잠시 묵념을 올리고 있을 때쯤,

　딩동딩동—

　탁자 위에 던져 뒀던 내 핸드폰이 요란하게 울려댄다. 핸드폰 플립을 열고 발신자를 확인하자 가슴이 심하게 요동치기 시작했다. '나의 마미'. =＿=

　베란다 창문 값을 달라고 용기있는 발언을 내뱉기 위한 마음의 준비도 덜 갖췄건만……. 덜덜 떨어대는 오른손을 애써 진정시키고 통화 버튼을 눌렀다.

　"여, 여보세요?"

　[이년아!! 왜 전화를 안 받아!! 왜 전화를 안 받아, 이년아!!]

　"아, 잠시 내가 가는 귀가 먹었나 봐. 왜 아침부터 버럭 소리는 질러, 무섭게."

　[큰일 났어, 이년아!! 옆집 정희네 아빠 회사가 부도났댄다, 야! 일단 빚쟁이들 잠잠해질 때까지만 정희 거기에 가 있으랬으니까 며칠 같이 지내!!]

　"어, 엄마 뭐라고? 정순이? 정화? 정경이? 누구?"

　[같은 말 두 번하게 만들래? 어?]

　"잠시, 정말 못 들었다니까. 누구?"

　[뚜뚜뚜—]

　"정희일 리가 없지, 암."

　텅 빈 집에 홀로 외로이 서서 끊어진 핸드폰을 바라보며 너털웃음을 짓고 있는 내 귀에 들려오는 초인종 소리.

　띠—

정희일 리 없다며 세차게 고갯짓을 했다. 미미하게 경련을 일으키는 오른손을 진정시켜 현관문을 벌컥 열었다. 분명 앞집 총각이겠지. 하하.

덜컥—

"누구세… 오, 이런! 집을 잘못 찾아오셨군요. 실례했어요."

"지민아, 잠깐. 흑! 우리 집 얘기 들었지? 흑! 나 어떡해야 될지 모르겠어. 흑! 그동안 너한테 나 되게 못되게 굴었다는 거 알고, 정말 미안해. 흑! 지민아, 미안했어. 나 용서해 줘."

"……."

와락—!!

"지민아… 흑!"

양손에 짐 보따리를 들고 우리 집에 행차하신 웬 아가씨. 이렇게 따뜻한 목소리로 지민아를 외쳐 대는 넌 누구니? 이렇게 으스러지도록 날 끌어안아 대는 넌 누구니?

"하하. 제가 아는 정희는 이런 아이가 아니랍니다. 집을 잘못 찾아 오셨네요. =___= 씨.익."

"지민아, 흑! 나 그동안 너한테 정말 왜 그랬는지 모르겠다. 흑! 철이 덜 들었었나 봐. 나 용서해 줄 거지? 어? 흑! 지민아."

"용서라기보다 왜 갑자기……."

내 품에 앵겨 부비적거리는 정희의 등을 내키진 않았지만 토닥토닥 두드려 줘야만 했다.

덜컥—

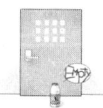

그리고 그때 돌연 301호 문이 열리더니 잔뜩 골이 난 앞집 총각이 신경질을 내며 집에서 걸어나왔다.

"너 뭐야!! 누가 멋대로 집에 가래!! 이왕 온 거 밥은 해줘야 될 거 아냐!! 근데 너 뭐 하는 거냐, 지금?"

"아, 아니, 달래주고 있는 거예요."

"너 사람도 패고 다니냐?"

"패, 패기는 누가 팼다 그래요!!"

"왜 죄없는 애를 울리고 다녀!!"

"흑! 아, 안녕하세요? 지민이가 울린 게 아니라… 흑! 제가, 제가 너무 미안해서 우는 거예요."

"너 나 알아?"

매정한 총각. 여적까지 허연 목덜미에 희미하게 남아 있는 그 시뻘건 모기 자국을 만들어준 장본인을 기억 못하다니. 정희야, 그러고 보니 오늘 화장을 안 했구나. 내 품에 앵긴 채 하염없이 훌쩍대는 정희. 아직도 내 품에 안겨 있는 여자가 정희라는 사실을 모른 채 혀를 내두르며 한심하게 날 쳐다보고 있는 총각. 말없이 천장을 바라보며 작은 한숨을 내쉬어야만 했다.

속닥속닥—

[이 멍청한 년아! 믿지 마, 믿지 마!! 그렇게 당하고도 몰라? 미친… 너 설마 진짜 믿는 거 아니지?]

"지영아, 친구한테 멍청한 년이라니. 아니, 솔직히 아빠 회사도 부도나고. 것보다 내 뼈가 으스러질 듯이 끌어안더니 미안하다면서 막 통곡을 하더라구."

[너 시끄러!! 당장 그 아가리 닥치지 못할까!! 정희 그 잡것이! 그 망할 년이! 이번에 작정을 하고 집구석까지 기어들어…….]

덜컥—

"지민아, 유리는 다 치웠거… 어? 전화 중이었네."

"어, 그래. 지영아, 증조 할아버님이 아프시다고?"

[뭐야! 그 재수로 도배된 목소리 정희 년 아녀? 옆에 있으면 당장 바꿔! 박지민, 정희 년 바꿔봐!]

요새는 재수로 도배도 하고 그러나 보다. 아무리 친구라지만 내 친구 지영이가 스팀받았을 때 순간순간 입에서 튀어나오는 험한 욕지거리들은 언제나 날 한없이 쫄게 만든다.

"오, 저런! 어쩌다가… 참 안쓰럽구나. 조만간 같이 바둑이나 두자고 전해드리렴. 응."

[박지민!! 그 아가리 닥치고 정희 년 바꾸란 말이야!! 내가 확실히 끝장을 볼 테니께! 그년 면상을 확 갈…….]

탁—

"내가 들으면 안 될 통화였나 보네? 미안해, 갑자기."

"하하. 아냐. 지영이네 증조 할아버님이 치질에 걸리셨다길래 치질에 대한 치료 방법에 대해 잠시 의논하고 있었어. 미안하기는……."

양정희, 너와 내가 이웃사촌으로 살아온 지도 어언 20년. 이깟 하

찮은 일 따위에 나에게 미안하다는 소리를 내뱉다니… 너도 미안하다는 말을 할 줄 아는 나와 똑같은 인간이었다는 사실이 반갑기도 하고 또 한편으론 괜스레 두렵기도 하구나.

"미안해. 여태껏 너한테 못된 짓만 하고 다닌 것 같애. 아빠 일 이렇게 되고 나니까 흑! 이제 철이 든 건가 봐. 흑! 나 많이 반성하고 있거든?"

손에 들고 있던 추잡스런 걸레를 만지작대며 죄인마냥 내 앞에서 고개를 떨군 채 하염없이 눈물을 뚝뚝 흘린다. 신들린 듯한 비상한 능력으로 가식적인 연기를 0.01초 만에 간파할 수 있던 나조차도 지금 정희가 취하고 있는 이 태도가 과연 진심인지, 가식의 탈을 쓴 일개 연기에 불과한 건지… 도통 감을 잡을래야 잡을 수가 없도다. 어허. 울지 말라며 등을 토닥여 주자 또 한 번 내 품에 폭삭 앵겨 부비적거리는 정희. 정희야, 이러지 말아라. 옷에 콧물 묻는단다. =_=

"그래. 근데 언제까지 우리 집에 있어야 된대?"

정희에겐 참 미안한 말이다만 아까부터 계속 물어보고 싶은 걸 간신히 참아내고 있었다. 언제까지 우리 집에 머물러 있어야 하는 건지…….

"훌쩍! 그건 잘 모르겠구… 같이 놀던 친구들도 훌쩍! 연락이 끊기고… 훌쩍! 아빠랑 엄마두 친척집에 피해 계시고… 한동안… 한동안… 흑!"

"그래, 정희야. 내 말은 말이지, 그 한동안이 구체적으로 며칠이 될 것 같냐는 말이야."

"흑! 아빠… ㅜ^ㅜ 흑! 엄마… ㅜ^ㅜ"

움찔—

돌연 아빠, 엄마를 목청 높여 서럽게 부르며 오열하는 정희. 더 이상 물어봤다가는 돌아가신 할머니 이름까지 들먹이며 통곡할 것 같아 한동안의 구체적인 날에 대해 캐묻는 건 이쯤에서 포기해야 했다.

"우, 울지 마. 왜 울고 그래? 그래, 그 한동안 우리 집에서 지내면 되잖아. 울지 말래니까……. 아빠 회사 전처럼 다시 돌아올 거야. 그러니까 울지 마."

"흑! 지민아, 고마워. 나, 나 정말 너한테 못된 짓거리만 하고… 흑! 그거 어떻게 너한테 보상해야 좋을지 모르겠는데 흑! 미안해, 미안해, 너무 미안해."

돈으로 보상해 주면 좋겠지만 차마 돈으로 보상해 달라는 소리가 나오지 않았다.

미안해, 미안해, 너무 미안해라며 세 번 연속 쉬지 않고 미안해를 연발하며 울부짖는 정희. 너무 감격스러워 코끝이 찡해져 왔다. 정희야, 너 정말 사람 됐구나. ㅠ_ㅠ

"정희야, 그럼 너 학교는? 학교는 어떻게 되는 거야?"

"어? 어, 학교는 일단 가기로 했구 흑! 거기까지 빚쟁이들이 쫓아오면 흑! 학교도 흑! 그보다 너두 약속있을 텐데, 내가 너무 방해하는 거 아냐?"

"어? 아, 괘, 괜찮아. 지영이는 할아버지 치질 간병하느라 한동안 바쁠 테고, 가능한 너랑 있도록 해볼게. 너 어디 나가지도 못할 테니

까. 저녁에 일본어 수업이 있기는 하다만."

"그래? 훌쩍! 니네 엄마가 우리 엄마 앞에서 너 일본어 잘한다고 입에 침이 마르도록 자랑을 했다는데… 훌쩍! 왜 난 너 일본어 하는 걸 못 봤지? 그럼 저녁에 학원 가는 거야?"

"치, 침이 마르도록? 아, 학원은 아니고… 그, 그 앞집 사는… 거시기, 그 거시기… 그 사람이 가르쳐 주기로 했거든."

순간 앞집 총각의 허연 목덜미를 시뻘겋게 물어뜯은 모기 자국이 머리 속에 쌩 하니 정희의 영상과 함께 스쳐 지나갔다.

물어봐도 될까? 그날 무슨 일이 있었는지. 그날 총각이 정말 안 궁금하냐고 닦달을 해댈 때 참 궁금하다고 세차게 끄덕거릴 걸. 때늦은 후회가 밀물 밀려오듯 두리둥실 밀려온다.

"아~ 앞집 사는 사람이면 지훈 씨? 앗, 미안… 지훈 씨라고 안 부를게. 내가 지훈 씨라 부르는 거 기분 나쁘지?"

땟물이 줄줄 흐르는 추잡스런 걸레를 만지작대던 손으로 자기 입을 틀어막고 미안한 표정을 지어 보이는 정희. 중학교 2학년 때 걸레 좀 **빨아오**라는 담임 선생님의 말에 내가 걸레를 빨아야 되는 이유를 대라며 시퍼렇게 질린 얼굴로 정색을 하던 정희의 모습이 아직도 눈에 선한데, 그래서 결국에는 그 걸레를 내가 빨아왔던 걸로 기억되는데, 그런 정희가… 그랬던 정희가…….

"아, 아니, 지훈 씨 맞는데 뭐. 정희야 입가에 걸레 물 묻었네."

오랜만에 본 정희가 참 많이 추해져 있다. 저런 애가 아니었는데…….

"아, 신경 쓰지 마. 닦으면 되지."

입고 있던 허연 면티로 입가를 쓰윽 닦아버린다. 저런 애가 아니었는데… 충격이 꽤 컸나 보다.

"정희야."

내 안쓰러운 목소리를 뒤로하고 헤벌쭉 웃으며 말을 이어가는 정희.

"아, 좋겠다. 지훈 씨가 외국어도 잘하는구나. 아, 오해하지 마. 나 이제 니가 사귀던 애인 가로채는 그런 유치한 짓 절대 안 할 거야. 내 나이가 몇 갠데."

"20개."

"아! 그리고 이건 확실하게 말해 줘야 될 것 같아서. 그날, 내가 지훈 씨 전화받던 그날 말야. 내가 너한테 장난친 거였어. 니가 상상하는 그런 일 없었어. 오해하지 마, 알았지? 지훈 씨가 술 많이 취한 상태였거든. 정말 아무 일 없었어!! 그냥 나 끌어안고만 자던걸?"

내가 상상하는 그런 일? 난 아무 상상도 안 했는데 왜 날 이상한 애로 몰고 가는 거니? 뭐 조금, 아주 조금 신경이 쓰여 새벽녘까지 잠을 설치다 총각과 정희가 내 앞에 알짱거리는 악몽을 꾸기는 했지만. 아무 일 없다는 말에 심하게 안도하고 있는 나.

"그럼 나는 방이나 마저 닦을게. 너 큰일 날 뻔했겠네. 문단속 잘하고 잤어야지!! 요새 속옷 도둑이 극성이라던데."

정희는 늘 걸레를 만질 때 암적인 존재를 다루듯 오만 인상을 쓰던, 소위 좀 재수없는 그런 애였다. 그런 정희가 혼자 궁시렁대며 추

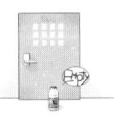

잡한 걸레를 손에 움켜잡고 미친 듯이 바닥을 닦고 있다. 그런 정희의 모습을 한동안 의심에 가득 찬 눈초리로 바라보는데 아예 바닥에 퍼질러 앉아 걸레질을 하고 있던 정희가 대뜸 고개를 들어 이런 날 향해 방긋 하는 웃음을 지어 보여줬다. 그 웃음이 꼭 나에게 말을 전해주고 있는 듯했다. 믿어, 이년아라고. 괜스레 무안한 마음에 뒤통수에 대롱대롱 매달려 있는 반창고를 만지작대며 이리저리 방황해야 했다.

띠— 띠— 띠—

쾅쾅쾅—

정서불안 걸린 사람마냥 무식하게 벨을 눌러대며 우리 집 문을 발로 차대는 저 사람. 몰상식한 총각 같으니라고. 내 이 총각을 오늘 그냥…….

덜컥—

"넌 귓구멍이 꽉꽉 막혔어?!! 왜 빨리 안 열어!!"

"행차하셨는지요? 밥까지 해드렸는데 또 무슨 일로…….”

저렇게 무서운 표정으로 날 노려보는데 감히 나같이 소심한 인간이 어찌 소리를 지르랴. 날 심하게 노려보는가 싶더니 그 시선을 거두고 뒤를 돌아 거만하게 까닥까닥 손짓을 해 보인다.

"아저씨, 여기요, 여기!"

"우오오오오. -0-"

뜻 모를 기합 소리가 내 귓가에 웽웽거렸고,

"걸리적거리게 계속 서 있을 거야? 비켜줘야 들어갈 거 아냐!!"

라는 말과 함께 총각은 내 몸을 신발장으로 사정없이 밀어버렸다.

"오오오… 다 비켜, 다 비켜!!"

신발장에 딱정벌레마냥 딱 들러붙어 서서 투덜거리고 있는데 유리창을 어깨에 메고 무서운 기세로 돌진하는 아저씨 두 분이 보였다. 아저씨 두 분은 마치 짠 듯이 신발을 벗지 않은 채 집 안으로 들어와 베란다 앞에 쭈그리고 앉아 걸레질하는 정희를 옆으로 내동댕이쳐버렸다. 흥얼흥얼 콧노래를 부르며 샷시를 통째로 교체하기 시작했다.

"누, 누군가요, 저 사람들?"

"니 눈엔 저 사람들이 뭐 하는 걸로 보이는데?"

"에? 베란다 샷시를 통째로 교체하는 걸로 보여요."

"본 그대로네. 근데?"

"에?"

"근데 알면서 왜 물어봐! 쟤는 뭐 하냐?"

총각의 시선을 따라가자 베란다를 교체하느라 분주한 난리 북새통에 정신없이 바닥을 닦아대고 있는 정희가 보였다.

"거, 걸레질하고 있는 것 같은데요."

"근데 넌 뭐 하는데?"

정희에게서 시선을 거둬 게슴츠레한 실눈으로 날 노려보는 총각. 청소 시간에 힘없는 친구에게 일을 부리고 옆에서 딩가딩가 놀고 먹는 그런 천하의 몹쓸 인간 말종 쳐다보듯 날 노려보는 총각의 부담스런 시선. 나는 즉시 걸레 하나를 손에 쥐고 와 정희 옆에 앉았다.

"아이고, 이 학생들이!! 절로 안 꺼져!! 꺼지란 말이여!!"

"아이고! 이 인간들이 염장을 질러 버리네!! 그 걸레 입 안에 처넣어 버리기 전에 안 비켜!! 사라져, 이것들아!! -0-"

 결국은 걸레를 손에 쥔 채 대머리 아저씨들에게 떠밀리다시피 쫓겨 나와야 했다. 요즘 제 집보다 더 자주 드나드는 총각의 집으로 잠시 피해 있었다. 옷을 갈아입고 외출 준비를 서두르는 총각과 침대에 드러누워 앓는 소리를 해대는 동생 놈. 걸레를 쥔, 조금은 추한 모습으로 집 안에 발을 들이자 앓는 소리를 해대던 동생 놈이 정희와 날 발견하고 침대에서 벌떡 일어난다. 깜짝 놀란 눈으로 나와 정희를, 아니, 날 매섭게 노려보는 것 같았다. 옆에 서 있던 정희도 뻣뻣하게 굳어버린 채 두 눈을 동그랗게 뜨고 옷장을 뒤적이고 있는 총각과 침대에 앉아 어이없다는 표정을 짓고 있는 동생 놈을 번갈아 바라본다. 닮기는 닮았나 보다. 목도리 휘감는 걸 유난히 좋아하는 총각. 잘난 지훈의 코디의 하이라이트라 할 수 있는 마지막 포인트, 목덜미에 천 쪼가리 휘감아대기! 오늘도 멋진 패션으로 날 한없이 주눅 들게 만들어 버린 뒤, 그 멋진 자태를 뽐내며 고개를 돌려 날 물끄러미 바라본다.

"걸레 손에서 안 내려놔!! 인간다운 행동 안 바라니까 추한 짓거리, 야한 짓거리만 하지 말라고!! 어?"

 추하고 야한 짓거리.

"지민이 그런 짓 하고 안 돌아다녀요. 워낙 순진해서."

 내 옆에서 걸레를 만지작대던 정희가 날 거들어줄 심산인지 기어

들어 가는 목소리로 넌지시 말을 던졌다. 워낙 순진해서라는 말이 마음에 걸리기는 했지만, 내 머리 속에서는 일제히 환호하며 양정희 사람 됐다를 연호하고 있었다. 난 새 인간 탄생에 대한 기쁨의 눈물을 소맷자락으로 몰래 훔쳐야 했다.

"하! 순진? 웃기네. 너 뭔데!! 저거 순 가식이라고!!"

저거 순 가식? 내 가식적인 연기, 정말 티가 많이 났다 보다. 젠장!

"지민이 그런 애 아니라구요."

"큭! 야, 박지민. 너한테 저런 친구도 있었냐? 깡패에 싸가지없는 친구들만 우글대더만. 크큭!"

깡패=내 베스트 프랜드 지영이. 싸가지=양정희.

왜 못 알아보는 걸까? 왜 속고 있는 걸까?

"저기 애 몰라요? 정희라고……."

내 말에 정희의 얼굴을 유심히 들여다보던 총각이 정희 가슴에 칼을 내리꽂는 냉랭한 말 한마디를 남기고 발버둥 치는 날 복날 개 끌고 가듯 끌고 나갔다.

"사기치네. 그 싸가지없는 기집애는 얘보다 눈이 두 배는 더 크더라. 나가자."

차 앞까지 날 끌고 온 총각은 내 오른손에 들린 걸레를 보더니 버럭 신경질을 내며 걸레를 낚아채 담장 너머로 집어 휙 던져 버렸다.

"왜, 왜 불쌍한 걸레를 집어 던져요!!"

"니 인생보다 더 불쌍할라고? 타."

내 인생을 더러운 천 조각보다 못한 하찮은 인생이라고 비웃는 총

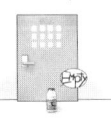
각의 머리 끄댕이를 잡아 뜯고 싶었지만 용기 부족으로 떨떠름하게 너털웃음을 지어 보여줬다.

　총각의 차에 태워져 도착한 웬 금은방 앞. 잠시 앉아 있으라는 협박을 하더니 금은방으로 들어간 지 1분도 안 돼 다시 나오는 총각. 왼손에 붕대를 휘감은 남정네가 헐레벌떡 거리를 활보하며 뛰어다니자 동경 어린 눈빛으로 총각을 쳐다보는 뭇 여성들의 저 녹아내릴 듯한 시선. 좋겠수, 인기 많아서. =＿＿= 그 뜨거운 시선은 총각이 호주머니에 한 손을 찔러 넣은 채 차 문을 열고 들어와 내 옆 자리에 앉는 그때까지 계속되었다. 조수석에 앉아 있던 날 뒤늦게 발견하고는 항상 그래왔듯 모두들 떨거지 쳐다보듯 노한 눈길로 날 노려본다. 그 노한 시선에 입가에 어색한 미소를 띠고는 오른손을 흔들며 중얼거려 줬다.

　"=＿＿= 씨. 익. 안녕?"

　"좋냐? 추하고 야한 짓거리가 안 되니까 이젠 바보 같은 짓거리냐?"

　움찔―

　손 흔들고 안녕 한마디 했다가 바보 같은 짓거리 한다고 차 안에서 곡소리 날 뻔했다. 차 주위를 기웃거리며 힐끔힐끔 자기를 쳐다보고 지나가는 여인네들의 시선을 느낀 건지 스르륵 차창을 내리는 총각. 크고 우렁찬 목소리로 버럭 소리를 질러댔다.

　"뭘 쳐다봐!! 잘생긴 놈 첨 봐? 차 빼게 비켜!!"

　참 잘나기도 하셨지. 생긴 것만큼 조금 겸손할 줄도 알고, 여자들이 처다봐 주면 두 볼에 살포시 홍조를 띠고 쑥스러워할 줄도 알면 좋으련만. 그 고마운 시선에 대고 욕지거리를 내뱉으면 어쩌라는 말인가. 역정을 내고 다시 차창을 올린 뒤 작은 한숨을 내쉬더니 붕대가 감긴 왼손으로 호주머니를 뒤적거린다. 네모 반듯하게 각진 상자 하나를 끄집어내 뚜껑을 열어 내 눈앞에 들이밀었다. 꽤 값이 나가 보이는 번쩍번쩍 누런빛의 반지 두 개. 말로만 듣던 커플링을 내 눈앞에 들이민다. 참 이쁘기도 하지. 팔면 얼마 정도 할까?

"이거, 나보고 끼라구요?"

"확실히 하자."

"뭘요?"

"이거 빼면 나도 죽고 너도 죽어. 한마디로 너랑 나 끝이다. 딴 남자, 특히 석이 만나다 걸리면 개죽음이고. 나 먼저 차면 너라는 인간 죽을 때까지 내 머리 속에서 가차없이 미련없이 완전히 지워 버릴 거야. 그래도 사귈래?"

움찔—

"세, 세수할 때 빼면?"

"죽음이지."

"실수로 잊어버리면?"

"깨지는 거야."

"그, 그렇게 막무가내로 그러면 어디 무서워서 반지 제대로……."

순간 아주 잠시 난 봐서는 안 될 총각의 다부지게 쥐어지는 주먹을 보고 말았다. 잘하면 한 대 치겠군.

"반응이 왜 이러냐? 싫다는 거야? 나랑 사귀기 싫어?"

"아니, 싫기는요. 반지, 참 이뻐요."

딩동딩동—

"아, 전화 왔다!!"

반갑게도 호주머니에 들어 있던 핸드폰이 울림으로써 날 찢어죽일 듯이 노려보는 총각의 시선을 거부할 명분이 생겼기에 얼씨구나 핸드폰 플립을 열었다. 참 낯선 전화번호. 찜찜한 기분으로 통화 버튼을 누르자마자 찢어지는 듯한 목소리로 꺼이꺼이 울며 통곡하는 정희의 목소리가 귓전을 아프게 때린다.

[흑! 지민아… 지민아, 나 정흰데 무서워 죽겠어. 으엉!]

"뭐? 뭐라고? 무섭다고? 누가 무섭다는 말인데?"

[지훈 씨 동생 말야. 흑!]

"정훈이?"

내 입에서 동생의 이름이 튀어나오자 고개를 돌려 날 쳐다보는 총각. 참 무섭다.

운전대를 잡고 무섭게 날 쏘아보는 총각 앞에서 반지를 빼면 같이 죽네… 깨지네… 니가 나 차면 두고 보자… 라는 세상에서 가장 로맨틱한 프로포즈를 받은 난 세상에서 가장 가식적인 미소를 머금고 덜덜 떨어대는 왼손에 반지를 끼는 척하기 위해 무던히 애를 썼다.

=___=

"5분째거든? 60초 뒤에 내 입에서 욕 나올 거 같은데, 박지민?"

"아닛!! 벌써 시간이 그렇게? 반지가 왜, 왜 안 들어갈……."

쏙—

"웃기고 앉아 있네. 됐나?"

"저런, 웃겨서 미안해요."

빼면 같이 죽는단 말에 겁을 먹고 가식적인 연기로 반지가 안 들어가는 시늉을 해봤건만, 결국 내 왼손에 번쩍번쩍 찬란하게 빛나고 있는 반지. 운전을 하고 있는 총각의 왼손에 빛나고 있는 반지. 개 목걸이를 찬 듯이 목구멍이 꽉꽉 막히는 기분이었기에 행복하면서도 가히 기분이 썩 좋지만은 않았다.

총각은 다시 곡예 운전을 해대며 집을 향해 무섭게 내달린다. 대한민국의 성실한, 아니, 착실한, 아니, 건실하게 살고 있는 총각 서지훈이라는 인간 앞에선 대한민국 도로 교통법도 다 하찮은 것에 불과한 건가 보다. 신호 위반, 속도 위반, 끼어들기, 끼어들고 발뺌하기, 다른 차가 자기 앞에 끼어들었을 땐 욕하기, 버릇처럼 클랙슨 울려대기. 총각의 스포츠카를 잡으려 추격하던 경찰 차와 도로에서 격한 레이싱을 벌이는 작은 소동이 일어나기도 했다. 하지만 총각은 아주 익숙한 표정과 능숙한 손놀림으로 경찰 차를 따돌렸고, 최단 시간 만에 집에 도착하는 쾌거를 얻을 수 있었다. 법 없이도 아주 잘살 수 있는 영특한 총각. 덕분에 옆에 앉아 있던 난 천국의 문지방을 밟고 되돌아온 싸한 기분을 맛볼 수 있었다.

"하아, 하아, 차를 그렇게 힘하게 몰다가 초상나면 책임질 거예요?!"

"어."

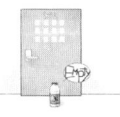

"그렇게 간단한 문제가 아니라… 우리 생명의 소중함에 대해 진지하게 토론을 해봤으면 하는……."

"버릴 거야."

"버려요? 뭘 버려요?"

"죽여 버릴 거야."

"설마 나를 말인가요?"

"여기 너 말고 누가 있는데? 집에 들어가서 사전 펼쳐 놓고 오빠, 애교, 반말. 이 세 가지 뜻풀이해서 검사 맡으러 와라."

오빠? 애교? 반말?

"그거랑 나 죽이는 거랑 무슨 상관이 있는 건데요?"

"제대로 실천하면 죽여주게 애인 대접해 줄 거고, 실천 안 하면 너 죽여 버릴래. 큭! 뭐 하냐? 내려!!"

멍하니 총각의 뜻 모를 말을 곱씹느라 본의 아니게 내리라는 말에 내리지 않아 총각에게 개기는 꼴이 되어버렸다. 조수석에 버티고 있는 날 무자비하게 끌어내는 총각의 노한 손길에 바닥에 발을 헛디딘 난 한순간에 차디찬 바닥에 나뒹굴어야만 했다. 투덜대며 바닥에서 몸을 일으키려 했으나 거짓말처럼 다시 바닥에 픽 쓰러져 버리는 내 몸뚱어리. 나도 놀랐고 옆에 서 있던 총각도 어이없어했다. 아무래도 다리에 힘이 풀린 것 같았지만 유감스럽게도 총각은 널브러져 있는 날 일으켜 줄 만큼 자상한 위인이 되지 못했다.

"너 오늘 웃길 만큼 웃겼거든? 그만 해라. 생쇼하지 말고 냉큼 못 일어나?"

"넵!"

벌떡—!!

난 냉큼 자리를 털고 일어났고 여전히 후들거리는 다리를 제대로 가누지 못해 총각의 옷자락을 움켜쥐고 걸음을 재촉했다. 물론 총각은 옷자락을 붙잡고 늘어지는 내 고사리 같은 손을 껌 떼어내듯 정색하며 떼어놓기에 바빴다. 반대로 난 찰거머리처럼 붙잡기에 바빴다. 이렇게 하지 않으면 정말 기어가야 할 상황이었기에 옷자락을 꼬옥 붙잡았다. ㅠ_ㅠ

총각과 티격태격하며 계단 입구에 다다랐을 때, 원룸 입구를 꽈악 메우고 있는 시꺼먼 교복 무리들이 삼삼오오 짝을 지어 바닥에 퍼질러 앉아 있었다. 그들의 손에는 학생들의 필수품이라는 담배가 우아한 자태를 뽐내며 들려 있었다. 용가리 용트림하듯 뻐끔뻐끔 연기를 내뱉으며 하늘에 도넛을 날리고 있는 놈들. 그 무리의 중앙에는 자장면 배달부가 오른 다리에 깁스를 한 채 꺄르르륵 방정맞은 웃음을 흘리며 촐싹거리고 있었다. 최민우라고 했던가? 총각의 옷자락에서 살포시 손을 내려놓고 곧장 뒤돌아 버릇처럼 뜀박질을 하려는데 옆에 있던 총각이 도주하려는 내 뒷덜미를 붙잡고 교복 무리들 앞으로 끌고 갔다. 눈물을 흘리며 질질 끌려갈 수밖에 없었다.

"씨발, 걸리적거리지 말고 다 비켜."

총각의 버릇없는 한마디에 일순간 웅성웅성 동요하기 시작하는 교복 무리들.

"어? 형, 안녕하세요? 누나, 왜 이제 와? 기다렸어. ^—^"

"어? 어, 그래. 민우야, 오랜만이구나."

"담뱃불로 면상 지져 버리기 전에 걸리적대지 말고 다 꺼져."

어린 학생들에게 꿈과 용기를 심어주지는 못할망정 담뱃불로 면상을 지져 버린다는 잔인한 욕질을 하면 여기 이 어린 학생들이 얼마나 겁을 먹겠니? 이런, 학생들이 분노하기 시작했다. 저마다 들고 있던 담배를 바닥에 냅다 집어 던지더니 침을 찍찍 뱉어내며 하나둘 자리를 털고 일어나기 시작했다. 여기저기 학생들 사이에서 욕설이 튀어나오기 시작했고 더욱더 소리 높여 웅성대는 까만 교복 무리들.

"아, 저 새끼가 뭐라 까대는 겨? 씨파, 면상 하나 믿고 깝치는 거여?"

"아, 짜증나요. 저런 새끼들만 보면 피가 거꾸로 쏟는다니까. 기생오라버니같이 생겼네요. 담뱃불로 지져? 예, 지져 보소. 엉? 지지라고. ㅡ,.ㅡ"

"아따, 키 한번 훤칠하구만. 어이쿠! 거기다 잘생기기까지 했네."

나이가 창창한 녀석들이라 말도 참 이쁘게 하는구나. 움찔움찔 뒷걸음질치며 총각의 눈치를 살폈다. 구겨지는 표정과 꿈틀거리는 미간. 입가에 살포시 미소까지 걸려 있다. 완벽했다. 총각은 그야말로 퍼팩트하고 완벽하게 뚜껑이 열려 있었다.

"하! 씨발, 어린것들한테 욕 얻어먹으니까 기분 X 같네."

"형, 죄송해요. 친구들이 버릇이 없어서……."

배달부가 다리를 절뚝거리며 총각 앞에 와서 조금은 역겹게, 많게는 재수없게 아양을 떨기 시작했다.

"그래서? 버릇없든 말든 내 알 바 아니고 지금 내 면상 가지고 지랄거리는 니 친구 새끼 목소리를 들어버렸거든?"

"형, 저 형이랑 싸우려고 온 거 아니에요. 죄송해요."

"닥치고 지껄인 세 놈. 왼쪽에서 원, 투, 쓰리. 무스 바른 새끼 첫 번째, 구레나룻 기른 새끼 두 번째, 삭발한 새끼 세 번째. 번호순으로 겨나와라."

총각의 말에 무스 바른 학생이 비웃음을 날렸고… 구레나룻 기른 학생이 고개를 뒤로 젖히며 꺄르륵거렸고… 삭발한 학생이 가운데 손가락을 펼쳐 들었다. =___=

10분 뒤. 무스 바른 학생이 울고 있었고… 구레나룻 기른 학생이 고개를 젖힌 채 코피를 닦고 있었고… 삭발한 학생이 가운데 손가락 움켜잡고 꺽꺽거리며 오열하고 있었다. 총각은 나뒹굴고 있는 세 명을 뒤로하고 유유히 집으로 올라가 버렸고 난 계단 입구에 앉아 무섭게 날 노려보는 교복 무리의 눈치를 살피며 민우 학생과 면담을 해야만 했다.

"그래, 민우야. 이 누나는 교복을 입은 너의 모습이 참으로 학생답고 착실해 보여. 하하하."

여기저기 노한 눈길로 날 노려보는 교복 무리들의 시선을 애써 모른 척 회피하며 정희에 이은 두 번째 새 인간 창조를 목표로 맘에도 없는 소리를 지껄여야만 했다.

"어디서 실실거려? 웃지 마, 쏠리니까."

"음, 그래? 미안해, 쏠리게 해서. 민우는 이번에 고등학교 3학년

이니?"

"하! 민우는 이번에 고등학교 3학년이니? 웃기고 있네. 너 말투 재수없어. 돈 내놔, 이 기집애야!!"

우득―!!

"민우야, 재수없다는 표현보다 너무 기분 상해라는 표현을 써보는 게 좋지 않을까? 응?"

"닥쳐! 뭐야, 저 형이랑 같이 살아? 얌전한 호랑이 부뚜막에 먼저 기어간다더니."

"하하. 저 새끼 봐라? 웃기네, 웃기네. 이 웃기는 교복 새끼야!! 얌전한 고양이 부뚜막에 먼저 내려간다야. 무식한 놈의 새끼들!! 너 이 자식들 어느 핵교 몇 학년 몇 반이야!!"

허공에서 울려 퍼지는 저 낯익은 말투. 웃기네, 웃기네. =___= 민우 학생과 내가 허공을 향해 고개를 쳐들었을 때 베란다에서 담배를 입에 물고 웃기네, 웃기네를 연발하는 정훈 군과 그 뒤에 삐딱하게 서서 무식한 동생 놈의 뒤통수를 사정없이 내려치는 총각을 볼 수 있었다. 동생 놈의 얼굴을 보자 순간 잊고 있었던 정희와의 전화 통화 내용이 떠올랐다.

"아, 형. 집이 거기였어요? 하하! 누나, 우리 어디까지 이야기했더라?"

"얌전한 호랑이 부뚜막에 기어간다까지 했었어. 그보다 민우야, 누나가 좀 바쁜 일이 생겼거든? 먼저 가볼게. 그리고 너희들도 학교 생활 열심히 하렴. 담배는 몸에 무지하게 해롭단다. =___= 씨.익."

내 딴에는 자라나는 청소년들을 위해 좋은 충고를 건네줬다며 입가에 뿌듯한 미소를 머금고 자리를 털고 일어섰다. 내가 탁탁거리며 계단을 올라가자 여기저기 교복 무리들이 웅성거리며 내 뒤통수에 대고 욕지거리를 퍼붓기 시작했다.

헉—

뒤도 돌아보지 않고 3층까지 정신 나간 듯이 내달렸다. 내가 학교를 다닐 적만 해도 어린 학생들이 이렇게 타락하지는 않았었어. ㅠ_ㅠ 헉헉거리며 301호 문패가 걸린 집 앞에서 잠시 허리를 숙이고 숨을 고르고 있던 난 갑자기 벌컥 열린 현관문에 머리를 맞고 바닥에 나뒹굴어야 했다.

"웃기네, 웃기네. 야, 너 진짜 추해. 일어나. 저것들 오늘 다 죽었어. 감히 우리 형을 못 알아보고 개겨? 크하! 죽여, 죽여."

"저, 저기 정훈아, 정희랑 무슨 일······."

탁탁탁—

내 말을 곱게 씹어주곤 미친 듯이 계단을 뛰어내려 가는 동생 놈. 형이나 동생이나 미안하다는 말은 곧 죽어도 안 하는구나. 머리를 감싸 쥔 채 용감무쌍하게 301호 문을 벌컥 열고 집 안으로 성큼성큼 발을 들여놨다. 식탁에 앉아 있는 정희와 총각. 붉은 홍조를 띠고 총각의 맞은편에 앉아 수줍은 듯 살포시 고개를 숙인 정희, 거만하게 턱을 괴고 무언가를 끄적대는 총각.

"정희야, 무슨 일인데?"

기어들어 가는 내 목소리에 그제야 내가 왔다는 사실을 눈치 챈 건

지 고개를 돌려 날 쳐다보는 총각과 날 향해 반가운 웃음을 지어 보이는 정희.

"어, 지민아, 왔어?"

"너 벨은 폼으로 걸어놨냐? 인기척을 해야 될 거 아냐!! 짱개가 돈 내놓으라든?"

온몸에서 끓어오르는 뜨거운 무엇. 이 무언가를 요즘 사람들은 질투라 부른다고 하더군. 식탁에 마주 앉아 있는 둘의 모습이 너무 잘 어울려 괜스레 울적해져 버렸다.

"저기, 정희야, 무슨 일인데? 아까 정훈이가 무섭다고 울면서 전화 했잖아."

"아~ 그거? 크큭… 정훈이가 장난치자고 그래서 장난친 거였어. 진짜 믿을 줄 몰랐는데… 미안. ^—^"

정훈이? 만난 지 얼마나 됐다고 저렇게 스스럼없이 이름을 부르는 걸까? 방금 전 울면서 전화를 걸어 사람을 놀래킨 것도 단순한 장난이었다니. 갑자기 온몸에서 힘이 빠져 버린다. 베란다 너머에서는 교복 무리들 앞에서 웃기네, 웃기네를 외쳐 대는 동생 놈의 목소리가 온 동네를 쩌렁쩌렁하게 뒤흔들고 있었다.

"등신, 넌 장난도 구별 못하냐!!"

"지민이가 왜 등신이에요? 아니에요."

"쟤 등신 맞아!!"

"지민아, 너 등신 아니잖아? 그치? 애인한테 등신 거리면 어떡해요?! >_<"

"시끄러. 쟤 앞집 등신이야."

토닥토닥—

티격태격—

사귄 지 이틀째 되던 날, 커플링을 교환하며 사랑의 맹세를 약속하던 그날, 현관에 있던 총각의 신발을 들고 베란다로 뛰어가 겁을 상실한 채 신발을 집어 던져 버리는 엄청난 만행을 저지르고 말았다. 자그마한 질투심이 불러온 유치한 복수심.

"아씨, 웃기네, 웃기네. 어떤 새끼가 신발 던졌어!! 죽고 싶어?! 뭘 쳐다봐, 이것들아!! 어느 핵교, 몇 학년, 몇 반 놈들이냐고!!"

황당한 표정으로 날 쳐다보는 총각과 놀란 토끼 눈으로 날 쳐다보는 정희. 내가 지금 무슨 짓을 한 거지?

"지민아, 왜 그래?"

"아직도 덜 웃겼냐? 죽을래?"

내가 무슨 짓을 한 걸까? 총각의 신발은 이미 베란다를 넘어 동생 놈의 머리 위로 사정없이 추락하고 2분이나 흐른 뒤였다. 식탁에 앉아 무섭게 날 노려보던 총각이 자리에서 벌떡 일어나 성큼성큼 나에게로 걸어왔다. 베란다에서 움찔움찔 뒷걸음치다 불현듯 새벽녘에 우리 집을 방문했던 머리 좋은 버버리 아저씨의 모습을 떠올리며 베란다 문을 잠그는 똑똑한 짓을 저지르려 했으나 애석하게도 베란다 샷시의 잠금 장치는 집 안에서만 잠글 수 있도록 아주 당연하게 설계돼 있었다. =__=

"아… 신발이 손에서 미끄러졌나 봐."

"내 보기엔 감정이 실렸더구만?"

어느새 베란다로 걸어와 베란다 샷시에 몸을 기댄 채 날 노려보는 총각. 저렇게 노한 표정으로 날 노려보는 걸 보면 참 아끼던 신발이었나 보다. 내가 고개를 파묻고 우물쭈물하고 있는 동안 돌연 정희가 자리를 박차고 일어나더니 문을 열고 계단을 뛰어내려 간다.

"어? 저, 정희야!! 어디 가, 정희야아!!"

이미 정희가 사라지고 난 한참 뒤였지만 이 무안한 상황을 탈출해 보려 애써 놀란 척 다급하게 정희의 이름을 불렀다. 그럼에도 불구하고 눈 하나 꿈뻑하지 않은 채 여전히 날 무섭게 노려보는 총각이었기에 애타게 정희를 불러대는 가식적인 연기를 잠시 멈추고 노한 눈길을 피하려 몸을 틀어 난간을 붙잡고 밑을 내려다봤다. 열댓 명가량의 교복 무리들이 동생 놈 앞에 꿇어앉아 있었다. 그 앞에 쪼그리고 앉아 담배 연기를 내뿜으며 웃기네, 웃기네와 더불어 진지한 이야기 보따리를 풀고 있는 철없는 동생 놈. 쯧쯧. =___= 그 진지한 이야기는 이러하였다.

"아까 그 버릇없는 우리 형 새끼, 우리 핵교 골칫거리였던 형 새끼가 여자한테 홀려서 공부 좀 하는가 싶더니 지훈이 놈 사람 됐다고 아이고, 그깟 의대 들어갔다고 학교가 발칵 뒤집어졌는데… 하이고, 웃기네, 웃기네. 내가 이번에 수능을 포기한 이유는 형 새끼를 부각시켜 주기 위해 이 몸을 희생시켜서 뒤떨어……."

별로 엿듣고 싶은 생각은 없었다. 다만 동생 놈의 목소리가 너무 크고 우렁찼기에 바람을 타고 내 귓구멍까지 들려왔을 뿐이다. 미루어 짐작하건대 총각의 고막에 이상이 있지 않는 한 동생 놈의 깐죽대는 목소리를 총각도 들었으리라 생각됐다. 민우 학생은 계단에 앉아 시종일관 웃음을 띠고 있었지만 입가가 심하게 경련하고 있는 걸로 보아 필시 가식적인 웃음으로 추정됐다. 그리고 내가 던진 총각의 신발 한 짝을 품에 안고 다른 한 짝을 찾으려는 듯 머리카락에 풀푸래기를 달고 정신없이 화단을 헤집고 있는 정희까지 혼자 보기에는 너무나도 아까운 아름다운 풍경이었다. 자신의 눈길을 무시하고 등짝을 보인 내게 화가 난 건지, 교복 무리 앞에서 자신의 험담을 지껄이고 있는 철없는 동생 놈에게 화가 난 건지 신경질적으로 내 몸을 돌려 세워 사정없이 흔들며 화를 내기 시작했다.

"내 말 안 끝났거든? 왜 던지는 거냐고!! 내 신발 왜 집어 던졌냐고 묻고 있잖아!!"

신발에 유난히 집착이 강한 총각이었다는 걸 진작이 알았다면 다른 걸 집어 던졌을 텐데.

"딸꾹! 그게, 그게… 나도 몰라요. 그냥… 그냥……."

"몰라? 신발 못 찾으면 너 저주할랜다."

"저주?"

"박지민 10년 동안 재수 옴……."

난 총각의 입에서 재수 옴 붙을 거라는 소리가 나오기 전에 총각을 온몸으로 살짝 밀고 정희가 있는 화단으로 후닥닥 뛰어갔다. 아무리 장난이고 미신이라지만 1년도 아닌 10년 동안 재수 옴 붙은 찜찜한 기분을 품고 살아가기는 싫었다.

　　나의 출현에 원룸 입구에 앉아 있던 민우 학생이 죽일 기세로 절뚝거리며 내게 걸어왔다. 돈 내놓기 전에는 못 돌아간다며 또 한 번 내 몸뚱어리를 세차게 흔들어댔다. 난 다시 가볍게 온몸으로 민우 학생을 밀고 머리에 풀푸래기를 뒤집어쓰고 화단을 이 잡듯이 뒤지고 있는 정희 옆으로 뛰어갔다.

　"헉헉! 저, 정희야."

　"지민아? 한 짝은 정훈이가 들고 있어서 찾았는데 나머지 한 짝은 안 보인다. 어딨지?"

　"저기 정희야, 근데 니가 왜 그 신발을 찾는 건데?"

　"너 몰랐어? 그 신발 지훈 씨가 엄마한테 선물받은 거라서 되게 아끼는 거야. 어딨지?"

　뒤적뒤적—

　"몰랐어. 엄마 선물? 그걸 니가 어떻게 알아?"

　"어머, 찾았다! 지민아, 이거 지훈 씨한테 갖다 주고 올게."

　"정희야!! 잠깐만 니가 그걸 어떻게 알았……."

　철푸덕—

　어머어머를 외치던 정희는 옆에 쪼그리고 앉아 말을 걸고 있던 날 살포시 옆으로 밀쳐 버리고 후닥닥 계단으로 뛰어올라 가버렸다. 덕분에 흙더미에 잠시 나뒹굴어야 하는 수모를 겪기는 했다. 주위를 두리번거리다 아무도 보지 않았다는 안도의 한숨을 내쉰 뒤 옷을 털고 일어났다. 고개를 돌리자 15명가량의 교복 무리와 그 앞에서 설교를 해대고 있는 동생 놈, 다리에 깁스를 하고 있는 배달부까지 17명의 새까만 눈동자들이 모두 날 주시하고 있었다. 참 무안하게.

"하하, 고향의 흙 냄새를 맡아보고 싶었을 뿐이라우. 얘들아, 학교생활 힘들지? 공부 열심히 하려무나. 정훈아, 형이 널 애타게 찾더구나. =__= 씨.익."

"웃기네, 웃기네. 형 새끼가 너한테 추한 짓거리 하지 말라고 안 그러든? 쯧쯧, 넌 요상하게 흙 냄새를 입으로 맡나 보네? 입에 묻은 흙이나 털고 그짓말을 하려무나. 불쌍한 형 새끼."

참을 인 자 셋이 모이면 살인도 면한다 했던가. 이제는 아예 대놓고 형을 형 새끼라고 부르는 어리석은 동생 놈. 총각에게 죽기 직전까지 맞는 와중에도 목숨을 구걸하며 형 새끼 잘못했어라고 싹싹 빌던 동생 놈이었다. 총각의 화를 돋우어놓고서는 자신이 뭘 잘못했는지도 모르는 무식한 동생 놈. 동생 놈의 말이 끝나자 다시 웅성거리는 교복 무리들. 이런, 대가리에 피도 안 마른 자식들이 담배나 꼬나물고 여적까지 집에 안 가고 뭐 하는 거냐? 이놈들아, 집에 가!!라며 노발대발 역정을 내고 싶었지만 그러기에 나라는 인간은 너무 소심하고 용감하지 못했다. 대신 어색한 웃음을 날려준 뒤, 뒤도 돌아보지 않고 집으로 내달렸다. 내 귀엔 또 한 번 욕지거리를 내뱉는 교복 무리들의 노한 음성이 들려왔다. 급기야 실성한 년이라는 소리까지 들려왔으므로 소맷자락으로 눈물을 훔치며 상처받은 마음을 힘겹게 추슬러야만 했다. =__=

총각의 집 앞에 서서 벨을 누르냐 마냐에 대해 정확히 5분간 고민한 뒤 굳게 맴을 다잡고 벨을 누르려는 순간, 꺄르륵거리는 정희의

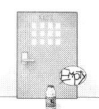
발칙한 웃음소리와 함께 니네 집으로 꺼져, 꺼져를 연발하고 있지만 어딘지 모르게 쑥스러움이 배어 있는 총각의 낯선 목소리가 문 밖으로 흘러나왔다. 벨을 누르려던 오른손을 힘겹게 내리고 몸을 틀어버렸다. 양정희… 너 이제 나한테 약속했으니까 나 믿을래. 정희야, 이깟 하찮을 일 때문에 널 다시 오해하기는 싫어. 믿을래. 믿을래. 그래, 믿자. 그럼에도 불구하고 난 호주머니에서 핸드폰을 꺼내 사랑하는 마미에게 전화를 걸고 있었다.

[여보세요?]

세상에서 가장 교양있는 목소리로 전화를 받으시는 마미.

"엄마, 나 지민인데……. =____="

[왜 전화했어, 이년아!! -0- 네 이년, 돈 떨어졌어?!]

세상에서 가장 노한 목소리로 말투를 바꾸시는 마미.

"엄마, 일단 내 말 좀 들어봐. 저기, 정희 말야."

[정희? 정희 거기로 안 갔어?]

"아니, 내 말은 왔는데… 정희가 왔거든?"

[왔는데 뭐! 똑바로 말해, 이년아!! 어디서 말을 뱅뱅 돌려!!]

"하하, 아니 정희랑… 아주 잘 지내겠다고. 엄마도 참… 잘 지낼게. 그래, 엄마도 잘 지내. 근데 그래도 정희가 언제까… 엄마?"

[뚜뚜뚜뚜—]

평소에는 꼭 끊어, 이년아! 하고 전화를 끊었는데 오늘은 그것마저 거부하시는구나. 301호 문패를 말없이 노려봐 준 뒤 발걸음을 돌려 집으로 들어왔다. 침대 위에 퍼질러 앉아 국어 사전을 펼쳐 들었다.

오빠, 애교, 반말…….

　오빠:오라버니를 친근하게 일컫는 말.

　당연한 말 아닌가? 조금은 황당한 뜻풀이에 사전을 찢어 입에 집어넣고 아그작아그작 씹었다.

　애교:남에게 호감을 주는 상냥스러운 말씨나 행동.

　상냥스런 말씨나 행동? 총각 눈엔 내 말투나 행동이 혐오감과 더불어 투박스럽고 경박하게 느껴졌던 걸까? 조금은 울적해진 나머지 다시 그 페이지를 찢어 입에 집어넣고 아그작 씹어버렸다. 마지막 반말이라는 단어를 뒤적거렸다.

　반말:함부로 낮추어 하는 말.

　잠시 머리 속에서 상상의 날개를 펼쳐 봤다. 오빠, 애교, 반말의 사전적 의미를 제대로 실천하는 자랑스런 내 모습을 떠올리며.
　"아이~ 몰라. 지훈이 오라버니, 밥 처먹었어?"
　한 대 맞기에 딱 좋을 구타부름, 충동 도발 멘트… 때리고 싶은 충동을 부르는 도발적인 멘트. 진정 내가 이런 말을 해주길 원한단 말인가?

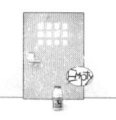

도리도리—

그럴 리 없다며 담이 올 때까지 세차게 고갯짓을 해대며 침대 위를 뒹굴거렸다. 현관문이 벌컥 열리고 아직도 풀푸래기를 머리에 대롱대롱 달고 있는 정희가 폴짝거리며 집 안으로 뛰어들어 왔다.

"지민아~ 지훈 씨가 너한테 전해주래."

"전해주라니?"

"너 10년 동안 재수 옴 붙을 거라고 대신 저주 내려주래!!"

헤벌쭉 웃으면서 내게 대신 저주를 퍼붓는 정희의 얼굴을 바라보며 씁쓸한 웃음을 지어보였다. 참 많이 기뻐하는 모습이었다. =___= 10년 동안… 10년 동안 … 10.년. 동.안.

"그, 그러니? 저기 근데 정희야."

"어머, 반지… 커플링이야? 이쁘다. 진짜 사귀는구나."

"응, 그려. 진짜 사귀어. 그보다 정희야, 내가 하고 싶은 말이 있는……"

"아! 내일 지훈 씨가 너 친구들한테 소개시켜 주기로 했다면서?"

내가 말할 틈도 없이 내 말을 잘라먹는 정희. 웃는 얼굴에 침 못 뱉는다는 우리 고유의 속담이 한없이 원망스러워지는 순간이다. 지금 이 순간 정희 얼굴에 침을 뱉고 싶다는 엄한 상상을 하고 있는 나. 참으로 못된 아이로구나.

"소개? 정희야, 그거 누구한테 들었는데?"

"지훈 씨한테 듣고 오는 길인데, 몰랐어?"

"저기 정희야, 너 오해해서 이런 말 하는 건 아닌데… 나도 몰랐던

일을 니가 이렇게 많이 알고 있는 거 말야. 저기 솔직히……."

 내 말이 끝나기도 전에 자기 입을 틀어막고 어쩔 줄 몰라 하는 표정을 짓는 정희. 이제 입을 틀어막는 게 습관이 되어버린 거니? 바퀴벌레가 손에 있더라도 이렇게 덥석덥석 입을 틀어막을래?

 "미안… 지민아, 미안. 나 주책이지? 일부러 밝은 척하고 다녔는데 좀 오버했나? 기분 나빴다면 미안해, 정말……."

 "아니, 미안한 게 아니라… 니가 사과할 필요는 없는데……."

 작은 한숨을 내쉬고 오늘 밤부터 정희 몰래 베란다에 물 한 대접을 떠놓고 어서 빨리 정희가 이 집에서 나가길 간절히 바라는 내 염원을 담아 백일기도를 올리리라 굳게 맘먹었다.

 째깍째깍—

 집 밖에서 정훈 총각의 내가 한잔 쏜다며 깐죽대는 목소리가 온 동네에 쩌렁쩌렁 메아리치고 있었다. 여기저기 아싸! 아싸!를 외쳐 대는, 어린 나이에도 불구하고 니코틴에 찌들은 교복 무리들의 걸걸한 목소리도 들려왔다. 험한 욕지거리와 더불어 집에 들어오면 죽여 버린다는 총각의 노한 음성도 들려왔다.

 아무리 새 인간이 됐다고는 하지만 정희와 단둘이 하루를 보내는 그 기분은 이루 말할 수 없이 어색하고 불편했다. 내 맘은 어색함을 견디지 못해 몇십 번을 더 뛰쳐나가고 있었지만, 내가 할 수 있는 일은 정희와 눈이 마주치면 입가에 어색한 미소를 띠고 정희에게 먹고 있던 뻥튀기를 권하는 일뿐이었다.

 째깍째깍—

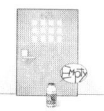

"너 내 신발 왜 던졌어? 나한테 열받는 일 있어서 신발 던진 거지, 어?"

"아, 그래서 형용사가 이렇게 바뀐 거였어요?"

"히라가나도 모르는 게 어디서 잘난 척이야! 내 신발 왜 던졌어!!"

"아에이오우나니누네노……."

"마지막이다, 이러는 이유가 뭔데?"

"하히후헤호라리루레로……."

"오늘 수업 끝."

결국 오늘도 배운 것 없이 수업은 끝났다. 문득 내 머리 속에 떠오른 모 가수의 노래. 내가 왜 이러는 지 몰러… 도대체 왜 이러는지 몰러. 자꾸만 정희와 함께 있던 총각의 모습이 눈앞에 아른거린다. 총각의 눈길을 피한 채 공책과 필통을 챙겨 들고 일어서 집으로 가려는데 총각이 내 손목을 붙잡고 입술을 몇 번 깨물더니 나지막이 중얼거린다.

"아씨, 너 벌써 나 싫어진 거냐?"

오, 이건 또 무슨 귀신 씨나락 까먹는 소리란 말이던가.

"그건 또 무슨 소리예요?"

"뭔데! 지금 이 태도 뭐야! 석이 자식한테 미련 남은 거면 나도 그 새끼 처럼 멋지게 보내줄 테니까 더 힘들기 전에 가."

"돌연 왜 이러시는데요?"

딩동딩동—

분위기 파악도 못하고 전화를 걸어주는 철천지웬수 녀석.

"여보세요? 저 지영아, 나중에 내가 다시⋯⋯."
[정희 년한테 들었다!! 박지민, 이 벼락맞을 년!! 너 앞집 사는 잘생긴 놈이랑 바람났다는⋯⋯.]
탁—
지영아, 미안해. 지영이의 전화를 막무가내로 끊었다. 잠시 후 철천지웬수라는 발신자로 도착한 문자.

「널 갈아 마셔 버릴 거야, 박지민.」

친구라 부르기엔 너무나 무서운 존재였다.
"한 번 깨지면 그걸로 끝이야. 나 여자 붙잡는 궁상맞은 짓 해본 적이 없어서 어떻게 붙잡아야 되는 건지도 몰라. 그래서 그냥 보내줬어. 미란이도 그냥 보내줬어. 너도 그냥 보내줄게. 대신 이걸로 끝이다."
"갑자기 왜 이러는 건지 모르겠는데⋯ 질투⋯ 나서 그런 거예요. 정희랑 너무 잘 어울려 보여서⋯ 질투나서 신발 던졌어요. 질투나서 신발 던졌다구요!!"
"뭐?"
잡고 있던 내 손목에 힘을 풀고 스르륵 놓아버리는 총각. 상당히 어이없다는 표정으로 물끄러미 날 쳐다봤다.
"지금은⋯ 석이 오빠보다⋯ 지훈 오빠가 더 좋아."
후닥닥—

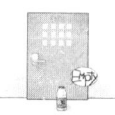

턱—

철푸덕—

화끈거리는 두 볼을 감싸고 집으로 뛰어가려다 문지방에 발이 걸려 그대로 바닥에 널브러져 버렸다. 아, 쪽팔려. ㅠ_ㅠ 너무 쪽팔린 나머지 그대로 죽은 척을 시도해 봤다.

1분이 지나고, 2분이 지나고, 3분이 지났다. 총각은 현관 바닥에 널브러진 채 죽은 척을 하는 나에게 다가와 보지도 않았다. 이건 아니다 싶어 자리에서 일어나 옷을 탈탈 털었다. 옷을 털며 고개를 돌리자 총각은 버르장머리없는 포즈로 앉아 날 빤히 쳐다보며 손가락을 까딱였다. 일말의 망설임도 없이 총각 앞으로 냅다 달려갔다. 총각은 이런 내게 눈웃음을 지으며 머리를 쓰다듬어 줬다. 말 잘 듣는 강아지 머리 쓰다듬듯 부비적대며 내 머리를 헝클어놓는 총각의 손목을 분질러 놓고 싶었지만 붕대가 감겨져 있는 것을 보자니 괜스레 마음이 약해져 아양이나 떨어볼 심산으로 정말 강아지마냥 혀를 내밀고 귀여운 척을 해보았다. 이런 내 모습에 표정이 팍 굳어지더니 머리를 쓰다듬던 손을 신경질적으로 내려 버리는 총각. 더러운 벌레를 만진 표정으로 날 쳐다보더니 힘겹게 입을 달싹였다.

"니네 집 샴푸 다 떨어졌냐?"

"왜요?"

"아니다, 됐다. 너 말 줄여."

"말을 어떻게 줄여요?"

"그럼 아깐 어떻게 줄였는데!! 사전 안 찾아봤어? 내일 저녁 8시

머리 감고 말 줄인 새로운 니 모습을 보고 싶다. 잘 자라. 샴푸 다 떨어진 거면 우리 집에 있는 거 하나 들고 가."

투덜거리며 총각을 심하게 노려본 뒤 욕실에 진열되어 있는 여러 가지 샴푸 중 하나를 끄집어내 품에 안고 집으로 내달렸다. 눈치 빠른 총각. 사실 샴푸가 다 떨어졌었다.

벌컥—

"캑캑! 지, 지민아, 왔어?"

불 꺼진 베란다에 홀로 쪼그리고 앉아 있던 정희. 그녀의 오른손에는 담배 하나가 들려 있었다. 갑작스럽게 문이 열려 놀란 나머지 담배 연기가 목에 걸렸는지 한동안 사례들린 듯 캑캑거리다 급히 담배를 바닥에 비벼 끄고 헤벌쭉 웃으며 날 반겨줬다.

"담배 태우는구나. 정희야, 그거 몸에 해롭다우."

"아… 이거? 아빠 회사 그렇게 되고 그냥 한 번 피워본 거야. 사람들은 뭐가 맛있다고 피우는 건지 몰라."

아빠 회사는 오늘 부도난 걸로 알고 있는데 하루 만에 담배를 배웠나 보다. 익숙하게 담배를 바닥에 비벼 끄는 능숙한 손놀림과 아직 새것이나 다름없는 담배가 바닥에 널브려져 있는 모습을 보며 입맛을 다시는 너의 행동은 어떻게 설명할래, 정희야.

"잘 자, 정희야. =___= 씨.익."

"그래, 고마워, 지민아."

그날 밤, 한 명 자기도 비좁은 싱글 침대에서 정희와 난 등을 맞댄 채 잠을 청해야 했다.

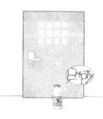

다음날 아침, 난 이불도 없이 바닥에 내쳐져 있었고, 정희는 아늑한 침대에서 이불을 온몸에 돌돌 감싼 채 달콤한 잠을 자고 있었다. 그날 하루도 정희에게 어색한 미소를 지어주며 먹고 있던 뻥튀기를 넌지시 권했고, 정희는 그런 뻥튀기를 한사코 먹지 않겠다고 거절했다.

그날 저녁, 총각과의 약속 시간을 한 시간 정도 앞두고 머리를 감았다. 욕실에서 나오다가 바쁘게 단장하고 있는 정희를 볼 수 있었다.

"정희야, 뭐 해? 어디 가니?"

"어? 아, 아니, 너 꾸며주려고. 지민아, 일루 와봐. 화장해 줄게."

"괜찮거든? 정희야, 날 좀 내버려 둬, 제발."

1시간 뒤.

"나 정말 따라가도 괜찮아, 지민아? 아, 떨린다. 지훈 씨가 화내는 거 아냐? 나 안 이상해? 어? 들고 온 옷들이 이런 옷밖에 없어서… 좀 야한가?"

이루 말할 수 없이 야하다고 고개를 끄덕이고 싶었지만 시종일관 헤벌쭉 웃고 있는 정희의 가슴에 비수를 꽂을 수는 없었다. 그에 반해 정희가 코디해 준 옷을 입고 정희가 직접 화장해 준 내 모습을 거울 속에 들여다봤다. 단정한 청바지에 하얀 남방, 노란 카디건. 지훈 총각은 이런 순수한 내 모습을 좋아하는 거라는 정희의 거짓말에 넘어가 중학생도 안 입는다는 바른 생활 옷차림을 하고 있는 내 모습이 비춰졌다.

"정희야, 나 그냥 옷 갈아입을래. 이러고 못 나가겠어."

"아냐, 이뻐. 이쁘다니까? 훨 어려 보인다."

그럼 원래는 내가 어려 보이지 않았다는 말이구나.

딩동딩동—

정희랑 괜찮네, 벗네를 가지고 실랑이를 벌이는 도중 낯선 번호가의 전화가 걸려왔다.

"여보세요?"

[나.]

"나? 너 누구니?"

[니 애인. 등신.]

"어? 어, 그, 그래."

[친구들한테 잡혀서 너 데리러 못 가겠다. 니가 일루 와. 여기 나이트 CDA야. 거기로 들어와. 머리 감았지? 이쁘게 하고 와라.]

툭—

"정희야, 나이트라는데? 이 옷 정말 안 되겠다."

"괜찮아. 이쁘다니까. 빨리 가자!!"

"정희야, 제바~알."

그렇게 정희에게 질질 끌려 ABCD도 아닌 CDA라는 나이트에 도달했다. 나이트 앞을 지키고 있던 어깨 아저씨 둘은 달갑지 않는 표정으로 날 무섭게 노려봤다.

"학생 아녀? 으잉? 민증 까, 민증!!"

민증이 있을 리 만무했다. 아직 총각한테 지갑도 못 돌려받았다.

"안 갖고 왔는데요."

"으잉? 지금 사기치고 있는 거여? 학생 아녀? 오늘 손님도 없어. 절루 가."

정희야, 그러기에 내가 이 옷 입기 싫다고 몇 번을 말했니? 결국 야시꼴랑한 옷을 입은 정희의 애교 덕에 나이트에 들어갈 수 있었다.

쿵짝대는 시끄러운 음악 소리와 현란한 조명. 정희와 내가 들어오자 모든 이들의 시선이 우리에게 쏠렸다. 그 시선은 나와 정희를 번갈아 쳐다보는 듯하더니 결국 정희에게 시선을 고정시킨 채 야단법석을 떨며 야유를 보내고 있었다.

"야야, 지훈이 마누라 왔다. 죽여주네! 오오~"

"야, 서지훈 오른쪽에 서 있는 저 여자냐? 이쁘네!!"

애석하게도 난 왼쪽에 서 있었다. 테이블 중앙에 멋들어지게 정장을 차려입고 친구들과 어울려 웃고 놀던 총각이 굳은 표정으로 자리에서 일어나 나와 정희를 향해 걸어왔다.

호주머니에 두 손을 찔러 넣고 나와 정희 앞으로 능기적대며 걸어온 총각이 음흉한 눈길로 바른 생활 노란 카디건의 나를 위아래로 훑어봤다. 그 음흉한 눈길로 정확히 30초 동안 뚫어지게 쳐다봤다. 총각의 부담스런 시선을 피해보려 고개를 떨구는 순간, 굳게 닫혀 있던 총각의 입이 열렸다.

"그 노란 천 조각. 그거 어디서 봤더라?"

어디서 봤더라라니. 옷 꼴이 그게 뭐냐고 심하게 다그칠 거라 믿어 의심치 않고 두 눈을 질끈 감고 있는 내게 이상한 소리를 하는 총각.

총각은 다시 30초 동안 날 뚫어지게 쳐다보며 떠오르지 않는 그 무언가를 떠올리기 위해 애쓰는 듯했다. 잠시 후 내게서 시선을 거두더니 내가 앞에 있는데도 불구하고… 붕대가 감긴 왼손에 커플링이 번쩍번쩍 찬란하게 빛나고 있는데도 불구하고… 아주 노골적으로 정희를 쳐다봤다. 총각의 녹아내릴 듯한 노골적인 시선을 느낀 정희는 손부채질을 두어 번 해대더니 아, 덥다라는 맹랑한 말 한마디를 남기고 입고 있던 외투를 벗었다.

화들짝—

초절정 미니 스커트에 버금가는 빤딱이 소재의 배꼽 티, 아니, 배꼽티라 부르기에는 그 길이가 너무나 짧았다. 정희의 야시맹랑한 모습에 입가에 뜻 모를 미소를 짓던 총각은 돌연 정희의 손목을 덥석 낚아채더니 친구들이 와글와글 모여 있는 테이블로 쌩 하니 걸어가 버렸다. 날 냄겨둔 채!! 팔다리는 물론 어깨, 배까지 훤하게 드러내고 엉덩이를 씰룩거리며 총각의 팔에 붙들려 가는 정희는 입가에 웃음을 띠고 날 애타게 불렀다. 살려달라고. >_< 사내들이 앉아 있던 테이블에서는 나이트가 떠나갈 듯한 고함 소리가 떠들썩하게 울려 퍼졌고, 아낙네들이 앉아 있던 테이블에서는 나이트가 떠나갈 듯한 울부짖음이 떠들썩하게 울려 퍼졌다. 입술을 잘근잘근 깨물며 고개를 숙이자 눈물 한 방울이 내 신발 위로 떨어졌다. 이게 뭐야! 총각은 아무래도 정희가 애인이라고 거짓부렁을 할 모양이었다.

위이잉— 위이잉—

노란 카디건 소매로 눈물을 훔치고 있을 때 호주머니가 간질간질

거리는 느낌을 받았다. 호주머니를 뒤적거리자 '철천지웬수'의 글자가 새겨진 핸드폰이 풍뎅이 날개 떠는 소리를 내며 진동하고 있었다.

"지영아… 으앙~"

[이 갈아 마셔도 시원찮을 년!! 어디야, 거기!! 그 쿵짝대는 효과음은 뭐여! 미친… 너 거기 나이트잖아!! 왜 안 불렀어, 이 잡것아!! 니가 시방 나 나이트에 환장하는 거, 몰랐드냐!]

그대로 나이트에서 뛰쳐나와 어깨 아저씨가 무섭게 눈을 부라리고 있는 계단 입구에 훌쩍대며 쭈그리고 앉아 지영이가 튀어오기만을 애타게 기다리고 있었다.

"노랑아, 사탕 주까?"

헉—

쪼그리고 앉아 울고 있는 내가 조금은 안쓰러웠던지 덩치 큰 어깨 두 명 중 조금 소심하게 생긴 한 명이 내 곁에 쭈그리고 앉더니 유통기한이 경과돼 눅눅해진 오렌지 사탕 하나를 쓱 내밀었다.

"노랑아, 이거 먹고 울지 말그라. 으잉?"

덥석—

배가 고픈 상태였기에 허기진 배를 채우고자 어깨가 내민 사탕을 덥석 받아 허겁지겁 껍질을 벗겨내 입에 쏙 집어넣었다. 참 달다. =_=

"노랑이 보면 볼수록 귀엽구만. 으잉? 같이 왔던 일행은 어디 두고 왜 울고 있누? 으잉?"

출신이 불분명한 알아듣기 힘든 어깨의 사투리. 참 부담스럽기 그지없는 말투였다.

"저 노랑이 아닌데요."

내 옆에 쪼그린 채 말을 걸고 있는 어깨에게서 몸을 홱 틀어 벽을 바라보며 사탕을 쪽쪽 빨아 먹었다.

"그럼 노랭이구만, 으잉? 오늘은 지훈이가 나이트를 통째로 빌렸는디 노랭이도 거기 일행 맞지?"

차라리 노랑이라고 불러달라고 고함을 꽥 지르고 싶었지만 소심하게 생긴 어깨 아저씨가 상처받는 꼴을 보고 싶진 않았다. 소심한 사람은 소심한 사람을 알아본다고 했다.

"나이트를 빌려요? 그럼 왜 아까 저한테 민증 검사를 했대요?"

"오늘은 헐 일도 없고 심심해서 노랭이한테 무게 잡아본 거구만. 요즘은 통 안 보이드만…서지훈이가 이 나이트 간판이구만."

"……."

"오늘 애인 소개한다고 친구들을 죄다 불러모은 모양이던데… 여자 보는 눈이 까탈스러운 놈인데 난중에 애인 얼굴 보러 슬그머니 들어가 봐야겠구만, 으잉? 꺄르르르~"

움찔—!!

산만한 등치를 한 어깨 아저씨의 꺄르륵대는 웃음소리. 마치 정희를 연상시키는 그 발칙하고 괴기스런 웃음소리는 내 온몸을 닭살의 도가니로 몰아넣기에 충분했다. 움찔 움찔 뒷걸음질쳐 대며 그 총각 애인이 나다, 이놈아!!라며 목구멍까지 치민 한마디를 내뱉으려는 순간, 언제 온 건지 지영이가 내 앞으로 전력 질주하고 있다. 어깨 아저

씨가 미처 말릴 틈도 없이 사정없이 날 질질 끌고 간 곳은 나이트 옆의 후미진 상가 지하에 있는 공중 화장실이었다. 화장실 구석에 날 몰아 세워놓고 팔짱을 낀 채 내 주위를 뱅뱅 돌며 탐탁지 않은 눈길로 나를 보던 지영이. 이내 화장실이 떠나갈 듯한 음성으로 한 마리의 정신 나간 야생마처럼 길길이 날뛰기 시작했다.

"미친… 아이고, 아부지 이 한심한 년 좀 보소!! 옷 꼬라지가 이게 뭐야!! 니가 무슨 유치원생이야!! 이따위로 입고 오니까 니가 그 자리에서 소박맞은 거야!!"

우리 엄마의 협박과 등쌀에 못 이겨 가끔 날 따라 교회에 끌려 다니던 지영이. 그 덕인지 흥분을 할 때면 지영이의 입에서도 버릇처럼 주 예수 아부지가 불쑥불쑥 튀어나오곤 한다.

"소박이 아니라……."

"양정희, 그년!! 내가 사고칠 줄 알았다, 알았어! 이 멍청한 년!! 그래, 내가 믿지 말라고 몇 번을 다그치든!!"

"정희가 사고친 게 아니라… 총각이 끌고 간 거라니까."

"총각은 또 누구야? 여하튼 어디서 정희 년 편을 들어!! 마우스 묵념!! 옛다, 이걸로 갈아입어라!"

휙—

지영이는 들고 온 종이 가방을 뒤적거리더니 정말 고개 돌려 외면하고 싶은 옷을 내 얼굴에 던져 줬다. 황급히 창문으로 도주를 시도해 보려 했지만 그러기에 내 몸뚱어리는 너무 컸고, 창문은 너무 작았다. 오묘한 냄새를 풍기는 화장실에서 내 온몸은 지영이의 거친 손길에 서서히 변신을 시도하고 있었다.

20분 뒤, 거울을 볼 겨를도 없이 다시 지영이의 거친 손길에 이끌려 CDA 나이트 앞에 도착할 수 있었다. 눅눅한 오렌지 사탕을 건네주던 소심한 어깨 아저씨가 달라진 나의 모습을 보고 경악을 금치 못했다. 어깨 아저씨 옆에서 담배를 피우며 초조하게 주위를 둘러보던 총각의 눈과 내 눈이 허공에서 마주쳤다. 굳어진 표정으로 날 노려보는 총각. 뒤돌아 도망치려 했지만 애석하게도 난 지영이에게 붙들려 나이트로 끌려가던 중이었다. 피우고 있던 담배를 툭 하고 바닥에 떨어뜨리더니 눈썹을 찡그리며 날 위아래로 훑어보는 총각. 무릎 위에서 놀고 있는 번들번들한 치마를 애써 밑으로 잡아당기며 덩달아 총각을 노려봐 줬다. 마치 겁을 상실한 총각의 동생 놈처럼.

"어디 갔다 온 건데!! 말을 하고 나가야 될 거 아냐!! 옷 꼴은 또 이게 뭐야!! 아예 벗고 다니지 그러냐!!"

총각은 내 아래위를 훑어보며 버럭버럭 화를 내기 시작했다. 화낼 사람이 누군데. 정희 손목을 덥석 잡고 갈 때 내가 얼마나 비참했는데.

"어머, 지민이랑 사귀게 됐다고? 애가 좀 하는 짓이 어리버리해도 참 착하답니다. 자, 여기서 뭐 하니!! 나이트가 우리를 기다리고 있지 않니? 어여 가자꾸나, 가자."

굶주린 하이에나처럼 지영이는 그렇게 다시 내 손목을 잡고 나이트 안으로 내려갔고 오만 인상을 쓰며 날 노려보던 총각이 뒤따라 계단을 내려왔다.

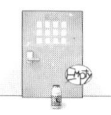

　지영이의 손에 이끌려 다시 들어오게 된 나이트 안. 노래가 나이트 안에 울려 퍼지고 있었고 스테이지 위에서 섹시 댄스를 추고 있는 정희. 참 섹시했다. 발광하는 사내들과 욕지거리를 퍼붓는 아낙네들. 후끈 달아오른 뜨거운 열기에 잠시 움찔해야만 했다.
　"후훗! 양정희 년, 딱 걸렸어. -_-"
　"지, 지영아… 왜 그래? 지영아!!"
　내 간절한 울부짖음에도 불구하고 지영이는 내 손을 집어 던지듯 뿌리치더니 스테이지로 거센 발걸음을 옮겼다. 스테이지에 올라간 지영이가 정희를 신경질적으로 툭 밀치자 힘없이 바닥에 나가떨어지는 정희. 바닥에 널브러진 채로 지영이를 노려보다 벌떡 일어나 아무 일 없다는 듯 더 크게 몸을 흔들어댄다. 지영이도 춤을 춰댔고 정희도 춤을 춰댔고… 경쟁하듯 몸을 흔들어대는 둘의 모습이 조금은 안쓰러워 보이기까지 했다. 뒤따라 들어온 총각이 내 손을 잡아끌었다.
　총각을 따라 도착한 테이블에는 비교적 침착하게 발광을 하는 열댓 명의 무리들이 술잔을 기울이고 있었다. 그중 유일하게 날 알아본 정욱이라는 친구가 일어서서 날 맞아주었다.
　"어? 오랜만이죠? 아까 왜 도망갔어요? 야야!! 이분이 지훈이 애인이시다!!"
　무섭게 날 노려보는 까만 정장 무리들. 친구는 닮는다더니 하나같이 훤칠하니 잘생긴 놈들이었다. 그들은 모두 날 위아래로 쓱쓱 훑어보며 음흉한 미소를 흩뿌리고 있었다.
　"노란 천 조각 어따 팔아먹고 기어왔냐!! 누가 이딴 옷 입으래!!"

괜스레 신경질을 내며 음흉한 눈길로 날 바라보는 친구 놈들의 뒤통수를 쳐대는 알 수 없는 행위를 하는 총각을 바라보다가 날 자리에 억지로 앉히는 누군가의 노한 손길에 그대로 의자에 털썩 주저앉아 버렸다. 화들짝 놀라 무섭게 눈을 부라리려 했지만 날 앉힌 노한 손길의 장본인은 내가 버럭 고함을 치기엔 너무 험한 마스크를 지니고 계셨다.

"뭐여? 눈 안 깔아? 확 눈깔을 뽑아버릴라! 니가 훈이 애인이여?"

덜덜덜—

잘생긴 놈들에 섞여 내가 미처 발견하지 못했던 그 엄한 마스크를 지닌 남정네는 흡사 나이트 입구를 지키고 있던 어깨 아저씨와 같은 몸뚱어리를 하고 있었다. 나 조직에 몸을 담고 있쏘라고 얼굴에 쓰여 있었다.

"야, 구정만!! 지훈이 애인 쫄았다, 크큭! 원래 저런 놈이에요. 신경 쓰지 마세요. 크큭!"

머리를 쭈뼛쭈뼛 세운 귀여운 사내 놈 덕분에 구정만이라는 사내의 노한 눈길에서 잠시 벗어날 수 있었다. 내 옆 자리에 털썩 자리를 잡고 앉아 여전히 불만에 가득 찬 눈으로 날 심하게 노려보던 총각은 홀짝홀짝 양주를 마셔댔다. 나 역시 구정만이라는 사내의 따가운 눈길을 피해보려 꼴깍꼴깍 술잔을 들이켰다.

한참 술판이 무르익어 갔다. 총각의 잘생긴 친구들 앞이라 예의 그 가식적인 미소를 지은 채 시종일관 억지스럽게 입꼬리를 틀어 올리고 있었다. 취기가 돈 두 볼을 만지며 물 만난 고기처럼 무지막지한

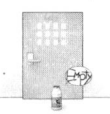

속도로 술잔을 비워내고 있을 때였다. 스테이지에서 현란한 섹시 댄스를 추던 정희가 비틀거리며 걸어오더니 총각 옆에서 술을 마시고 있던 나를 바닥으로 내치더니 자기가 그 자리에 털썩 주저앉아 버렸다. 이건 무슨 시츄에이션이니, 정희야? 많이 취한 듯한 정희는 총각의 품에 앵겨 훌쩍대고 있었고, 총각 역시 술에 취해 풀어진 눈으로 정희를 떨궈내기 위해 무던히 애쓰고 있었다.

"아씨, 야! 놔, 이 기집애야!! 너 정만이 소개시켜 줬잖아!! 정만이한테 가, 이 기집애야!!"

총각은 술에 취해 혀가 꼬인 목소리로 정만이를 외쳐 댔고 구정만이라는 사내는 술병으로 나발을 불고 있었다. 정욱이라는 친구가 잽싸게 튀어와서 바닥에 널브러져 있는 날 일으켜 세워줬다. 옷을 탈탈 털며 스테이지를 바라보자 지영이는 이미 춤의 무아지경에 빠져 정희가 스테이지를 내려왔다는 것도 모르고 춤 삼매경에 빠져 있었다.

기어이 정희를 구정만이라는 사내의 품으로 사정없이 던져 버리고 비틀대며 자리에서 일어난 총각은 멍하게 서 있는 내 손목을 잡아 용감하게 스테이지로 질주했다.

"아! 왜 이래? 이 손 좀 놔봐요, 놔봐!!"

총각이 스테이지에 오르자 아낙네들이 발광하기 시작했고 여기저기서 서지훈, 스테이지 올랐다를 외쳐 대고 있었다. 너무도 익숙한 광경. 총각, 너 한때 나이트에서 오랫동안 몸을 담고 놀았었구나. 뻘쭘하게 서 있는 날에게 의미심장한 눈웃음을 날려준 뒤, 입고 있던 재킷을 벗어 내게 휙 던졌다. 훤히 드러난 내 어깨를 보며 고갯짓을 하는 걸로 봐서 좋은 말 할 때 입어라라는 무언의 협박으로 비춰졌기에 군말없이 총각의 재킷을 어깨에 걸쳤다. 나이트 DJ는 총각이 스테이지에 오르자 기다리고 있었다는 듯 노래를 틀었다. 총각은 내 앞에서 섹시 댄스를 추며 도발적인 표정을 지었다. 참고로 말하지만 총각은 이미 술에 취해 있었다. 그랬기에 가능한 일이었다. 총각의 춤에 아낙네들이 열광했고, 옆에서 춤을 추고 있던 지영이도 발광했다. 그 현란한 춤 솜씨에 한참을 넋이 나간 듯 총각을 바라봤다. 이런 날 향해 다시 의미심장한 눈웃음을 짓더니 능기적대며 걸어오는 총각. 내 앞에 걸어온 총각은 열광하는 친구들을 향해 목청 높여 고함을 질렀다.

"야!! 이거 내 꺼니까 건들면 뒈진다!! 야, 박지민! 눈 감아!"

눈을 감으라는 말에 난 더욱더 눈에 힘주어 부릅떴다. 이런 내 모습에 피식 웃음을 짓던 총각은 지그시 눈을 감고 수십 개의 눈들이 지켜보는 가운데 내 입술에 입을 맞췄다.

5분 경과.

"야, 안 떨어져?! 저년 뭐야!! 떨어져!!"

"오오오~ 서지훈, 죽여준다. 더 해라, 더 해라!"

10분 경과. =__=;

"저 망할 년이 돌았나!! 지훈이 오빠한테서 떨어져!!"

"우우우~ 더 해라! 기록 갱신해라!! 10분밖에 안 됐다!!"

11분 경과.

총각이 내 입에서 입을 뗐다. 아낙네들의 따가운 눈총과 욕을 얻어

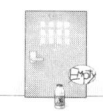

먹은 뒤 주춤거리며 스테이지에서 내려왔다. 테이블로 돌아오자 총각의 까만 정장 무리 친구들이 반갑게, 그리고 음흉하게 총각과 날 맞아주었다. 구정만이라는 사내놈 옆에서 홀짝홀짝 술을 마셔대던 정희가 날 심하게 노려보는 것 같다는 느낌을 받았지만 그럴 리 없다며 세차게 고갯짓을 해봤다. 술에 만취한 정희는 자꾸만 날 바닥에 내동댕이치고 총각의 옆 자리를 차지하려 들었다. 난 그덕에 정희 대신 구정만이라는 사내의 옆 자리에 앉아 파티 타임이 끝날 때까정 덜덜 떨어야만 했다.

나이트에서 광란의 시간을 보낸 무리들은 내일을 기약하며 하나둘 자리를 뜨기 시작했다. 난 구정만이라는 사내 놈 덕분에 화장실 한 번 제대로 갈 수 없었다. 정만이가 자리에서 뜨자마자 후닥닥 화장실로 튀어갔다.

"저런 버릇없는 것을 봤나!! 지훈이 애인이라 봐준 거여!! 확!!"

정만이의 노한 음성이 화장실로 달음박질치는 내 귓가에 메아리쳐 들려왔지만 그보다 난 화장실이 더 급했다. 화장실에서 시원하게 볼일을 보고 난 뒤 화장실 문틈에 기대서서 정만이가 나가기만을 기다렸다. 정만이는 아직까지 총각의 품에 앵겨 떨어질 생각이 없는 정희를 떼어놓느라 바빴다. 정희야, 왜 그러는 건데? 아무리 술에 취했다지만… 그런 네 모습에 이제 화가 나거든?

턱—

"아."

"비켜, 이년아! 너 여기 전세 냈니? 비켜줘야 들어갈 거 아냐!"

화장실 입구에 서 있던 난 이쁘장하게 생긴 아낙네들에게 치여 화장실 바닥으로 나가떨어져야 했다. 까진 무릎을 움켜진 채 옷을 털고 일어서려던 난 총각에게 키스를 하는 정희의 모습을 마지막으로 보고 한 아낙네의 거친 손길에 다시 차디찬 바닥에 내동댕이쳐 져야만 했다.

"이년 맞지? 크큭! 야, 일단 문 잠가."

찰칵—

정희가 지훈 총각한테 키스를 했다. 하, 이건 아니잖아!

"야야, 너 일어나. 일어나 봐, 이년아!!"

"무, 문 닫지 마. 잠시만 문 닫지 말라구."

"이거 뭐라고 궁시렁대는 거야!! 크큭! 문을 닫아야 너랑 우리가 조용하게 이야기를 할 수 있지. 지금 이거 무슨 상황인지는 대충 알지? 니 입에서 서지훈이랑 깨진다는 소리 나올 때까지 패야 된다고 하거든? 금방 끝내줄게. 알았지?"

"술에 취해서 저런 거야? 어? 그럼 내가 또 참아야 되는 거네? 술에 취해서 그런 거니까… 내가 또 참아야 돼? 어?"

"이거 미친 거 아냐? 크큭! 얘 뭐래니? 아직 손도 안 댔는데 울면 어쩌자는 건데? 야, 얘 좀 일으켜 봐."

네댓 명가량의 무리들이 날 에워쌌고 난 이유도 모른 채, 영문도 모른 채 무자비하게 날 짓누르는 발길에 저항 한 번하지 못하고 밟혀야만 했다. 아픔 따윈 느껴지지 않았다. 어째서 날 때리는 건지도 궁금하지 않았다. 이유없이 맞는 와중에도 쉴 새 없이 내 눈에서 눈물

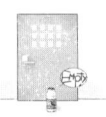

이 흘러내린 건 아파서가 아니다. 내 머리 속을 꽉 매우는 정희의 모습. 내게 울면서 용서를 빌던 정희의 얼굴. 남의 애인이나 뺏는 유치한 짓은 두 번 다시 하지 않겠다던 정희의 진심 어린 말. 친하지는 않았지만 그래도 20년이라는 세월을 친구란 이름으로 함께 지내왔던 정희에게 느낀 배신감과 분노가 너무나 컸나 보다. 그래서 눈물이 흐르나 보다.

얼마간을 정신없이 맞았을까. 입에 비릿한 피 맛이 느껴진다. 화장실 밖에서 문이 열리지 않는다는 사람들의 웅성거림이 들려왔다. 날 때리던 무리들은 내 왼손에 끼워진 반지를 빼고 모든 구타를 종료했다. 구석진 청소 도구함에 날 던지듯 내팽개쳐 버리고 후닥닥 자리를 떠버렸다. 무리 중 한 명이 급하게 빠져나가느라 핸드백에서 지갑이 흐른 것도 모르고 줄행랑을 쳤다. 내 발 밑에 떨어진 지갑을 열어본 난 허탈함과 허무함에 반쯤 넋이 나가 버렸다.

곧이어 사람들이 화장실로 들이닥쳤고 난 손에 쥐고 있던 지갑을 급히 호주머니에 집어넣었다.

"야야, 지훈이 애인 아냐? 아씨! 야, 지훈이 불러!!"

"지민 씨, 괜찮아요? 나 정욱인데 알아보겠어요? 누구예요? 누가 이랬어요?! 야, 아까 나간 기집애들 아냐?"

"야… 박지민! 미친… 누구야!! 어떤 년이야? 눈떠봐, 야야!!"

사람들의 웅성거림을 뒤로한 채 스르륵 눈이 감겨 버렸고 다시 웅성대는 시끄러운 소리에 두 눈을 떴을 때 수십 명의 눈들이 날 뚫어지게 주시하고 있었다. 총각의 아빠네 병원에서 입었던 환자복과는 확연히 다른 시퍼러죽죽한 촌스러운 환자복을 입고 침대에 누워 있던 난 주위를 두리번거렸다. 날 내려다보는 부담스런 시선을 피해보려 오픈된 눈을 곧바로 클로즈업했다. =__= 하지만 내가 눈을 떴다는 사실을 이미 알아버린 뒤였기에 그들은 기다렸다는 듯이 일제히 병원이 떠나갈 듯이 고함을 질러댔다. 그중에서도 구정만과 지영이의 목소리가 가장 컸다고 목청 높여 확실히 자부하는 바이다.

"어떤 년들인지 면상을 얘기혀 봐!! 말을 혀봐!! 전에 깡다구 센 미란이 누님도 이런 일이 한 번 있었제!! 같은 년들이여? 말을 혀봐!! 이걸 확!!"

덜덜덜—

결국 정만이는 환자의 안정이라는 이유로 친구들의 손에 이끌려 병실 밖으로 질질 끌려가 버렸다. =__= 병실에는 내 환자복 멱살을 잡고 어떤 년들이냐며 길길이 날뛰고 있는 지영이와 걱정스런 눈길로 날 내려다보며 울먹이는 정희만 남았다. 총각은 왜 안 보이는 걸까?

"흑! 지민아… 누구야? 누가 이 지경까지 만들어놓은 건데? 어?"

내 손을 붙잡고 흐느끼는 정희. 이것도 연기니, 아님 정말 내가 안쓰럽고 불쌍해서 우는 거야? 난 맞는 와중에도 니가 지훈 총각한테 키스하는 그 장면만 계속 아른거려서 맞아 멍든 몸보다 이 가슴이 더 쓰라리고 아팠어.

입술을 꼬옥 깨문 채 정희를 바라보다가 내 손을 잡고 있던 정희의 손을 힘겹게 뿌리쳤다. 눈에서 대량의 눈물을 쏟아내며 날 바라보던

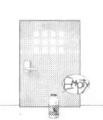

정희.

"야, 양정희 너 약 먹었냐? 왜 갑자기 지민이한테 친한 척해대는 건데!! 아빠 회사 부도났다며? 그 충격으로 사람 된 거냐? 그게 말이 되냐? 다른 사람도 아니고 양정희 니가?"

"장지영, 나 너랑 싸우기 싫어."

"난 너랑 말하기도 싫다, 이년아. 어제 니가 무슨 짓을 했는지 알지? 야, 그래놓고도 뻔뻔스럽게 지민이 앞에 낯짝 들이민 니가 존경스럽다, 야."

"술김이었어. 나도 제정신이 아니었단 말야."

"하! 웃기네. 아이고, 재수없다!! 술김? 술김 좋아하네. 넌 맨정신에도 늘 그런 식이었거든? 야야, 손 치우고 절루 꺼져!!"

"지민이 퇴원할 때까지 내가 간병할게."

"야, 너 모르나 본데 나 백수야. 프리! 오케이? 나 시간 아주 많단다. 그냥 꺼져라, 어?"

그건 자랑이 아니라고 지영이에게 넌지시 한마디 건네주고 싶었지만 그러기엔 너무나도 심각한 분위기였다. 정희는 지영이의 거친 손길에 병실 바닥으로 떨어져 나갔고 작은 한숨을 내쉰 뒤 자리를 털고 일어난 정희는 곧장 문을 열고 밖으로 나가 버렸다.

"근데 지영아⋯ 지훈 총, 아니, 오빠는?"

언제쯤이면 화끈대지 않고 자연스레 오빠라는 말이 튀어나올 수 있을까? 총각이라는 말이 온전히 배어버린 내 몹쓸 혓바닥.

"너 업고 여기까지 뛰어왔는데 안 보이네. 야야, 말도 마. 너 쓰러지고 그 지훈이라는 사람이 너 때린 년들 찾는다고 나이트를 발칵 뒤집어엎는데… 내가 사정없이 쫄았다, 야. 아씨, 가만 생각해 보니까 열받네. 기다려 봐라."

지영이는 가만 생각해 보니 정희가 문을 세게 닫고 나갔다는 말도 안 되는 꼬투리를 잡고 버르장머리를 고쳐야 된다며 그 길로 정희를 쫓아 무서운 기세로 달려나갔다. 요리조리 살펴봐도 맘에 들지 않는 촌스런 환자복을 만지며 뒤척거리고 있을 때 키가 큰 사내 하나가 병실 문을 거칠게 열고 들어왔다.

"하아! 꼴이 그게 뭐냐? 병신같이."

떨어져 나갈 정도로 거세게 문을 쾅 닫고 피곤에 찌든 까칠한 얼굴로 힘없이 내게 걸어오는 총각. 침대 옆에 놓인 의자에 털썩 앉아 작은 한숨을 내쉰 뒤 무섭게, 그리고 미안한 표정으로 날 애처로이 쳐다봤다. 남방 이곳저곳에 정희가 발랐던 색과 동일한 뻘건 립스틱 자국이 묻어나 있다. 거봐, 거봐. 입가도 찢어져 있잖아. 더 이상 지훈 총각의 얼굴을 보고 있을 자신이 없어서, 아니, 지훈 총각과 겹쳐 보이는 정희의 얼굴을 떠올리기 싫어서 총각에게 등짝을 보인 채 이불을 머리끝까지 뒤집어쓰고 드러누워 버렸다.

확—

내 이불을 사정없이 벗겨내 버리는 총각.

덥석—

개의치 않고 다시금 이불을 뒤집어쓰고 드러누웠다.

확—

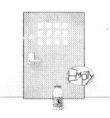

또다시 신경질적으로 내 이불을 벗겨낸다.

덥석—

벗겨지는 이불을 끌어당겨 다시 한 번 머리끝까지 뒤집어쓰고 돌아누워 버렸다.

"야!! 너 죽을래?!"

화들짝—

"왜, 왜 소리는 지르고 그래요!! 나는 환잔데!!"

"장난해?! 또 나야? 아씨, 너 때린 이유가 또 나래? 너 바보지? 왜 이 지경이 될 때까지 맞은 건데! 같이 패줘야지!!"

또 나라니.

"아니에요. 지훈 초, 아니, 오빠 때문에 맞은 게 아니라 내가 화장실 문 앞에서 알짱거리다가… 내가 술에 취해서 그래서 내가 먼저 시비 걸어서 몇 대 맞은 거예요."

"거짓말하면 엎어버린다!! 어디서 거짓말하고 앉아 있어!! 누구야!! 똑바로 말해!!"

"왜 안 미, 믿어요? 지, 진짜 내가 시, 시비 걸어서……."

"어줍잖은 그짓말 할 생각 말고, 그 기집애들 인상착의, 어디를 몇 회 반복 구타한 건지 자세히 불어!!"

개 맞듯이 맞고 있는 와중에 어디어디를 몇 대 맞았는지 헤아리고 앉아 있을 정신 나간 사람이 몇이나 있으려고.

"복부 40여 회 구타, 하이힐로 등짝 4회 후려침, 구두 굽으로 면상 2회 내려침, 헤아릴 수 없는 발길질……."

그러나 내 입은 뭐에 홀린 것마냥 구타 횟수를 정확히 읊어대고 있었고, 총각은 인상을 구긴 채 옆에 있던 메모장에 끄적대며 열심히 필기를 해나갔다.

"다음. 인상 착의 읊어라."

"2분간 머리 끄댕이 잡아당기기… 이 모든 걸 혼자서 했어요."

"뭐? 장난쳐?"

끄적대고 있던 메모장을 힘없이 내려놓던 총각은 돌연 정만이를 외쳐 대며 쌩 하니 병실을 나가 버렸다.

"하아! 여기까지만 참을래. 여기까지는 모른 척해줄게. 나도 이젠 바보처럼 혼자 눈물 흘리고 상처받는 일 같은 거 하기 싫어. 지겨워."

덜컥―

"어이, 이봐! 나 좀 봐. 입을 꾹 다물고 있다지? 어? 누구한테 터졌냐고 묻지 않고 있잖은가, 시방!! 복수를 해줄 테니께 어여 불어!! 두 눈깔 크게 뜨고 날 쳐다봐!"

문을 벌컥 열고 달려온 정만이는 내 몸뚱어리를 세차게 흔들며 연신 불어, 불어를 외쳐 댔다. 난 조용히 두 눈을 감고 죽은 척을 시도했다. 망할 놈의 총각, 무서운 친구를 대동해서 내 입을 열게 할 작정이구나. 온몸이 멍으로 얼룩져 있어 정만이의 손길 하나하나에 으스러질 듯한 아픔이 밀려왔지만 입술을 꾸욱 깨물고 결코 감은 두 눈을 뜨지 않았다. 그렇게 두 눈을 감고 있던 난 정만이의 노한 음성을 자장가 삼아 스륵 잠의 늪에 빠져들었다.

꿈속에서 울려 퍼지는 조용한 노래 소리가 너무 좋다. 녹아내릴 듯

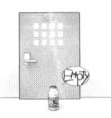

한 목소리로 내 귓가에 흥얼대는 기분 좋은 노래 소리가 너무 좋아 잠을 깨기가, 눈을 뜨기가 싫다.

"…그대 내게 다가오는 그 모습 자꾸 다시 볼 수 없을 것만 같아서 감은 두 눈 뜨지 못한 거야. 너를 내게 보내준 걸 감사할 뿐야. 고마울 뿐야. 많이 외로웠던 거니, 그동안. 야위어가는 너를 보며 느낄 수 있어. 너무 힘이 들 땐 실컷 울어. 눈물 속에 아픈 기억 떠나보내게, 내 품에서. 서글픈 우리의 지난 날들을 서로가 조금씩 감싸줘야 해. 난 네게 너무나도 부족하겠지만… 다 줄 거야… 내 남은 모든 사랑을. 아씨, 미치게 쪽팔리네."

미치게 쪽팔리네? =_= 꿈이라 단정 짓기엔 너무도 생동감있게 들려왔다.

덜컥―

"야, 지훈아! 우리 먼저 가볼게. 너 여기 계속 있을 거야? 정만이 삐쳤다. 크큭!"

"정만이 새끼 죽여 버린다 그래라!! 내가 다그치랬지, 애를 잡으라 그랬냐!! 아직 안 갔어? 기다리라 그래!!"

쾅―

번쩍―

꿈 아니잖아!! 총각이 병실을 나가는 소리에 감고 있던 두 눈을 번쩍 떴다. 목청 노래방에 날 데리고 갔을 때 단 한 곡도 부르지 않고 꿋꿋하게 자리를 지키던 총각이었기에 어쩌면 실로 엄청난 음치일지도 모른다고 생각했는데… 그랬는데… 그랬는데… 너무 잘 부르잖

아. 정희랑 키스하는 모습을 봐버렸는데도, 너무 화가 나는데도 이렇게 내 눈물샘을 자극해 버리면 화를 낼 수가 없잖아. 따질 수도 없잖아.

끼익—

"지민아… 자는 거야?"

괜스레 코끝이 찡해져 이불을 뒤집어쓰고 훌쩍대고 있는데 조심스레 문을 열고 들어오는 정희의 목소리가 들려왔다. 돌아간 거 아니었나? 아직은 정희랑 마주 보며 얘기를 나눌 마음이 없었기에 아무런 대꾸도 하지 않았다. 대신 머리끝까지 이불을 뒤집어쓴 그대로 두 눈만 멀뚱히 뜬 채 끔뻑거렸다.

"…지민아… 박지민… 자는… 거지? 어?"

안 자면 어쩔 꺼여, 이년아!!라고 외치고 싶었다. BUT 난 소심했다. 흡사 한 마리의 도둑고양이와 같은 발걸음으로 내 곁으로 걸어오는 정희의 발소리. 조금은 등골이 오싹하기까지 했다.

부스럭 부스럭—

뒤적뒤적—

보이지는 않았지만 침대 밑에 놓인 종이 가방을 뒤적이며 정신없이 무언가를 찾고 있는 듯했다. 일어나 보고 싶었지만 이미 자는 척을 하고 있는 상황이었기에 그대로 이불을 뒤집어쓴 채 귀를 쫑긋 세우고 정희의 움직임을 하나하나 귀로 포착했다.

위이잉— 위이잉—

풍뎅이 날개 떠는 소리. 정희의 핸드폰이 요란한 진동음을 내며 핸

드백 속에서 부들부들 떨어대고 있는 듯했다.

속닥속닥—

"여보세요? 나이트에도 없어? 씨발, 너네 뭐야? 지갑을 왜 떨어뜨려!! 혹시 해서 지금 찾아보고 있는 중이야. 맞아서 쓰러지는 와중에 설마 지갑을 들고 왔겠냐? 지갑 속에 니네랑 같이 찍은 이미지 사진이 있는 걸 봤으면 바보가 아닌 이상 눈치 채고 불었겠지!! 엉. 병신같이 아직 누구한테 맞았는지도 안 불고 있네. 큭! 근데 좀 더 밟아주지 그랬냐? 시시하게… 아직 팔팔하더라. 그래, 별일없을 거야. 어. 열쇠는 나중에 줄게."

탁—

양정희… 나 어디까지 참아야 되는 거야? 겨우 참고 참으면서 너 이해하려 했는데… 너 정말 정떨어진다.

"박지민, 나한테 그렇게 당하고도 날 믿는 걸 보면 너도 참 한심해. 그치?"

누워 있는 나에게 속삭이듯 혼잣말을 내뱉던 정희는 내 호주머니에 넣어뒀던 지갑을 발견하지 못한 건지 그렇게 병실을 나가 버렸다. 그래, 너한테 그렇게 당하고도 다시 널 믿은 내 자신이 너무 한심해서 눈물이 나온다. 나 이제 너한테 당하기만 하는 거… 너무 지치고 질려서 집어치울래. 하기 싫어. 너무 재미없다. 20년 동안 군말없이 참은 거면 나두 많이 참은 거다, 그치?

덜컥—

"야!! 니가 왜 여기서 나와!! 너 내 애인한테 무슨 해코지했지!!"

"아니에요. 제가 지민이 간병하기로 했어요. 죄송해요. 저 너무 미워하지 마세요."

"너 정만이 새끼한테 사과했냐? 정만이 내 친한 친구거든? 막무가내였지만 그래도 정만이 놈한테 너 소개시켜 줬지? 싫으면 싫다고 처음부터 딱 잘라 말하면 됐잖아!! 씨발… 근데 친구 놈이 뻔히 보고 있는 앞에서 너 무슨 짓 한 건데!!"

"훌쩍! 죄송해요. 술김이었어요."

"술을 퍼마시더라도 그렇지. 니 눈엔 내가 니 친구 애인으로 안 보이디? 내 친구가 기분 엿 같을 거라는 생각도 안 해봤냐?"

"흑! 죄송 흑! 죄송해요. 죄송해요."

"아씨… 왜 울고 지랄인데!! 울지 마, 이 기집애야!! 니네 집엔 거울 없냐!! 마스카라 번진다. 추하다, 추해! 그 길로 가면 정만이 새끼 기절한다. 세수하고 정만이한테 가서 사과해. 너 지민이 친구라 봐준 거야. 비켜!"

벌컥—

병실 밖에서 들려오는 총각과 정희의 대화. 급히 눈물을 닦고 멀뚱하게 뜨고 있던 두 눈을 감았다. 터덜터덜 내가 있는 침대로 걸어온 뒤 의자 위에 털썩 주저앉는 소리와 총각의 향기가 느껴졌다.

콩닥콩닥—

오늘 새삼 느꼈지만 자는 척을 하면서 가식적으로 누워 있기란 여간 힘든 일이 아니었다.

"잠에 미쳤냐? 아직까지 자냐?"

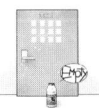

쿠울—

"하아… 니가 미이라냐, 온몸에 붕대를 말고 있게? 미란이 때도 그렇고, 너도 그렇고, 서지훈 억세게 재수없는 새끼가 팔자에 없는 사랑 한번 해보려다 사람 잡네. 크큭!"

크릉—

"너 그냥 석이한테 가버려라. 너 석이 새끼 아직 많이 좋아한다며? 미안해서 더는 못해먹겠다. 우리 그냥… 깨질래?"

벌떡—

감고 있던 두 눈을 부릅뜨고 나도 모르게 자리에서 벌떡 일어나 버렸다. 침대에 누워 자는 줄로만 알았던 내가 갑자기 오뚜기처럼 튀어 오르자 의자에서 일어나 뒷걸음질을 쳐대는 총각. 처음 보는 겁에 질린 모습이었다. 많이 놀랐나 보다.

"너 안 잤어? 뭐야!!"

"잤는데요. 목이 말라서 일어났어요."

"들었냐?"

"듣기는 뭘 들어요? 귀가 간지럽네. 언제 왔어요?"

"그럼… 울었냐?"

"울기는요, 내가 왜 울어? 남방은 어디 갔대요?"

퉁퉁 부은 눈을 부비적거리며 아무렇지 않은 척 총각을 쳐다보았다. 재킷 속에 아까까지 입고 있던 립스틱 묻은 남방이 흔적도 없이 홀연히 자취를 감춰 버렸고 대신 맨살 위에 재킷을 걸친 보도 듣도 못한 패션을 선보이고 있었다. 그렇지만 단단하고 매끈한 근육이 살짝살짝 내비치는 게 가히 꼴 사납지만도 않았다.

"시끄러. 잃어버렸어."

총각의 위아래를 스윽 훑어보았다. 벗은 남방을 붕대 감긴 왼손에 꼬옥 움켜쥐고 있었다. 그짓말도 참 잘하는구나. 내 시선을 느낀 건지 들고 있던 남방을 쓰레기통에 던지듯 버려 버리고 다시 의자에 털썩 주저앉아 날 노하게 노려봐 줬다. 그냥 그대로 자는 척을 해버릴 걸. =___=

2분 동안 그렇게 총각의 타는 듯한 시선을 온몸으로 받아내야 했다. 총각은 짧막한 한숨을 내쉬고 나에게 말을 건넸다.

"아직도 안 불 거야, 너 누가 때린 건지?"

"나 이렇게 만든 거… 누군지 알면 어떻게 할 건데?"

"죽여 버릴 거야."

"그럼 됐어. 나 살인자하고 애인하기 싫어."

"병신으로 만들면?"

"폭력범하고도 애인하기 싫어."

"아씨, 그래. 당한 만큼만 갚아주면?"

"똑같은 인간 되기 싫어."

"너 죽을래? 뭘 바라는데!! 누가 때렸는지 불기나 해!!"

"나 버리지 마."

"뭐?"

"이제 오빠라고 부를게. 반말도 잘할게. 그러니까 나 버리지 마. 나 너무 바보 같고 답답하다고 나 버리고 정희한테 가지 마. 흑! 다

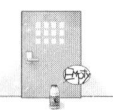

가버렸단 말야. 석이 오빠도 정희한테 가버려서 나 많이 울었단 말야. 흑! 반지… 반지 빼면 깨진다고 그랬잖아. 미안해. 반지 잃어버렸어. 반지, 내가 꼭 찾을게. 그러니까… 그러니까… 이제 나 울게 하지마."

"그게 니가 바라는 거야? 그럼 내가 바라는 것도 들어줄래?"

"어."

"누구야, 너 이렇게 만든 거. 그것만 말해. 그것만 말해 주면 너 평생 내가 데리고 산다."

"여자 네 명이었는데… 얼굴이 기억이 안 나."

"무슨 말도 안 했어? 다른 거 없어?"

"기억 안 나. 만약 나 버리면 나는 20년 동안 저주 내릴 거야."

내 말에 피식 웃음을 입가에 보여준 뒤, 반창고로 덕지덕지 도배한 내 얼굴을 뚫어지게 쳐다봤다. 참 묘한 기분. =____=

"키스해도 돼?"

끄덕끄덕―

나 이렇게 만든 거 정희라고… 정희가 친구들 시켜서 나 이렇게 만든 거라고… 내 머리는 수십 번 수백 번도 더 정희 이름을 외쳐 대고 있었다. 지훈 총각의 키스는 잠시나마 그런 내 머리 속에서 정희를 말끔히 잊게 해줬다. 내 허리를 감싸고 조금은 키스가 격해진다 싶을 즈음.

기막히게도 그 순간 병실 문이 벌컥 열렸고 사랑하는 나의 마미가 성난 황소처럼 내 앞으로 돌진해 왔다.

"박지민, 네 이년!! 저년이, 저년이… 세상에, 세상에! 유부남이랑 바람이 났네!! 안 떨어져!! 애가 딸렸다, 이년아!! -0-"

용감한 총각은 내 입에서 입을 떼지 않았다. 하지만 무서운 우리 엄마는 집념이 강하신 분이시다. 기어이 우리 둘을 떼어놓는 데 성공하셨다. 난 사랑하는 어머니에게서 화장실에서 밟힌 것보다 더 잔인한 폭력의 고통을 맛봐야 했다. 이런 날 혼자 남겨두고 병실 밖으로 줄행랑을 친 비겁한 총각.

그날 저녁 총각은 주민등록등본 한 장을 떼와 우리 엄마에게 척 하니 들이밀었다. 엄마는 총각이 들이민 등본을 힐끔 바라보는가 싶더니 반으로 곱게 접어 입에 집어넣고 씹어버렸다.

"아그작아그작! 그래, 부인 이름이 민지연이고 딸 이름이 서지훈이요? 아그작아그작! 그래, 정훈이? 둘째도 있었구만. 어림도 없다, 이놈아! 저리 가라! -_-"

지금 우리 엄마에게는 등본을 자세히 들여다볼 만한 정신과 너그러움이 존재하지 않았다.

그렇게 난 3일을 소독내 폴폴 풍기는 병원에서 보내야 했다. 총각은 그 3일 동안 내 병실 방문을 유부남이라는 이유로 우리 엄마라는 사람에게 철저히 저지당했다.

"그래, 정희야. 힘들지? 엄마, 아빠는 지금 어디서 지내시니?"

"그게… 친척집에 계신다고 들었는데 저두 잘……."

"요상하게 부도났다던 그날은 빚쟁이들이 보이더니 요새는 통 안 보이던데? 이제 괜찮은 건가 봐?"

"아… 네. 지민아, 오늘 퇴원해도 된다니까 옷 갈아입자."

"정희야, 나 혼자 갈아입을 수 있거든? 너 바쁠 텐데 가줄래?"

퍽—

"아! 엄마, 왜 때려? 아직 아프단 말야."

"이년이 친구한테 말하는 버르장머리 좀 보게!! 너 엄마가 지켜볼 거야!! 당장 짐 싸게 하려다가 그 유부남이 자진해서 이사 간다고 해서 참은 거야!! 그럼 정희야, 수고 좀 해주렴. 오호호~"

총각의 거짓부렁에 속아넘어간 불쌍한 우리 엄마.

쾅—

엄마가 부서질 듯이 문을 닫고 휑하니 나가 버린 뒤 고개를 숙인 채 안절부절못하는 정희가 냉랭한 내 태도에 불안을 느낀 건지 넌지시 말을 건넸다.

"지민아, 너 나한테 화난 거 있어? 그런 거야?"

"정희야, 나 옷 갈아입어야 되거든?"

"너 설마… 나 오해하는 거야? 그때 내가 지훈 씨한테 키스한 건 정말 술김이었고……."

"알아, 술김이었던 거. 그러니까 나가주라."

"지민아, 왜 이래? 내가 잘못한 거 있음 말해 줘. 도대체 왜 이러는 건데?"

"니가 잘못한 거? 넌 잘못한 거 없어. 너무 멍청하고 한심해서 바보같이 널 믿은 내 잘못이지."

무덤덤하게 환자복을 벗고 이곳저곳에 선명하게 발자국이 찍혀 너덜너덜해진 지영이 옷으로 갈아입은 뒤 잠시 정희를 바라보며 다시 한 번 입술을 꼬옥 깨물었다. 그리고 호주머니에서 지갑을 꺼내 들어 정희에게 던져 줬다. 내가 던진 지갑을 주워 들고 황당한 표정을 짓던 정희가 이내 아무것도 모른다는 표정으로 날 바라봤다.

"지민아, 이거 누구 지갑인데?"

"정희야, 너 사진 잘 나왔더라. 나 밟아대던 니 친구들이랑 같이 찍었던데? 그중에서 니가 제일 이쁘게 찍혔더라. 나 이제 가봐도 되지?"

"박지민."

"아, 니 친구들이 내 반지를 빼갔거든? 돌려줄래?"

"크큭! 야, 박지민. 너 여태껏 알면서 쇼한 거니?"

"여태껏 쇼했던 건 내가 아니라 너잖아."

"이야~ 너도 성질있다 이거냐? 그래, 잘됐네. 나도 니 앞에서 아양떨고 비위 맞추는 거 역겨워서 이쯤에서 관둘 참이었는데. 큭! 근데 너두 사람 뒤통수치는 데 뭐 있다?"

"반지 돌려줘."

"왜 내 친구들이 너 밟았다고 안 불었냐? 사진까지 갖고 있었으면 니 그 잘난 애인이 내 친구들 죽이러 쫓아왔을 텐데. 크큭! 뭐야, 의리야? 이거 진짜 웃기는 년이네. 너랑 나랑 의리 따지는 그런 사이였냐?"

"또 뺏을 거지? 석이 오빠처럼 이번에두 또 뺏으려고 이런 거지? 그런 거지?"

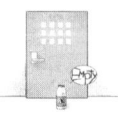

"크큭! 어, 그래. 뺏으려고 그랬어. 나 밉지? 나 죽이고 싶지? 어떨 때 보면 나도 내가 막 무섭다?"

"부탁할게. 이번에는 내가 뺏기기 싫어. 너한테 뺏기면… 이번엔 정말 나 못 견디게 많이 슬플 거야. 나 많이 참았잖아. 나 많이 참았잖아. 어? 나 얼마나 더 참아야 돼? 언제까지 너한테 뺏기기만 해야 돼?"

"분하니? 분하면 너도 뺏어. 바보같이 뺏기지만 말……."

덜컥—

"아씨, 야! 니네 엄마 가셨냐? 왜 총각을 유부남으로 만들어!!"

하얀 모자를 깊게 눌러쓰고 투덜대며 병실로 들어오는 총각. 얼굴이 작아서 모자로 다 가려진다.

"아, 와, 왔어요? 지훈 씨, 지민이 짐 내가 다 싸놨는데."

날 대하던 때와는 전혀 다른 낯짝으로 총각을 대하는 정희. 나보다 가식이 한 수 위였다.

"넌 니네 집 안 가냐? 야, 한정욱! 구정만! 여기 재수 옴 붙은 기집애 하나 있다!!"

총각의 노한 외침이 채 끝나기도 전에 정만이는 이미 병실 안에 들어와 정희를 심하게 노려보고 있었다. 정만 군의 표정이 많이 굳어 있다. 아무래도 정희한테 차였나 보다. 들고 있던 지갑을 급하게 핸드백 속에 집어넣고 두 볼이 빨개지는 연기를 해대는 정희. 참 가증스럽다. 연예인으로서의 자질이 완벽히 갖추어져 있는 정희. 잘생긴 총각의 친구 정욱 군의 표정도 많이 어두워 보인다.

"요 대가리에 뚜껑이 열려 버렸네. 지훈이 애인!! 그러게 내가 뭐랬어!! 언능 언능 불라 그랬잖여!! 왜 사람을 화딱지나게 만들어!! 어? 정희라 그랬냐? 너 오늘 나랑 진지하게 이야기 좀 하자. -_-"

"왜, 왜 그래요? 전 할 얘기 없어요."

"나는 너랑 할 얘기가 쪼까 많다. 눈 안 까냐?"

내가 영문을 모른 채 어리둥절해 있는 사이, 정만이와 정욱 군은 싫다는 정희를 억지로 병실 밖으로 끌고 가버렸다.

"뭐야?"

"이 등신. 정훈이 놈 덕에 내가 알아버렸거든?"

"정훈이?"

"여자 때리는 거… 그거 병신 새끼들만 하는 짓이라고 생각했는데……. 빨리 말해. 저 기집애 때려줘, 말아? 니가 맞은 그대로 갚아 줘도 되냐? 메모장에 필기해 뒀거든? 아씨, 힐은 어디서 구하냐? 등짝 후려쳤대며?"

그래서 필기를 했나 보다. 지금 이 순간 총각이 너무 무섭게 느껴진다.

"때리지 마. 나 여자 때리는 남자 싫어."

"그럼 니가 때려. 니가 맞은 만큼 니가 때려."

"싫어."

벌컥—

"하이고! 웃기네, 웃기네. 이것들아, 가자. 피의 축제가 우리를 부르고 있다!! 죽여, 죽여!"

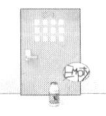

　어떻게 된 거지? 어째서 동생 놈까지 여길 쫓아와 내 앞에서 웃기네, 웃기네를 외치고 있는 걸까?
　"빨리 끝내고 집에 가자. 일본어 과외 때려칠 거야?"

　전생에 자살을 실패해서 죽으려고 환장한 귀신이 총각의 등짝에 빌붙어 살고 있을지도 모른다는 두려운 마음에 총각에게서 최대한 떨어져 차창에 몸을 딱 붙였다. 며칠 전 TV에서 봤던 차량. 카드깡과 관련해 돈을 갚지 않는 39살 최모 씨를 생매장하려고 인적없는 야산에 끌고 갈 때 사용했던 차량과 매우 닮아 있는 음산한 분위기의 까만 봉고차. 차주의 이름… 구.정.만. 정만이 녀석도 총각과 비슷한 위태위태 곡예 운전으로 전력 질주했다. 구정만이라는 사내는 정말 조직에 몸을 담고 계셨다. 얼굴값을 한다는 우리 고유의 속담은 결코 틀린 말이 아니었다. 앞서 가는 정만이의 봉고차를 뒤따라 총각의 검은 스포츠카도 무지한 속력으로 달리고 있었다. 그냥 이대로 집으로 돌아가고 싶다. 자고만 싶다. 두 눈을 감고 잠을 자면 괴로운 일도 슬픈 일도 잊을 수 있다고 한다. 내 머리 속을 꽉 매운 채 날 괴롭히는 정희와 관련된 모든 일을 잠을 자는 것으로 잊을 수 있다면, 그런 거라면, 나 100년 동안 잠에 빠졌다는 잠자는 숲 속의 공주가 되련다. 100년 동안 정희를 잊고 싶을 만큼 미우니까……. 지금 이들이 어디로 달려가고 있는지는 나도 모른다. 확실한 건 내 고막이 터질 듯이 아프다는 거다. 목숨을 수십 개나 가지고 있단 착각 속에 살고 있는 총각과는 달리 나는 목숨이 달랑 하나밖에 없다는 사실과 더불어 생명은 소중하다라는 진리를 너무도 잘 아는 똑똑한 소녀였기에 두 눈을 꼬옥 감고 조용히 주기도문을 외었다. 내 뒤에 딱 붙어 앉아 죄없는 내 머리카락을 잡아당기며 쉴 새 없이 조잘거리는 동생 놈. 운전대를 잡고 있는 와중에도 고개를 돌려 동생 놈에게 버럭버럭 화를 내는 총각. 경건하게 하나님 아부지에게 목숨을 구걸하기 위한 기도를 올리려 했지만 그러기에 두 형제의 고함 소리가 너무도 시끄러웠다.

"그 기집애, 고등학교 1학년 때 정혁, 아, 아니, 애인 있는 내 친구 꼬셔서… 아씨, 어쨌든 예전에 그 기집애 땜에 데일 뻔했어. 병신같이 몇 년이 지났는데 또 당하고 앉아 있냐?"

"정훈아, 내 머리는 잡아당기지 말아줄래? 뇌세포들이 자극을 받거든?"

"그랬냐? 그랬냐? 그랬어? 어? 그래서 그게 뭐!!"

총각은 사랑스런 동생의 말에 결코 다정스레 대꾸하는 법이 없었다.

"아, 근데 왜 화를 내는데!! 감기 걸려서 앓아 눕던 날 아침에 형 집에 들어오던 그녀의 모습에 내가 얼마나 놀랐는데!!"

그녀의 모습? 아마도 정희를 지칭하는 말인 듯했다. 말솜씨도 좋은 재간동이 동생 놈같으니라고. 그보다 네놈 덕에 내 뒤통수가 아픔을 호소하는데 어쩌지?

"까아아! 정훈아, 머리 좀 그만 잡아당길래? 그리고 지훈이 오빠씨… 급한 일 없으면 뒤 좀 돌아봐 줘. 아까부터 경찰 차가 쫓아와."

"모르는 기집애라고 사기칠 땐 언제고! 아씨, 생각해 보니까 이게

어디서 말을 빙빙 돌려!! 내가 묻는 건 애 패라고 시킨 게 정희 기집애였다는 걸 니가 어떻게 아냐는 거였거든? 어?"

"형, 형이 날 사랑한다면 더 이상 묻지 말아줘."

깊게 눌러쓴 모자에 얼굴이 가려져 자세히 볼 수는 없었지만 정훈이의 말이 끝나기가 무섭게 총각의 표정이 심하게 일그러진 것 같다.

"씨팔! 서정훈, 내 입에서 욕 나올 뻔했거든? 내 앞에서 한 번만 더 사랑한다느니 지껄이면 죽여 버린다."

욕 나올 뻔했거든이 아니라 욕 나왔어라는 표현을 써보라고 넌지시 권해주고 싶었지만 언제나 나의 소심함이 내 인생에 걸림돌이 되었다. 그런 이유에서 입을 꾸욱 다물었다.

"형 사랑해."

퍽—

말없이 차창을 내렸다. 온몸이 얼어붙을 듯한 차가운 겨울 날씨라고 믿기 힘들 정도로 내 얼굴에 불어오는 바람은 너무 따뜻했다. 바람아, 상처받아 얼어버린 내 마음도 녹여줄 수 있어? 바람은 매정하게 내 물음에 대꾸를 해주지 않았다.

삐뽀— 삐뽀—

대신 총각의 차를 맹렬하게 쫓아오는 경찰 차를 향해 손을 흔들며 인사를 건네봤다.

"안녕? =___= 씨.익."

흥분한 경찰 아저씨의 노한 음성을 대충 한 귀로 흘려주며 입가에 미소를 띠고 유유히 창문을 닫았다. 민중의 지팡이인 경찰을 놀려먹

다니… 총각과 어울리고 난 뒤 나도 많이 사악해졌구나.

"너 남자 새끼한테 사랑한다는 말 한 번만 더 하면 그땐… 죽일 거야."

"웃기네, 웃기네. 난 전에도 형한테 사랑한다는 말 했었잖아!! 형이 남자한테 고백받은 뒤로 괜히 과민 반응하는 거라고!!"

총각은 더 이상 이렇다 할 지적을 하지는 않았다. 지쳤다기보다는 같은 핏줄을 가진 사랑스런 동생 놈이 조금 무식하다는 서글픈 현실을 이미 받아들인 듯했다.

"그래, 집어치워라. 너랑 말하면 두개골이 깨질 것 같아서 짜증나거든?"

"형 사랑해. 그리고 띨빵한 너도 사랑해."

동생 놈의 말에 미간을 구기는 총각과 내가 동시에 고개를 돌려 뒷좌석을 쳐다봤다. 입고 있던 점퍼에 고개를 파묻고 알아들을 수 없는 멜로디를 흥얼대는 동생 놈을 발견할 수 있었다.

"노란색도 사랑해. 분홍 가방도 사랑해. 소주도 사랑해. 먹물도 사랑해. 엄마도 사랑해. 나 집에서 쫓아낸 아빠도 조금 사랑해. 새누나도 사랑해. 방울이도……."

"저 미친놈. 내일 호적 파러 간다."

동생 놈의 끝없는 사랑타령은 카 오디오에 무참히 파묻혀 버렸다.
=_=

먼저 도착한 정만이의 봉고차 옆으로 차를 몰아 끼익 하는 마찰음과 함께 CDA 나이트 앞에 정지했다. 경찰 차는 총각 차를 추격하다

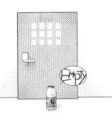
가 퇴근 시간이 되어버린 건지 이내 방향을 틀어 돌아가 버렸다. 낯익은 나이트 간판이 눈에 들어오자 새삼 그날 밤의 일이 떠올라 심장이 빠르게 요동치기 시작했다.

"여, 여기 왜 온 건데?"

"똑같은 곳에서 그대로 갚아주려고. 내려."

"시, 싫은데. 나 안 내릴래. 그냥 집에 가자, 어?"

"바보. 등신. 천치. 내가 못 참아. 내 꺼에 흠집을 너무 많이 냈거든?"

난 총각에게 끌리다시피 차에서 내렸고 동생 놈은 뒷좌석에 아예 자리를 잡고 누워 형을 보며 큰 소리로 외쳤다.

"죽여, 죽여! 다 죽여, 형! 피의 축제에 동참하고 싶은데 난 못 가. 정희라는 기집애한테는 나한테 무슨 소리 들었다고 하지 마. 혹시 정훈이한테 다 들었다는 무식한 멘트 날리면 난 형 사랑 못해. 미워할 거야. >_<"

다 죽어가는 목소리로 죽여, 죽여를 외쳐 대는 동생 놈이 조금은 안쓰러워 보인다.

"내일 호적 팔 준비해라. 비타민 과다 복용하면 너처럼 정신이 나가 버리냐? 흥미롭다."

총각은 흥미롭다는 한마디를 내뱉고 날 CDA 나이트 지하 화장실로 데려갔다. 화장실 안에는 정희와 친구들이 모두 불려와 화장실 바닥에 쭈그리고 앉아 있었다. 먼저 도착한 정만이와 정욱 군, 또 다른 총각의 친구 두 명이 화장실 벽에 기대 담배를 피우고 있었다.

"크큭! 애들도 아니고 아직도 친구 시켜서 애 패는 유치한 짓 하고 댕기냐? 이러고 있는 것도 아으! 유치해 죽겠다."

정희 앞에 쪼그리고 앉아 연신 담배를 피워대며 말을 잇는 정욱 군에게 정희가 독기를 품은 얼굴로 천천히 입을 열었다.

"하! 나 얘네 몰라요. 뭘 잘못 알고 온 모양인데… 내가 왜 여기 있어야 돼요? 짜증나네."

정희의 말에 네 명의 무리들이 일제히 정희를 찢어죽일 듯이 노려봤다. 머릿결이 유난히 탐스러운 갈색 머리가 자리에서 튀어올라 정욱 군을 밀치고 정희 앞에 섰다. 신고 있던 구두 끝으로 정희의 얼굴을 툭툭 건드리며 노한 목소리로 역정을 내기 시작했다.

"네년이 미쳤구나, 진짜. 꼬라지가 엿 같다는 말은 들었는데 이 정도인지는 몰랐네. 하! 같이 놀 년도 없길래 인생이 불쌍해서 같이 놀아준 것뿐인데 뭐? 너 우리한테 이러면 안 되지 않냐? 어? 입 놀려봐! 더 놀려보라고!"

"너 나 아니?"

"크큭! 그래, 안다면? 니 그 잘난 부모, 지금 해외 여행 갔다며? 남자애들 시켜서 집 앞에서 적당하게 난동 좀 피워주고 애 하나 적당하게 망쳐 주면… 너한테 한 달 동안 니 어미, 아비 차 키 빌려주기로 했잖아. 안 그래? 어?"

"웃기네. 내가 언제?"

갈색 머리는 분을 참지 못해 머리를 쥐어뜯다가 호주머니에서 차 키 하나를 꺼내 들고 정희의 얼굴에 사정없이 집어 던져 버렸다. 차

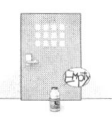

키에 긁혀 얼굴에 피가 나고 있었지만… 정희는 웃고 있었다. 말릴 새도 없이 네 명의 무리가 정희에게 달려들어 욕지거리를 내뱉으며 정희를 밟아댔다.

"하! 뭐냐? 야야, 비켜!! 뭐 하는 짓들이야!!"

황당한 표정을 짓고 있던 총각이 큰 소리로 외쳤고 뒤이어 내 귓가에 조용히, 그리고 다급하게 속삭여 줬다.

"박지민, 뭐 해!! 니가 빨리 뛰어가서 등짝 후려쳐!!"

라고. =__=

"이런 버릇없는 발칙한 계집들을 봤나!! 뭐 하는 짓이여, 이게 시방!!"

지금 이 순간 정만이의 우렁찬 목소리는 씨도 먹히지 않았다. 정희는 웃고 있었다. 맞는 순간에도 입가에 옅은 미소를 짓고 있었다. 정희가 너무 싫은데, 정말 죽이고 싶을 정도로 미운데… 가슴이 아팠다. 어느새 난 정희를 때리는 무리들 틈으로 달려나갔고 정희를 감싸 안고 쏟아지는 발길질을 대신 맞았다. 내가 왜 이런 행동을 했는지는 모르겠지만… 정희가 맞고 있는 모습에 가슴이 시리고 아팠다. 그렇게 당했는데도… 나 바보 맞나 보다.

"안 비켜!! 죽으려고 환장했냐!! 누굴 때려! 등짝 후려치랬지, 얻어 맞으랬냐!!"

총각의 고함 소리와 함께 친구들이 달려들어 네 명의 무리들을 어디론가 끌고 가버렸다. 정희는 자기 몸을 안고 있는 내 몸을 신경질적으로 떨궈 내버렸고 거친 숨을 몰아쉬며 날 노려봤다.

"하아! 하아! 정희야, 괜찮아?"

"큭! 미친년, 역겹다. 꺼져라."

"아빠 회사는 부도난 거 아닌 거네? 하아… 그럼 우리 집에서 더 이상 지낼 필요도 없겠다. 다행이네, 집에 아무 일도 없어서……."

"닥쳐! 너 꼴도 보기 싫어. 미안하다는 말 듣고 싶어? 고맙다는 말 듣고 싶어? 니가 뭔데 날 비참하게 만들어!! 니 얼굴만 보면 재수가 없거든? 고개 좀 돌려줄래?"

"그래, 안녕. 양정희… 나 너한테 마지막에는 좀 멋진 친구로 남길 바랬는데… 기분 나빴다면 미안해. 이제 나 너 잊을 거야. 내 머리 속에서 양정희라는 이름 지워 버릴 거야. 담에 보면 모른 척할 거야. 바이바이, 양정희."

친구라는 사람한테서 배신당하는 것보다 모르는 사람에게 배신당하는 게 덜 슬프고 덜 괴롭거든. 정말 그러지 않기를 바라지만… 다시 한 번 니가 내 뒤통수를 치는 일이 있으면… 그땐 정말 널 모르는 사람이라 생각하고 용서하지 못할 거야. 아니, 용서 안 할 거야.

날 어이없다는 듯이 쳐다보던 정희를 남겨놓은 채 화장실에서 후닥닥 뛰어나왔고 화장실 입구에 기대 담배를 피우고 있던 총각의 손을 잡아끌고 무작정 내달렸다. 내 손을 뿌리치고 화를 낼 거라는 예상과는 달리 총각은 아무 말 없이 내 손을 잡고 같이 뛰어주었다. 생각해 보니 그날 동네 한 바퀴는 뛴 것 같다. =__=

그날 밤, 내 눈앞에는 〈일본어 15일 만에 씹어먹자〉라는 교재가 펼쳐져 있었고 난 히라가나 암기 성공이란 실로 엄청난 사건을 기념하

기 위해 총각의 품에 안기어 떠듬떠듬 교재를 읽어 나갔다.

"코, 코레와 난 데스까?"

"대단한 발전이다. 등신."

"지훈이 오빠 씨, 이제 이 손 좀 풀어주면 안 될까?"

"나도 무거웠어. 빨리 절루 가!!"

철푸덕—

총각의 무릎 위에 앉아 있던 난 총각의 거친 손길에 방바닥으로 내쳐졌고 투덜대며 옷을 털고 일어나 필기구를 챙겨 들었다.

"등짝 후려치라고 멍석 깔아줬더니 멍석 위에서 맞고 앉아 있네. 띨한 거야, 아님, 맹한 거야?"

턱을 괴고 앉아 손가락으로 볼펜을 빙글빙글 돌리며 불만에 가득 찬 목소리로 궁시렁대는 총각.

"선생님, 오늘도 고마웠습니다. 제자 그만 집으로 돌아가겠나이다."

허리 숙여 꾸벅 인사를 하고 집으로 내달리려는데 총각이 내 손목을 휙 낚아채더니 게슴츠레한 눈으로 내 입술을 뚫어지게 주시했다. 다시 한 번 묘한 기분이 온몸을 휘감아대고 있었다.

"저기 우리 이러면 안 되는데 나는… 나는 그게……."

"뭐가?"

"아니, 키스도 너무 자주 하면 중독이라던데……."

내 말에 30초 동안 날 바라보던 총각의 어이없는 눈길을 나는 평생 잊지 못하리.

"웃기고 있네. 배고프다고!! 너 왜 그렇게 야한 건데? 이제는 니가 나 덮칠까 봐 겁나거든? 앞으로 반경 1㎝ 이내로 접근 허락. 덮치고 싶으면 덮쳐. 지금 덮칠래?"

움찔움찔—

고개를 설레설레 흔들며 뒷걸음질을 쳐댔다. 접근 금지라는 소리를 듣자니 아쉬움에 짤막한 한숨을 쉰 건 사실이지만, 돌연 접근 허락이라는 말을 외치는 총각의 표정이 너무나 진지했기에… 그랬기에 오늘도 난 뒷걸음질을 쳐대야 했다. 싱크대에 딱 붙어 서서 총각을 경계하며 슬금슬금 냉장고로 걸음을 옮겼다.

덜컹—

촤르르르—

냉장고 문을 열자마자 쏟아져 나오는 맥주 캔. 내다 팔면 이게 다 얼마야? 슬쩍 맥주 캔 두 개를 집어 호주머니에 넣으며 총각에게 넌지시 말을 건넸다.

"맥주를 사랑하십니까?"

"어디서 그런 되먹지 못한 말투 배워왔냐!! 집에 먹을 거 다 떨어졌다. 나가자."

되먹지 못한 말투라니. 후에 아들, 딸을 앞에 앉혀놓고 높임말은 되먹지 못한 사람이 쓰는 말이고, 반말은 참된 인간이 쓰는 바르고 고운 말이란다… 라고 교육시킬 위험한 아빠가 될 가능성 100%. 나는 총각의 손에 이끌려 밖으로 나와 총각의 차에 억지로 태워졌다. =＿=

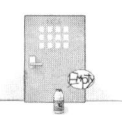

12시를 넘긴 야심한 밤, 총각의 까만 스포츠카는 집 근처의 대형 마트로 무섭게 돌진하고 있었다.

"근데 정훈이는 어디로 사라졌대요? 아니, 사라졌대니?"

내 말투가 시건방지게 들렸던 겐지 잠시 인상을 찌푸리는 듯했지만, 이내 평정을 되찾고 짧게 대꾸해줬다.

"몰라!"

"네."

참 쌀쌀맞구나, 녀석. 반말하라고 다그칠 땐 언제고 이렇게 기분 나빠하면 어디 무서워서 말을 제대로 줄이겠니?

빠아앙—

주차장으로 올라가는 멀고 험난한 길. 총각의 바로 앞에서 거북이 걸음으로 능기적대며 답답하게 가고 있는 낯익은 차량. 차창을 내리고 클랙슨을 울려대며 총각은 용감하게 외쳤다.

"아씨, 빨리 안 가?! 누구 짜증나서 미치는 꼴 보고 싶어서 환장하… 셨습니까?"

환장한 사람은 수도 없이 봤지만 환장하신 사람은 내 듣도 보도 못한 것 같은데? 총각의 용감한 외침은 패기와 힘을 잃고 비실대고 있었다. 거북이 걸음으로 가는 낯익은 번호의 차.

끼익—

그 낯익은 차량이 급기야 차를 세웠고, 총각도 군말없이 차를 세웠고, 뒤따라오던 차들도 차를 세웠다. 주차장으로 올라가는 길은 두 차량의 급정거로 한순간에 난장판이 되어버렸다.

총각의 검은 스포츠카와 너무 대조적인 초라한 황색 마티즈. 번호 5200. 그 딸은 그 어미에게 너무도 무심했다. 생각해 보니 사랑하는 우리 엄마가 매일 밤낮으로 아끼고 보살피던 자그마한 차가 황색 마티즈였던 것 같다. 무심한 딸이 번호까지 기억할 리 만무했지만 번호 네 숫자 중 첫 번호가 5였다는 사실은 너무나 또렷이 머리에 박혀 있었다.

빠앙— 빠앙—

뒤따라오던 차들이 일제히 짜증스럽게 클랙슨을 울려대며 독설을 퍼부었다. 엄마일지도 모른다는, 아니, 엄마라는 생각이 머리에 스치자 손톱을 잘근잘근 깨물며 총각을 버리고 언제든 곧바로 튈 준비를 하기 위해 차 문고리를 꼬옥 붙들었다. 총각 역시 새초롬한 입술을 잘근잘근 물었다. 죄없는 지퍼 라이터만 깔짝깔짝 만지작대며 불안을 애서 감추려 무던히 노력하고 있었다. 우리 엄마를 많이 경계하고 있는 듯해 보였기에 그 기분이 가히 유쾌하지만은 않았다. 뒤 차에서 들리는 노한 외침들이 더 더욱 거세어져 갔다. 드디어 멈춰 선 황색 마티즈의 운전석 문이 그 초라한 자태를 뽐내며 삐거덕거리고 열렸다. 엄마, 유부남이라도 잘생기면 된 거 아냐라고 외칠 준비를 하고 문고리를 더욱 세차게 거머쥐었다.

덜컥—

아직 겨울임에도 불구하고 슬리퍼, 후줄근한 하늘색 츄리닝, 너덜너덜 때탄 실밥에 조기 축구회라고 박혀 있는 보라색 점퍼. 그것도 직접 구입한 옷은 아닌 듯했다. 조기 축구회에서 나눠주는 체육복을

슬쩍 빼돌린 듯한 구린 분위기를 풍기고 있었다. 머리가 심하게 벗겨져 지난밤 버버리 아저씨를 떠올리게 하는 추레한 행색과 후줄근한 빠션 감각. 다행히 우리 엄마는 아니었다. 하지만 그 몰골은 내 고개를 절로 돌아가게 만들 만큼 추하디추했다. 몇 가닥 남아 있지 않은 머리를 쓰윽 빗어 넘기더니 슬리퍼를 질질 끌며 총각의 차로 돌진해 오는 조기 축구회 체육복의 아저씨. 조기 축구회 아저씨의 얼굴을 차마 계속 보고 있을 자신이 없어 고개를 돌려 총각의 얼굴을 쳐다봤다. 총각과 두 눈이 마주쳤다. 총각 역시 고개를 돌려 조기 축구회 아저씨를 외면했다. 머리카락을 휘날리며 총각의 차로 돌진하던 조기 축구회 아저씨가 큼지막한 목청으로 고함을 질러댔다.

"이 봐라, 이 봐라! 저 봐라, 저 봐라! 제 버릇을 개한테 팔아묵은 빌어먹을 놈의 자슥!! 서지훈이!!"

조기 축구회 아저씨의 입에서 서지훈이라는 이름이 튀어나왔고 그와 동시에 짤막한 한숨을 내쉰 뒤 어쩔 수 없이 스르륵 차창을 내리는 총각. 그러나 절대 차에서 내리지는 않았다.

"아씨, 쪽팔리게 왜 이름을 불러대요!!"

총각은 이 후줄근한 조기 축구회 아저씨가 자신의 이름을 목청 높여 부르며 친한 척을 해댄 사실에 심하게 분노하고 있었다.

"이 자슥!! 일 년 만에 만난 선생한테 그 따구로밖에 못 나불되긋나!! 이 인간 말종 같은 자슥!!"

짝짝—

조기 축구회 아저씨는 스스로 자신을 선생이라 칭했고, 총각은 결코 선생으로 인정하는 분위기가 아니었다. 다 큰 총각의 등짝을 짝짝 후려치는 조기 축구회 선생.

"아, 진짜 쪽팔리게… 몇 년 동안 그 옷을 입고 댕겨요!! 옷 좀 갈아입어요!! 빨지 않으면 바꿔 입기라도 하든가!"

"이 자슥! 이 자슥!! 니 눈엔 내가 선생으로도 안 뵈이나!! 이 자슥!!"

연신 이 자슥을 외쳐 대며 총각의 등짝을 내려쳤다.

"아, 그만 때려요!! 동네 구멍 가게 사장이 마트에는 뭐 하러 와요!!"

"이 버릇없는 자슥! 강산이 다 변해도 서지훈이 버르장머리는 그대로라드만 그 말이 딱이구만, 딱이야!! 노가다 슈퍼다, 이놈아!! 구멍 가게는 빌어먹을 구멍 가게!! ㅡ,.ㅡ"

강산이 다 변해도 서지훈 버르장머리는 그대로라? 신종 속담을 생성시킨 조기 축구회 아저씨. 내 고개가 절로 끄덕여지는 걸 보아… 결코 틀린 말은 아닌가 보다. =__=

"말 지어내지 말고 확 밀어버리기 전에 빨리 차 좀 끌고 가요!!"

"이 개자슥이 선생 차를 뭐 어째? 니 차로 밀어버린다고? 요 차 봐라, 차 봐라. 이 싹수 노란 놈의 자슥! 차 좀 봐라. 우리 나라 경제를 생각해서 선생님만치로 소형차 끌고 댕길 생각은 못하고 에라, 이 자슥… 쯧쯧."

혀를 끌끌 차며 등짝을 한 대 더 내려쳤다.

"빠앙ㅡ 빠앙ㅡ

"아, 거기 뭐 하는 거요!! 출발해요!!"

"바빠 죽겠는데 뭐 하는 거야!! 아, 차 빼!!"

"아, 알았쏘!! 내 제자랑 일 년 만에 만났는데 말도 못해요!! 이보쇼, 서지훈이 저 자슥이 내 제자요. 꺄르르륵~"

내 주위에는 저런 발칙하고 괴기스런 웃음을 짓는 인간들이 너무도 많다. 그래서 한없이 우울했다. 알았다고 해놓고도 차를 출발시킬 생각이 전혀 없는 듯 두 팔을 벌리고 서서 서지훈을 외쳐 대는 조기 축구회 선생.

"쪽팔리게 뭐 하는 짓이에요!! 나 한다면 해요!! 확 밀어버릴 거야!!"

조기 축구회 선생은 이마 위로 흘러내린 머리 한 올을 쓰윽 빗어 넘기고 추욱 처진 어깨로 슬리퍼를 질질 끌며 황색 마티즈로 쏘옥 들어가 차를 출발시켰다. 차를 아끼는 마음이 눈에 선하게 보였다. 차를 아끼는 그 마음으로 세차나 좀 하지.

"하하. 오빠 씨, 고등학교 때 선생님 빠션이 신선하시네."

"누가 선생이래!!"

애석하군. 총각은 결코 선생으로 인정하지 않았다. 제자 키워도 다 헛일이라더니.

"그럼 조기 축구회 아저씨가 사기친 거야?"

"선생이 아니고 학주."

학주나 선생이나 하늘 같은 스승인 게지! 옛말에 스승의 그림자도 밟지 말라 했거늘, 이 버릇없는 총각은 옛 스승과 대놓고 맞먹고 있었다. 신경질을 내며 차를 출발시킨 총각은 여전히 거북이 걸음처럼 천천히 기어가는 조기 축구회 선생의 마티즈 뒤꽁무니를 졸졸 따라갔다.

어느덧 지상 주차장이 그 웅장한 모습을 드러냈다. 카트를 쓱쓱 끌며 총각 옆에 딱 붙어서 뭐가 그리 재미난지 혼자 재잘대며 걸음을 재촉하는 조기 축구회 학주. 학주와 가능한 거리를 두려고 카트를 밀고 있는 내 옆에 몸을 밀착시킨 채 짜증스럽게 물건을 던지듯 집어넣는 총각.

"색시가 지훈이 애인인가 보네? 서지훈이가 가시나들한테 인기는 많았제. 몇 번째 애인이고? 백 번째? 이백 번째? 응?"

몇 번째 애인이라니. 조기 축구회 선생의 말에 조금 궁금해져 슬쩍 고개를 들어 총각을 바라봤다. 괜한 신경질을 내며 애써 내 시선을 회피하고 있었다. 두 번째 사랑이 어쩌느니 지껄일 땐 언제고. 아마 두 번째 사랑이 아니라 이백 번째 사랑일지도 모른다는 찜찜한 기분에 호주머니에 넣어뒀던 맥주를 만지작댔다. 술이 땡긴다는 표현을 이럴 때 쓰나 보다.

"서지훈이 이 자슥, 선생한테 솔직히 불어라. 니 의대 기부금 입학이제? 그쟈? 말해 보그라. 선생님이 니를 고자질하자는 소리가 아니고, 으이?"

"아씨! 이건 왜 사은품이 없는 건데! 왜! 왜!"

"그거 사면 머그 컵 준다고 달려 있잖아."

총각의 입에서 네, 기부금 입학입니다라는 소리가 나오길 애타게 기다리고 있는 선생이라는 작자. 무심결에 고개를 돌리자 내 눈에 들

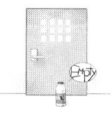

어오는 모모 일보의 머릿기사.

붕괴하는 학교. 무너지는 교권.

"서지훈이, 우리 노가다 슈퍼서 교복 입고 담배 사다 내한테 걸렸제? 내한테 개 패듯이 맞고 후유증이가? 휴우증이가? 니 손모가지로 여적 담배 사러 못 댕긴다그 정훈이 놈이 그라드만. 꺄르르르~ 내가 좀 심하게 때렸제."

미간이 구겨졌다 펴졌다… 총각의 미간은 무려 40회 반복 팽창하고 있었다. 애를 어떻게 잡았길래 혼자서 담배도 못 살 지경으로까지 만들어 버린 걸까? 그 비결을 가르쳐 달라고 말하기엔 총각의 표정이 너무도 노했기에 그 말을 꿀꺽 삼켜야만 했다. 주류 코너가 눈에 들어오자 돌연 두 눈을 번쩍이며 미친 듯이 카트를 끌고 쌩쌩 달려가는 조기 축구회 학주. 현직 학생 주임. 부업 노가다 슈퍼 사장. 소주와 맥주를 정신 나간 사람처럼 끄집어내 카트에 주워 담고 있는 저 모습. 말로만 듣던 사재기라는 거였다. 마트에서 헐값에 주류를 구입해 슈퍼에서 두 배로 가격을 올려 파는 몰상식한 짓을 일삼는 조기 축구회 아저씨. 그는 자신을 선생이라 칭했다. 오늘 못 볼 꼴 여럿 보는구나. 총각이 한심하게 자신의 스승을 바라보다 그 시선을 돌려 날 쳐다보며 나지막이 속삭였다.

"튀어."

난 영문도 모른 채 내달렸다. 빈손으로 왔다 빈손으로 돌아가는 우리네 인생사. 하다 못해 콩나물 대가리라도 사들고 돌아가면 억울하지는 않았을 터, 땀만 진창 빼고 헉헉대자니 너무 억울했다.

총각의 까만 차에 올라탔고 서둘러 주차장을 빠져나와 줄행랑을 쳤다. 내달리는 우리를 발견하고 뒤늦게 소주 박스를 어깨에 메고 우리를 뒤쫓아오던 조기 축구회 아저씨가 눈에 어른거리기는 했지만 결코 불쌍하다거나 동정이 가지는 않았다.

끼익—

쿵—!!

집으로 가는 길모퉁이로 운전을 하던 총각이 급정거를 해버렸고 급하게 차에 올라타느라 안전벨트도 못했던 난 사정없이 앞으로 고꾸라져 머리를 찧어야만 했다.

"씨, 초상나는 꼴 보고 싶어서 그래!!… 요?"

철푸덕—

추욱 처진 어깨로 힘없이 운전대에 머리를 박고 고개를 푸욱 숙여버린다. 처음 보는 총각의 의기소침한 모습이었다. 설마 옛 스승을 떨궈놓고 매정하게 도주해 버렸다는 죄책감에 휩싸여 자책하고 있는 걸까? 말도 안 되는 상상을 떠올리며 총각을 뚫어져라 주시하고 있었다. 운전대에 파묻고 있던 고개를 쓰윽 들어 올리더니 섹시하고 도발적인 눈으로 날 쳐다보는 총각.

"…파."

"파? 대파? 쪽파? 무슨 파?"

"…고파."

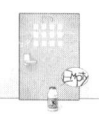

"행여 키스가 고픈 거라면 사양할래요."

인정하기는 싫었지만 총각과 어울리고 난 뒤, 나 많이 사악해지고 많이 야해져 버렸다. 내 말에 총각의 표정이 날 비웃는 듯했다. 그리고 말하는 것 같았다. 삽질하고 있네라고. 어리석은 총각. 요새는 군대에서도 삽질은 안 시킨다고 한다. 밥 먹이고 죽어라 피티 체조만 시킨다는 소리를 들었다. 남북 분단의 희생양 대한민국의 청년들.

내 머리 속에 우울했던 소싯적 기억 하나.

"마지막에 구령 붙인 놈 나오면 처음부터 다시!!"

체육대회 시작 전 몸풀기할 때 혼자 딴짓하고 있다가 우렁차게 마지막에 구령을 붙이는 나. 400명이나 되는 아낙네들의 거친 발길질에 치여본 아픈 기억. 아마도 지영이가 가장 세게 밟았었지.

먼 산을 바라보며 회상에 잠겨 있는 내 모습을 힘없이 바라보던 총각이 나지막이 입을 달싹였다.

"…배고파."

배고파라는 황당한 말을 남기고 총각은 다시 운전대에 널브러지듯 쓰러져 버렸다. 하필 차를 멈춘 곳이 청명 세탁소 앞이었다. 제길! 차 안을 힐끔거리며 다림질을 하고 있는 세탁소 아저씨를 오랜만에 볼 수 있었다. 참 반갑지 않다.

흔들흔들—

"갑자기 쓰러지면 어쩌라고… 일어나! 일어나!"

총각은 내 반말에도 꿈쩍도 하지 않은 채 운전대에 고개를 파묻고 배고파를 중얼댔다. 난 알뜰한 엄마를 둔 대한민국의 가난한 서민이었기에 총각의 호주머니에서 지갑을 훔쳐 들고 한동안 발을 끊었던 편의점으로 달려갔다.

"어이, 학생!! 허허, 오랜만이야아아아!!"

차에서 튀어나와 편의점으로 내달리는 내 뒤통수에 대고 오랜만이야를 외쳐 대는 청명 세탁소 주인 아저씨의 말에 가식적인 미소로 화답해 주었다. 배에 곯아 널브러진 애인의 허기진 배를 채워야 한다는 불타는 사명감에 총각의 지갑 속 시퍼런 배춧잎을 헤아리며 횡단보도 신호를 기다리는데 건너편에 술에 쩔어 있는 동생 놈이 내 시야에 들어왔다. 야시맹랑한 옷을 몸에 걸친 여자 두 명이 그런 동생 놈 앞에서 껄떡대고 있었다. 그 아낙네에게 술에 쩔어 꼬인 혓바닥으로 웃기네, 웃기네를 외쳐 대는 철없는 동생 놈. 행여 날 보고 아는 척을 할까 두려워 발길을 돌리려는데 어느새 날 발견한 건지 큰 목소리로 날 불렀다.

"어? 형 새끼 애인이다!! 웃기네, 웃기네."

버스 정류장에서 버스를 기다리고 있던 수많은 인파가 모두 날 주시했다. 저 망할 놈. 애써 입가에 미소를 짓고 모른 척 발길을 돌리려던 난 또 한 번 들려오는 동생 놈의 외침에 자리에 우뚝 멈춰 버렸다.

"웃기네, 웃기네. 반지 하수구에 떨어뜨려 버릴 거다!!"

뒷머리를 긁적대며 내 왼손을 쳐다봤다. 없다!! 불현듯 며칠 전 반지를 찾을 테니 날 버리지 말라며 총각에게 매달리던 내 모습이 떠올

랐다. 고개를 번쩍 들고 동생 놈을 쳐다봤다. 반짝거리는 물건 하나를 간당간당하게 손끝에 쥔 채 하수구에 빠뜨리려는 동작을 취하는 동생 놈. 어째서 동생 놈의 손에 반지가 있는지 따위는 궁금하지 않았다. 신호가 바뀌자마자 동생 놈을 향해 달려가며 울부짖었다.

=__=

"정훈아!! 뭐 하는 짓이란 말이냐!! 돌려다오!!"

"하하! 웃기네, 웃기네. 반지 돌려받고 싶으면 정훈아, 사랑해를 100번만 외쳐라. 꺄르르르~"

내가 싫어하다 못해 혐오하는 꺄르륵거리는 발칙한 웃음소리를 내는 동생 놈.

"이 망할 놈아!! 몸뚱어리를 사시미로 회 뜨기 전에 내 반지 내놔!!"

말했다시피 총각과 어울리고 난 뒤 나 많이 변했다.

찰랑—

내 말이 끝남과 동시에… 반지가 떨어졌다.

그렁그렁—

횡단보도를 질주하던 난 반짝이는 물체가 바닥에 투욱 떨어져 떼구르르 굴러 하수구로 들어가 버리는 차마 믿고 싶지 않은 광경을 목격해 버렸다. 두 눈에 눈물을 그렁그렁 매단 채 그대로 횡단보도에 퍼질러 앉아버렸다.


2003년 3월 공일 밤 12시 30분경. 나 등신 박지민, 총각과 어쩔 수 없는 헤어짐을 선포하다.

"꺼이~ 반지… 반지… 내 반지. 꺼이~"
내 볼을 타고 눈물이 주룩 흘러내렸고 꺼이꺼이 통곡을 했다.
빠앙— 빠앙—
"어이!! 죽으려고 환장했어!! 퍼뜩 못 일어나?!"
"저런 상것을 봤나!! 빨간 불 안 보여?!"
"딸꾹!"
횡단보도에 주저앉아 땅을 치며 오열하고 있던 난 차들의 시끄러운 클랙슨 세레모니에 화들짝 놀랐다. 그 와중에도 살아야 한다는 생각이 절실했으므로 벌떡 일어나 동생 놈을 향해 내달렸다. 생명을 소중히 하자! 나의 생활 신조였기에 반지고 뭐고 일단 살아야 했다. 그래서 난 뛰었다. 세차게… 나애리보다 세차게… 하니보다 세차게… 살기 위해 뛰었다. 이렇게나 많이 좋아져 버렸는데… 내 맘속에 꽉 들어차 버려서 헤어지면 괴로워서 술독에 빠져 지낼 게 뻔한데… 이제 다시는 사랑 같은 거 못하게 될지도 모르는데… 정희한테 뺏기는 것도 아니고 이깟 반지 하나에… 이깟 금속 하나에… 이깟 스뎅 하나에 총각을 떠나보내게 될 줄 정말 몰랐다. =___=

반쯤 정신이 나가 버렸다고 표현하겠다. 소매로 눈물을 훔쳐 내며 달린 것까지는 기억이 난다. 정신을 차렸을 때 내 손은 동생 놈의 머리 끄댕이를 닭 털 뽑듯 잡아당기고 있었고 그 녀석의 얼굴은 시퍼렇게 질려 있었다. 그런 날 저지하는 인간이 셋 있었으니, 한 개는 지난밤 편의점에서 영업용 미소로 내 손에 담배를 쥐어주던 편의점 알바

생. 편의점에서 바코드를 찍고 있다가 몰상식한 짓을 범하고 있는 내 모습을 발견하고는 정의감에 불타올랐던지 앞치마를 두른 채 튀어나와 동생 놈의 몸에서 날 떨궈내기 위해 나를 잡아당기고 있었다. 이런 말 할 처지는 아니지만… 너 참 언제 봐도 귀엽구나.

두 개는 정훈아, 누나가 구해줄게라는 슈퍼맨, 베트맨도 유치해서 안 써먹는 고전적인 멘트를 날리며 내 귀를 잡아당기고 있는 아낙네.

마지막 세 개는 내 팔뚝을 물어뜯고 있는 아낙네. 3:1. 내가 너무 불리했다. 이건 아니다 싶어 잡고 있던 동생 놈의 머리 끄댕이를 스르륵 놓아버렸다. 비로소 내 몸도 고통으로 인한 아픔에서 자유로워질 수 있었다. 뒤통수가 따끔거리는 느낌에 주위를 두리번거리자 한밤중인데도 불구하고 20명가량의 시민들이 가로수 주위를 빽 둘러싸고 소곤소곤 쑥떡쑥떡 귓속말을 주고받으며 누군가를 씹어대고 있었다. 날 향해 삿대질을 하는 걸로 봐서는 내 욕을 하는 듯했다. 이럴 때 쪽팔렸다라는 표현을 쓴다고 한다지.

"내가 개야? 닭이야? 왜 내 털을 뽑아!! 나 대머리 되면 니가 책임질 거야? 어?"

"이 자식이 뭘 잘했다고 소리를 질러!! 너땜에 소박맞게 생겼잖아!! 반지 어쩔 거여!!"

극도의 흥분 상태에 도달해 있었기에 눈에 뵈는 게 없었다. =__=

"웃기네, 웃기네. 그거 반지 아닌데?"

"반지 어쩔 거냐고 묻고 있잖여!! 으아앙~ 돌려내."

극도의 흥분 상태에 도달해 있었기에 귀에 들어오는 것도 없었다.

"웃기네, 웃기네. 병 뚜껑이었다고!! 반지랑 병 뚜껑도 구별 못하냐!! 안 들려? 뭐야, 형 새끼 병신이랑 사귀는 거야?"

그녀에겐 아무 소리도 들리지 않았다. =__=

"그거 없으면 꺼이~ 니네 형이랑 깨진단 말야. 꺼이~"

"에라, 깨질 테면 깨져라. 꺄르르르~ 어? 형 새끼 지갑이다. 오, 죽여, 죽여! 가자!!"

"혼자 죽어라, 이놈아! 나는 싫다. 내 반지 찾아내라! 꺼이꺼이~ ㅠ_ㅠ"

내 손에 들려 있던 총각의 지갑을 강제로 갈취한 뒤 외마디 괴성을 질러대던 동생 놈은 길거리에 주저앉아 끅끅대며 오열하는 날 근처 호프집으로 끌고 가버렸다. 내 귀를 잡아당기던 언니와 팔뚝을 물어뜯던 언니가 정훈아, 우린 어뜩해!를 앙칼지게 외쳐 댔다. 동생 놈은 가던 길을 멈추고 생명을 구해준 누님들을 빤히 바라보더니 대뜸 허리 숙여 꾸벅 인사를 하며 외쳤다.

"안녕히 가세요!"

다시 몸을 돌려 형의 지갑을 정신없이 뒤적거리는 동생 놈. 녀석은 지갑 속의 배춧잎을 바라보며 웃고 있었다. 그리고 주위를 두리번거리다 배춧잎 한 뭉치와 카드를 꺼내 호주머니에 집어넣는 모습도 목격해 버렸다. 반지가 하수구에 빠졌다는 크나큰 충격에 휩싸인 난 청명 세탁소 앞 차 안에서 배고픔에 널브러져 죽어가고 있을 총각 따위 깡그리 잊어버린 지 오래였다.

쨍—

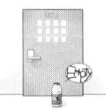

"마쇼! 캬~ 조타, 조타! 주겨, 주겨! 꺄르르르~"

풀린 눈으로 혼자 잔을 들어 무언가를 자축하며 건배를 하고 들어주는 이 없는 허공을 향해 혼잣말로 죽여, 죽여를 외치는 처죽일 놈. 접시 위에 가지런히 올려져 있는 오징어 다리로 저놈 목을 휘감아 조르려는 내 양손을 간신히 자제시킨 뒤 동생 놈의 손에 들린 술잔을 뺏었다.

"술잔 이리 줘!!"

홱—

꿀떡꿀떡—

맥주 한 병… 맥주 두 병… 맥주 세 병… 맥주 네 병. =__= 총각네 냉장고에서 굴러 떨어지는 걸 훔쳐 넣어뒀던 맥주 두 캔까지 모두 비웠다. 부어라! 마셔라! 쨍쨍! 그렇게 시간은 흐르고 흘렀다. 어느 순간 술에 쩔어 대담해진 날 발견할 수 있었다.

"야야, 너 나랑 갑이라며, 어? 끅! 근데 이게 어디서 죽으려고 말끝마다 웃기네, 웃기네 하면서 웃기고 앉아 있어? 진짜… 끅! 진짜 죽어 볼래?"

"어? 하하! 죽여, 죽여! 나 죽여봐, 죽여봐!!"

"어디서 눈을 부라려!! 떽!! 깔아!! 끅!"

술집에 울려 퍼지는 노래가 참 낯익다. 이지훈의… '언제라도' 였던가? 어디서 들었지? 아, 몇 년 전 풍선껌 광고 음악이었던 것 같다.

"캬하하! 웃기네, 웃기네. 진짜 웃기네, 씨발."

지금 내가 아무리 술에 쩔어 제정신이 아니라 할지라도 내 눈은 동생 놈의 눈에 맺힌 눈물을 봐버렸고, 내 귀는 동생 놈이 내뱉은 낮은 욕지거리를 들어버렸다.

쾅쾅—

동생 놈의 눈물보다 마지막 욕지거리가 심히 내 귀를 자극했기에 테이블을 쾅쾅 내려치며 객기를 부렸다.

"이 죽일 놈이… 어디서 욕질이야!! 끅!"

"웃기네, 웃기네. 그냥 웃겨서 그랬다, 왜? 뭐! 뭐!"

아, 눈물이 아니라 콧물이었나 보다.

"쉿! 마우스 묵념… 끅! 젠장."

난동에 가까운 나의 객기에 술을 마시던 주위 사람들의 따가운 눈총이 느껴졌고 주위를 쓱쓱 둘러보던 나는 아랫배에 힘주어 목청껏 외쳤다. 〈용기 상승 지수 40%〉.

"뭘 쳐다봐!! 눈알을 확 파버릴까 보다. 끅!"

지나친 알코올이 우리 몸에 미치는 파워와 파급 효과는 실로 상상을 초월하리만치 대단했다. 맥주병에 쓰여 있는 깨알 같은 글씨의 종이 딱지를 읽어 내려갔다.

정상인이 발음했을 경우—지나친 음주는 건강을 해칠 수 있습니다.

음주인이 발음했을 경우—지나친… 음주는 끅! 생강을 회 뜰 수 있습니다. 끅!

깨알 같은 글씨를 보고 있자니 울렁거리는 뭔가가 내 식도를 타고

올라오는 걸 느꼈다.

"우우웁! 우우… 꿀꺽."

순발력으로 다시 눌러 삼켜버렸다.

"내 기분이 젤 엿 같았을 때… 하나, 슈퍼에 과자 사러 갔는데 친한 친구 새끼가 먹고 있는 먹물 새우깡이 너무 맛있어 보여 뺏어 먹고 싶었는데 친구 새끼가 먹물 새우깡을 너무 좋아해서 침만 꿀꺽꿀꺽 삼켜야 할 때."

"끅! 먹물 새우깡? 나도 그거 되게 좋아해."

"시파! 그때 너무 슬펐거든? 슈퍼를 다 뒤져도 그냥 새우깡은 파는데 먹물 새우깡은 안 팔더란 말이야!! 슬프지? 슬프지? 그치? 그치?"

먹물 새우깡 500원인데 할인점에서는 450원 하더라. 형 지갑에서 훔쳐 간 돈으로 먹물 새우깡 원없이 사먹으려무나. 먹물 새우깡 하나에 슬퍼하는 동생 놈의 모습이 참 애처로워 보인다.

"으음. 끅! 시끄러! 집어치워! 반지나 건져 내!"

"내 기분이 젤 엿 같았을 때… 둘, 엿 같았던 그 일이 반복될 때. 하아~ 졸리네, 졸리네. 일어나, 이 떨빵한 기집애야!! 집에 가자! 꺄르륵~"

시덥잖은 놈. 내 기분이 젤 엿 같았을 때 하나, 목숨 같은 커플링을 하수구에 빠뜨린 찢어죽일 놈이 애인과 피를 나눈 형제 간이라 차마 죽일 수 없는 서글픈 현실을 받아들여야 할 때. 내 기분이 젤 엿 같았을 때 둘, 시덥잖은 그 먹물 새우깡 이야기를 들으며 덩달아 심각의 늪에 빠져 허우적대고 있는 지금 이 순간. 날 일으켜 세우는 동생 놈을 바닥으로 내쳐 버리고 혼자 술집을 나와 비틀비틀 정처없이 걷고 또 걸었다.

"야! 나 내일 엄마 보러 간다. 좋겠지, 좋겠지?"

뒤에서 들려오는 혀 꼬인 동생 놈의 목소리.

"나 내일 일본 간다. 꺄하하하~ 부러워 뒈지겠지? 너 일본어 배운 다며? 나도 일본어 할 줄 안다. 꺄르르르~"

가만 듣고 보니 제 자랑이다. 혀끝을 두어 번 찬 뒤 말없이 가던 길을 재촉했다.

"이봐, 학상! 술이 많이 취했네? 오빠랑 한잔 더 할래?"

비틀대며 걷고 있는 내게 술 냄새를 폴폴 풍기며 웬 뽀글 머리 아저씨가 슬금슬금 걸어와 끈적대는 목소리로 말을 걸어왔다.

"끅! 너 왜 일케 생겼냐? 에비, 눈 버렸다. 절루 가, 절루 가. 끅!"

"왜 이래, 학상. 오빠 꽤 미남 소리 듣고 다니는데, 응?"

풀린 눈으로 뽀글 머리 아저씨를 10초간 뚫어지게 주시했다. 〈용기 상승 지수 50%〉.

"끅! 꺼져! 앞으로 그 면상 내 눈에 보이면 죽어!! 끅!"

탁탁탁—

뽀글 머리 아저씨가 도망쳤다. 눈물을 훔치며 도망쳐 버렸다. 체내 깊숙이 파고든 알코올 알맹이 하나하나가 모여 깡이라는 생명체를 탄생시킨 순간,

"끅! 에헤라~ 서지훈 떠날 테면 떠나라. 꺄하하하하~ ㅠ_ㅠ 훌쩍! 가지 마… 후훗~ 가버려!"

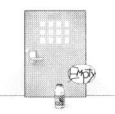

눈앞에 보이는 깡통을 발로 차며 골목이 떠나가라 꽥꽥 소리를 질러댔다.

깡—

떼구르르르— 툭—!!

"야밤에 지랄 원맨쇼를 한다."

"누구여!! 어따 대고 지껄이는 거야! 끅!"

"굶어 죽은 니 애인이다."

손등으로 두 눈을 부비적거리며 천근만근 같은 눈꺼풀을 힘겹게 걷어 올리고 두 눈을 부릅뜨자 차 앞에 쭈그리고 앉아 웬 깡통 하나를 처참하게 구기며 담배를 물고 있는 총각이 보인다. 〈용기 상승 지수 60%〉.

"끅! 서지훈!!"

술 깨고 난 뒤의 내 생명에 대한 위태함… 생명의 존엄성이라는 내 생활 신조… 애석하게도 모두 알코올에 치여 어디론가 나가떨어져 버리고 난 뒤였다. 지금 난 알코올이라는 든든한 빽을 내세워 내 몸뚱어리 전체가 깡이라는 오로라로 뒤덮여 있었기에 두려울 게 없었다. 〈용기 상승 지수 89%〉. 훗! 덤빌 테면 덤벼라!

"왜?"

어라? 반응이 시원찮다. 노발대발 역정을 낼 거라는 내 예상과 달리 눈웃음을 치면서 내게 순순히 대꾸하는 총각의 모습. 이딴 식으로 나오니 참 재미가 없다.

"너랑 나랑 오늘 깨졌다. 훌쩍! 잘살아. 훌쩍!"

"누구 맘대로?"

"훌쩍! 니 맘대로… 반지가 하수구에 빠졌어. 나는 최선을 다했지만… 나는 하수구에 뛰어들 용기와 배짱이 없는 소심한 소녀였어… 바이바이."

"내놔."

〈용기 상승 지수 100%〉.

"이 버릇없는 놈, 귓구멍이 막혔구나!! 하수구에 빠졌다니까!! 반지 빼면 깨진다며!! 훌쩍! 조오다~ 유부녀랑 바람피우다가 걸려서 쇠고랑이나 차라. 에라이, 나쁜 자식! 끅!"

"박지민, 니가 먹을 거 사온대서 1시간 30분 동안 기다렸거든? 지갑 갖고 달려나가는 니 모습을 백미러로 지켜보면서 속으로 화이팅까지 외쳐 줬더니… 훗! 빈손이네?"

파이팅이라니? 내 빈손을 바라보는 총각. 아주 실망한 표정이었다. 배가 많이 고팠나 보다.

"땅을 파서 먹을 걸 내놓든지, 조용히 내 앞으로 기어오든지."

지금 내가 서 있는 콘크리트 바닥을 삽으로 파봤자 나오는 건 시꺼먼 시멘트 가루뿐일 테지. 땅을 파도 먹을게 없으니 기어가려 했으나 지금의 내 깡은 절대 허락치 않았다. 그랬기에 일말의 망설임도 없이… 세차게 뛰었다.

내가 달려가자 피우던 담배를 바닥에 톡 떨어뜨리고 손을 까닥이며 앉으라는 시늉을 했다. 비웃음을 날리며 훗! 건방진 놈이라고 외치려 했으나… 〈용기 상승 지수 50%〉. 조금씩 술이 깨기 시작했고

내 깡도 조금씩 힘을 잃어가고 있었다. 다시 일말의 망설임도 없이 덜푸덕 총각과 시선을 마주하며 앉았다.

"후~ 해봐."

"푸우."

"곰돌이 새끼 말고 후!!"

곰돌이 푸우를 곰돌이 새끼라고 칭한 니 녀석의 말재간에 존경을 표한다라는 말을 건네려 했지만 〈용기 상승 지수 10%〉. 점점 술기운이 떨어져 내 온몸을 뒤덮고 있던 깡이라는 오로라는 어느새 내 몸에서 자취를 감춰 버린 뒤였다.

"후우……"

"누구랑 마셨어?"

"정훈이랑."

"정훈이? 외간 남자랑 술 퍼마시느라 애인이 길바닥에서 굶어 죽는 것도 몰랐다?"

도리도리—

그렇게 배가 고팠으면 네 손으로 사먹으러 갔으면 됐잖아!! 〈용기 상승 지수 0%〉. 이제는 외칠 생각조차 없었다. 그저 마음 속의 외침일 뿐. =__=

"편의점 가는 길에 정훈이랑 마주쳤는데 반지를… 반지를……"

고자질은 나쁜 짓이다. 고자질은 암적인 짓이다.

"정훈이가 잃어버린 내 반지를 하수구에 빠뜨렸어!!"

너무 크게 외친 나머지 눈살을 찌푸리며 귀를 틀어막는 총각이었지만 이렇게 해서라도… 이렇게 고자질을 해서라도 총각, 자네를 붙잡고 싶었네. 내 간절한 고자질에 귀를 틀어막던 총각이 내 왼손을 처억 들어 올려 내 얼굴에 들이밀었다.

"맞아 죽으려고 정훈이 새끼가 하수구에 반지를 빠뜨렸겠다. 이 반지는 뭔데!! 잊어버리고 도로 찾았는데 핑계 댈 거 없으니까 사기 치냐?"

"어허, 이게 아닌데?"

내 왼손에 찬란하게 빛나고 있는 이 스뎅은 총각이 내게 준 커플링과 아주 닮아 있었다. 아니, 반지 안의 이니셜까지… 분명 총각이 내게 준 커플링이었다. 귀신이 씌었나? 그럼 동생 놈이 하수구에 떨어뜨린 건 뭐지? 누가 내 손가락에 반지를 조신하게 끼워놓은 거지? 반지를 찾았다는 기쁨보다 총각 앞에서 쫌스런 거짓말쟁이가 되어버렸다는 사실이 날 너무도 우울하게 만들어 버렸다.

울렁 울렁—

예감이 좋지 않다.

"우… 우우읍!"

"야! 너 왜 그래!! 장난하는 거지? 어? 야!"

"우우… 우읍!"

"뱉지 말고 사, 삼켜!!"

"우… 우읍! 꿀꺽!"

그날 밤, 난 목구멍으로 넘어오는 기분 나쁜 이물질을 두 번이나 삼켜야 했다. 제길. 풀린 눈으로 총각을 노려봤다. 그런 날 덥석 끌어

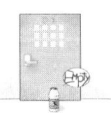

안고 귓가에 조용히 속삭이는 총각.

"너 지금 키스해 달라고 조르면, 알지? 어?"

조용히 이를 갈며 복화술로 내 귓가에 속삭이는 총각의 말에 씁쓸함을 견디지 못해 총각의 귀를 깨물어 버렸다. 〈용기 상승 지수 2%〉.

콰악—

달이 참 밝았다. 청명 세탁소 셔터는 이미 내려져 있었고 총각은 차를 버려두고 술에 쩔어 쓰러져 버린 날 어깨에 들쳐 메고 집으로 걸음을 옮겼다.

"내려죠오!! 도살장에 끌려가는 것 같아서 기분 나빠."

"귀를 깨물면 흥분한다 그랬어!!"

"왜 나를 변태로 만드는데!! 어떤 놈이 그랬는데!! 그럼 올라오는데 그걸 삼키라고 하는 애인이 세상에 어딨어!! 씨!!"

"그러길래 기집애가 어디 술 퍼마시고 길거리를 방황하고 다녀!! 이게 반말하랬더니 막 개기네? 초상칠래?"

"딸꾹! 죽일 테면 죽여봐."

〈용기 상승 지수 50%〉.

"훗! 여기서 내던지면 뇌진탕으로 바로 골로 가거든?"

"살려주세요."


딩동딩동—

오전 7시 30분. 이 시간에 전화할 위인은 단 한 분.

딩동딩동—

어젯밤 과음으로 인해 쓰린 배를 움켜쥐고 괴롭게 신음하며 침대 위를 뒹굴거렸다. 후에 나에게 가해질 구타가 조금 염려되기는 했지만 난 결코 핸드폰을 받지 않았다. 한두 번 맞은 것도 아니고… 이런 게 바로 면역이 된다는 건가 보다.

딩동대며 지겹도록 울려대던 벨소리는 부재중 44라는 경이로운 기록을 남기고 조용히 사그라들었다. 엄마에게 이겼다는 왠지 모를 승리감에 입가에 야릇한 미소를 짓고 다시 잠의 늪에 빠져들려는 찰나,

띠리띠리띠리링—

문자가 도착했다는 수신음이 들려왔고 지영이겠거니 아무 생각 없이 플립을 열었다. 문자 발신자가 '나의 마미'란 걸 확인하고 등줄기에 식은땀을 흘리며 침대에서 벌떡 몸을 일으켰다. 그리고 난 3분 동안 문자를 해독하기 위해 진땀을 빼야 했다. 엄마는 문자 메시지에 너무 서툴렀다. =ㅡㅡ=

「ㅇ.이 녀 ㄴ.아.카.ㄹ 들고 쫓아가기. 저 ㄴ 에 처.받.ㄷ 어.」


덜덜덜—

칼을 들고 쫓아가기 전에 처받으라는 짧고 굵은 협박성 문구에 생명을 소중히 여기는 내 생활 신조가 머리 속을 두둥실 떠돌아다녔다. 늘 말하지만 난 엄마를 살인자로 만들고 싶지 않다. 내일 아침 조간신문에 모자이크된 우리 엄마의 사진이 일면을 장식하게끔 내버려둬서는 안 되었기에 핸드폰을 두 손에 붙들고 엄마가 다시 전화를 하

기만을 애타게 기다렸다. 애석하게 핸드폰 정액 요금도 제 기능을 다 해 버렸기에 전화가 올 때까지 그냥 무식하게 기다리는 수밖에 없었다. 벨이 울리고 0.1초 만에 통화 버튼을 누르고 엄마, 좋은 아침이야 라는 아부와 아양을 떨기 위해 목소리도 가다듬었다. 전화야, 이제 너만 울리면 된다우. 얼마 지나지 않아 핸드폰이 반응하기 시작했다.

딩동— 딩— 따라라라랑—

벨소리가 채 울리기도 전에 핸드폰은 요란한 종료음을 내며 매정하게 꺼져 버렸다. 무의식적으로 내 작은 중얼거림을 내뱉었다.

"오… 이런."

이유야 어찌 됐든 경고성 문자까지 날렸음에도 불구하고 난 발칙하게 핸드폰의 전원을 꺼버린 꼴이 되었다. 좀 더 쉽게 말해 한순간에 엄마에게 개기는 꼴이 되어버렸다. ㅠ_ㅠ 침대 위에 엎드려 핸드폰을 손에 쥔 채 석고처럼 굳어서 눈물을 흘렸다. 그때 집 안 가득 울려 퍼지는 초인종 소리. 혹시 총각일지도 모른다는 생각에 얼른 소매로 눈물을 훔치고 후닥닥 침대에서 일어났다. 세수를 하고, 산발이 된 머리를 정리하고, 입고 있던 파자마를 던져 버리고, 단추가 없는 후드 티로 갈아입은 뒤, 헉헉대며 현관문을 열었다.

덜컥—

"아침부터 웬일… 누구세요?"

"누구세요? 아~ 나 모른 척한다고 그랬지? 참, 웃기네. 나 양정희라는 사람인데, 짐 가지러 왔거든?"

"잠시만 기다리세요. 갖다 드릴게요."

얼굴 이곳저곳에 밴드를 붙이고 많이 수척해진 모습으로 우리 집을 방문한 정희. 모르는 사람이라 생각하려 해도 막상 그게 말처럼 쉽지만은 않다. 미운 정이지만 같이 보낸 20년이라는 세월을 어쩔 수가 없나 보다. 하루아침에 모르는 사람 대하듯 정희를 대하는 내 모습이 많이 어색하고 어찌 보면 웃기게 보일지도 모르겠다. 허둥대며 미리 챙겨놨던 정희의 가방을 들고 와 건네줬다. 내가 건네준 가방을 신경질적으로 낚아채듯 받아 든 정희가 입가에 살포시 비소를 지으며 비아냥거린다. 좀 가지. 하마터면 나도 모르게 입에서 튀어나올 뻔했다.

"박지민, 너 장현석 못 잊어서 난리칠 땐 언제고… 사람 맘 너무 쉽게 변한다, 그치? 장현석이 다시 사귀자는 것도 마다한 거 보면… 아~ 얼굴이야? 잘생기기만 하면 누구라도 상관없다?"

후회스럽다. 화장실에서 맞고 있던 널 감싸 안은 내가 병신 같다. 다른 사람도 아니고 네가 나한테 그런 말 내뱉을 자격 있니?

"누구신데 남의 집 앞에서 이러신대요? 저 아세요?"

"큭! 그럼 혹시 너 내가 장현석이랑 다시 사귀어도 상관… 없겠네?"

"……."

상관없다고 말해야 되는데… 그래야 되는데… 지금 내가 좋아하는 사람은 앞집 총각인데… 그런데 난 자신있게 상관없어라는 말을 내뱉지 못했다.

"왜 말 못하는데!!"

화들짝—

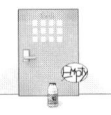

 정희 목소리가 이렇게 남성적이었던가? 주위를 두리번거리다 뒤늦게 정희 너머에 웬 사내 하나가 있다는 걸 감지할 수 있었다. 청바지에 청모자를 깊게 눌러쓴 총각이 라이터를 깔짝대며 계단 벽에 기대 날 노려보고 있었다. 운동을 마치고 돌아오는 길인가 보다. 그리고 정희와 내 대화를… 들었나 보다. 인기척이나 좀 하고 올라오지.
 "아, 우, 운동하고 오는 길인가 보네?"
 "훗! 박지민, 그럼 나 갈게. 그동안 신세 많이 졌어. 지훈 씨, 만나서 반가웠어요."
 또각— 또각—
 엉덩이를 실룩대며 계단을 내려가는 정희. 정희는 계단 벽에 기대 있는 총각에게 여유있는 눈웃음을 지어 보이고 유유히 계단을 내려갔다. 저 망할 것! 총각이 계단을 올라오고 있는 걸 알고 일부러 그런 질문을 했었던 것 같다. 나에 대해 너무 많은 걸 알고 있다. 계단을 내려가는 정희의 뒤통수를 기분 나쁘게 노려보던 총각은 그 기분 나쁜 시선을 그대로 나에게 돌려줬다. 나는 입가에 어색한 미소를 내비친 뒤, 그대로 현관문을 쾅 닫아버리는 어리석은 짓을 저질러 버렸다. 아침부터 일진이 상당히 사납다. 오늘은 되도록 몸을 사려야겠다는 생각을 가슴에 품고 현관문에 귀를 들이댔다.
 쾅쾅쾅—
 울린다. 울린다. 골이 심하게 울린다. 투덜대며 계단을 올라오는가 싶더니 현관문이 부서져라 발길질을 해대는 인간 말종 같은 총각. 현관문에 귀를 대고 있던 난 어젯밤 과음으로 인해 골이 심하게 울려왔으므로 급히 현관문에서 귀를 떼고 마지못해 현관문을 열어줬다.

불쑥—

덥석—

문을 열자마자 비닐 봉지 하나가 불쑥 튀어나왔고 본능적으로 그 비닐 봉지를 덥석 받아 들었다.

"석이랑 만나다 걸리면 개죽음."

쾅—!!

총각은 날 공포의 도가니로 몰아넣은 뒤 문을 쾅 닫고 돌아가 버렸다. 훌쩍대며 봉지를 뒤적거리자 속 쓰림엔 겔포스, 지킬 건 지키는 박카스, 이런저런 잡다한 술 깨는 약들과 오뚜기 북어국이 들어 있었다.

북어국을 끓이는 내내, 북어국을 먹는 내내, 쉬지 않고 훌쩍거리며 눈물의 북어국을 삼켜야 했다. 총각과 엄마가 무서워서 그냥 눈물이 흘렀다. 마지막 밥 한 숟가락을 남기고 다시 요란한 벨소리가 들려왔다. 발길질을 하지 않는 걸로 보아 총각은 아니라는 생각에 조금 방심한 채 숟가락을 입에 물고 문을 열었다.

덜컥—

"누구세……."

쨍그랑—

어이없게도 총각이었다. 왜 발길질 안 했어요!!라고 물어보기도 뭐해서 가식적인 웃음을 지어 보여주며 이리저리 눈동자만 굴려야 했다. 총각은 밥풀이 묻은 채 현관 바닥에 나뒹굴고 있는 숟가락을 바라보다 고개를 들어 반쯤 감긴 눈으로 내 입을 뚫어져라 쳐다봤다.

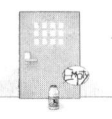

당연히 묘한 분위기가 연출되었다.

"지훈이 오빠 씨, 아직 이, 이도 안 닦았는데… 아, 아침부터 이러면 안 되는데……."

여자는 세 번쯤 튕겨야 제 맛이라고 했다. 어디서 본 그대로 일단 한 번 튕겼다.

"박지민."

끈적하게 내 이름을 부르는 총각.

"여기서는 사람들이 보면 어쩌려고… 아, 안 돼요!! 안 돼요… 돼요… 돼요……."

총각의 얼굴이 다가오기 시작했고 나의 얼굴과 2cm 정도의 거리를 남기고 우뚝 멈춘 뒤 내 입술만 빤히 쳐다보는 총각.

"박지민, 너 나랑 사귀기로 했지?"

끄덕끄덕—

"이깟 일 때문에 깨지면 안 되겠지? 어?"

깨지면 안 되겠지? 아직도 아까 정희와의 대화를 마음에 품고 있는 건가?

"아까 내가 말 못한 건, 그건……."

"아주 드러워 죽겠네, 진짜."

붕대가 감겨 있는 왼손을 들어 내 입가에 묻은 밥풀을 떼어 내 눈앞에 들이밀었다. 바닥에 떨어진 숟가락을 주워 들고 무안한 나머지 죄인처럼 고개를 숙일 수밖에 없었다. 분위기가 묘해서 키스하는 줄로만 알았지. 으… 쪽팔려!

"너 요새 욕구 불만이냐?"

"뭐, 뭐가 요, 욕구 불만······."

"키스가 그렇게 고팠냐? 해줘? 어?"

"해주기는 뭘 해줘!! 밥 먹으러 가야 돼."

"큭! 숟가락 치우고 고개 들어봐!!"

총각의 말에 난 어느새 숟가락을 치우고 고개를 빳빳이 쳐들었다. 외출하려다 잠시 들른 모양이었다. 옷을 쫙 빼입고 눈웃음 치고 있는 모습이 너무 잘나서 하마터면 욕을 내뱉을 뻔했다.

쨍그랑—

다시 한 번 숟가락을 현관 바닥에 떨어뜨렸다. 나도 눈을 감았고, 총각도 눈을 감았다. 그리고 입술이 닿으려는 순간,

"이년이 전화기를 확 끊어버렸어! 내 오늘 이걸 그냥! 다리 몽둥이를 그냥!"

"호호~ 그죠, 그죠? 다리를 아예 분질러 버려요. 호호~"

번쩍—

지금 내 귓구멍에 포착된 엄마와 지영이의 목소리. 눈을 번쩍 뜨고 총각을 바라봤다. 총각은 입술을 깨물며 깊은 한숨을 내쉰 뒤 황급히 내 몸에서 몸을 떼고 뒷걸음질쳐 댔다. 시한 폭탄 다루듯 내 몸에서 황급히 떨어져 뒷걸음질쳤기에 난 새삼 깨달을 수 있었다. 총각은 우리 엄마를 무서워하고 있었다.

타닥타닥—

계단을 올라오는 발소리가 점차 가깝게 느껴진다. 긴장된 표정으

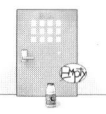

로 아래를 내려다보다 뭔가에 화들짝 놀란 총각은 나에게 작은 속삭임을 남기고 자기 집으로 쏙 들어가 버렸다.

"미안."

쾅—!!

뭐가 미안하다는 거지? 정확히 2초 뒤, 총각이 나에게 남긴 미안의 의미를 알아차릴 수 있었다. 나는 현관문을 부여잡고 그 자리에서 주저앉아 버렸다.

탁탁탁—

"박지민!! 네 이년, 거짓말하기만 해봐!! 그 유부남이랑 눈이 맞았다고?! 이사 갔다는 거, 순 거짓말이었어! 내 그럴 줄 알았어!!"

파리채 하나를 손에 들고 쿵쾅거리며 계단을 뛰어오는 엄마. 내려다보다가 우리 엄마와 눈이 마주친 총각. 미안하다는 말만 남기고 자신의 신변 안전을 위해 혼자 내빼버린 총각을 원망하며 닭똥 같은 눈물을 뚝뚝 흘려야 했다.

"박지민, 네 이년! 너 오늘 죽었어!!"

엄마는 파리채를 들고 날 쫓아왔다. 그나마 칼이 아닌 것을 다행이라 여기며 싸한 가슴을 쓸어 내려야 했다.

● 제1장

건방진 그 남자, 술만 먹으면?

## 제7장
## 건방진 그 남자, 술만 먹으면?

퍽퍽―

"망할 년! 못난 년! 몹쓸 년! 쓸개빠진 년! 년! 년! 년!"

난 여태껏 살아오면서 년이라는 말로 표현할 수 있는 욕이 수만 가지가 있다는 사실을 오늘 개 패듯이 맞으면서 절실히 절감했다.

"질겅질겅~ 아줌마, 더 패요, 더 패!! 그래 갖고 정신 못 차리지이! -0-"

오징어 다리를 질겅질겅 씹으면서 계단에 쭈그리고 앉아 엄마의 구타를 부추기는 지영이. 그녀는 자신을 일컬어 친구라 칭했다. 오늘로서 나는 그녀를 일컬어 모르는 년이라 칭하겠다.

퍽퍽―

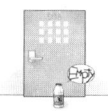

"엄마!! 때렸던 데 또 때리면 어쩌라고!! 악!!"

"유부남이 가당키나 한 소리냐!! 큰 딸내미 이름이 지훈이고 둘째 딸내미도 있더라, 이년아!!"

"유부남 아니라고!! 큰아들이 지훈이야, 엄마!!"

"딸이 아니고 아들이었냐!! 그거나, 그거나!! 당장 짐 싸!"

벌컥—

난데없이 301호 현관문이 벌컥 열렸고 굳은 얼굴을 한 채 비장한 각오로 걸어나오는 총각. 엄마라는 사람이 도망가지 못하게끔 내 왼팔을 결박하고 오른손에 들린 파리채에 온 힘을 실어 내 등짝을 후려치려는 그 순간이었다. 등에 하이얀 날개를 달고 천국의 문을 넘어 하나님을 만나러 가려는 그 순간, 날 구해주기 위해 멋지게… 아니, 내 비명 소리에 심각성을 깨닫고 혹시 자신의 불찰과 잘못으로 인해 사람 하나 죽는 건 아닐까 하는 조바심에 문을 열고 나와본 것 같았다. 역시나 총각의 출현에 엄마는 잡고 있던 날 사정없이 내동댕이친 뒤 파리채를 꼬옥 움켜쥐고 301호 쪽으로 몸을 틀었다.

"저 유부남 아닌데요?"

저 버릇없는 놈. 그런 약해 빠진 말투로 유부남 아니라고 하면 우리 엄마가 어련히 믿어주겠다. 좀 더 세차게 부인해도 믿어줄까 말까 한 판에… 생각보다 머리가 나쁜 것 같구랴.

"오냐! 그래, 너 잘 만났다!! 아무리 철없는 딸년이라해도 유부남한테 넘겨줄 것 같쏘!! 어디까지 갔냐!!"

입고 있던 지나치게 화려한 꽃무늬 티 소매를 걷어붙이고 무섭게 총각 면상에 삿대질을 하는 엄마.

"키스밖에 안 했는데요."

망연 자실. 저 망할 총각… 키스까지 했습니다도 아니고, 키스밖에… 밖에… 밖에. ㅠ_ㅠ 파리채로 맞아 멍든 팔을 만지며 눈물로 범벅이 된 추한 얼굴을 들어 총각을 노려봤다.

"질겅질겅~ 얼~ 세게 나가는데?"

퍽—

엄마가 던진 파리채에 지영이 입에 물려 있던 오징어 다리가 바닥에 툭 떨어져 버렸다.

탁탁—

"궁시렁궁시렁~ 내 오징어 다리. 궁시렁궁시렁~"

떨어진 오징어 다리를 탁탁 털어서 다시 입에 물고 질겅질겅대는 지영이를 보고 있자니 친구고 애인이고 가족이고 모두 길거리에 걸리적대는 짱돌만도 못한 인간들이라는 생각이 들어 눈물이 흘렀다. 날 위한 동정의 눈물인지, 저들을 위한 동정의 눈물인지……. 의미를 알 수 없는 눈물 방울을 소매로 훔치고 총각에게 삿대질하는 엄마를 바라봐야 했다.

"뭐, 뭐가 어째? 나이도 젊은 놈이 말야, 어? 사고를 쳐서 결혼을 했으면 정신을 차려야지, 어? 어?"

"교육과 더불어 유학, 앞으로 노후까지 책임질 능력 있는데요?"

노후? 총각의 씨도 안 먹히는 얘기에 풀썩 엎드려 힘없이 땅바닥을 두어 번 쳐댔다.

"뭐, 뭐? 그러니까 저년을 넘겨달라? 어?"

저년을 넘겨달라? 인간으로서 여러 가지 하자가 많은 날 두고 헐값에 흥정하며 팔아넘기려는 것 같은 찜찜한 기분에 기분이 상해 버렸다.

"네, 넘겨주면 잘 쓰겠습니다."

속닥속닥—

"질겅~ 넘겨주면 잘 쓰겠대는데? 오~ 죽이네? 야, 들었냐?"

"지영아, 나 탈진할 것 같애. 무, 무울……."

물을 달라는 내 간절한 부탁에 지영이는 호주머니를 뒤적이다 내 입에 오징어 다리 하나를 물려준 뒤 고개 돌려 외면해 버렸다.

"낯짝 참 두껍시다. 내가 아무리 저년을 구박한다 해도 내가 낳은 딸인데 처자식 있는 놈한테 넘길 것 같어? 어?"

"저 유부남 아니라니까요!! 아버지 서주환, 어머니 지연희, 장남 서지훈, 차남 서정훈."

"그건 뭐유! 어? 지훈이, 정훈이는 자네 아들내미 아니었나? 네놈 이름이 주환이더냐, 어?"

내 생각엔 의사 할아범 이름이 서주환 같은데 말이다. 참고로 우리 엄마보다는 나이를 더 잡수셨지 않나 싶다.

"등본에는 아직 보호자 서주환으로 되어 있고 제가 서지훈, 서주환 씨 첫째 아들입니다. 솔직히… 이렇게 젊고 잘생긴 유부남 봤어요?"

나와 지영이는 씹고 있던 오징어 다리를 동시에 바닥에 떨어뜨려 버렸고, 엄마는 얼굴에 대해 대찬 자신감을 가지고 있는 총각에게 할 말을 잊은 채 어버버거리시다가 대뜸 날 끌고 집으로 들어와 버렸다.

침대 밑에 조신하게 꿇어앉아 엄마를 우러러보고 있는 나. 침대 위에 앉아 무섭게 날 내려다보고 있는 엄마. 냉장고를 뒤져 깨찰빵 하나를 입에 물고 베란다를 방황하다가 누군가에게 시비를 걸어대는 지영이.

"박지민, 똑바로 말햇!! 유부남 정말 아니야?"

"오~ 영계! 교복 빠슌 쥐이네~ 어느 핵교 몇 학년? 어?"

"아니라니까. 왜 맨날 딸 말을 못 믿어!"

"여기 사는 기집애 부르라고? 이게 어따 대고 반말이야? 야!! 너 몇 살인데? 어? 19개 처먹었다고? 너 죽고 싶어!!"

"어쩐지, 어쩐지… 젊어 보인다 했어, 내가!! 아유! 이게 무슨 창피야! 똑바로 말을 해줘야 될 거 아냐!!"

"너, 너 꼼짝 마!! 나 내려간다. 기다려!! 아유~ 저걸 그냥 콱!"

쿵쾅쿵쾅—

시비를 걸고 있는 놈과 이야기가 뜻대로 이뤄지지 않는 모양인지 베란다 밑으로 깨찰빵을 던져 버리고 쿵쾅대며 밑으로 달려나가는 지영이.

"아악!! 어디다 먹던 빵을 던져!! 어~ 너 잘 걸렸어!! 오늘 학교 다 갔다!!"

그와 함께 낯익은 음성도 내 귓가에 맴돌았지만 애써 못 들은 척한 귀로 흘려버리고 엄마 말에만 집중했다.

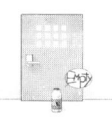

"몇 번이나 말했는데 엄마가 막무가내로……."

"어쨌든!! 그놈은 안 돼!!"

"왜?"

"옛말에 얼굴값을 한다고 했어!! 안 돼! 차라리 그 뭐냐, 그… 너 야자 빼먹고 만나다가 엄마한테 걸렸던 그놈 이름은 뭐냐? 그……."

알고 있어, 엄마. 그래서 구정만이라는 사내도 얼굴값을 하면서 이 험난한 세상을 살아가고 있었어.

"혀, 현석 오빠."

"그래!! 차라리 그 자식을 만나라. 그놈은 그래도 착실하게는 생겼드만. 저놈은 평생 여자가 달라붙을 관상에 날라리 같은 놈이라 안 돼!!"

"언제는 현석 오빠도 재수가 옴 붙은 관상이라 안 된다며……."

"이년이 어디 엄마 말에 토를 달아!! 그 자식은 어디다 팔아먹고 고새 남자를 바꿔!!"

"그, 글쎄……."

"이년이 능력도 안 되는 게 지보다 잘난 면상만 골라서 만나고 댕기냐!!"

퍽퍽—

"아아! 멍들었단 말야. 아! 그럼 엄마는 내가 옥동자 만나고 다니길 바래? 아파! 아!"

"옥동자고 색동자고 간에 날라리 같은 그놈 버르장머리도 없어서 안 되긋다!! 짐 싸자, 짐 싸!!"

"농성할 거야."

"그 아비에 그 딸년이라고!! 땡깡을 부리든 농성을 하든 짐 안 쌀 거면 오늘부터 용돈없다!!"

내가 돈에 약하다는 걸 너무 잘 알고 계시는 엄마.

"엄마, 잘못했어. 왜 이래. 돈 말고 차라리 나 때리면 안 돼? 어? 엄마, 돈 말고 어? 어?"

바짓가랑이를 붙잡고 돈줄을 끊는 건 천륜을 어기는 짓이라며 울며불며 사정사정했지만 그런 날 주인 잃은 똥강아지 떼어내듯 바닥 저편으로 내동댕이친 뒤 문을 쾅 닫고 집으로 돌아가 버린 매정한 엄마였다. 훌쩍이며 돈이냐, 사랑이냐에 대해 심각하게 고민을 하며 티슈를 한 장 한 장 꺼내 갈가리 찢고 있었다. 씩씩거리며 듣도 보도 못한 상스런 욕을 내뱉으며 지영이가 문을 열고 뛰어들어 왔다. 불쌍한 것. 얼마나 할 짓이 없었으면 날 잡으러 뛰어오는 우리 엄마를 발견하고 싸움 구경을 하러 달려왔을까? 항상 저런 식이었다. 지영이네도 엎어지면 코 닿을 거리에 있었기에 정희만큼 우리 집 사정을 훤히 알고 있었다. 교복을 옆구리에 끼고 엄마를 피해 달음박질치던 나. 밥그릇을 내던지고 파리채를 든 채 날 쫓아오는 엄마. 오징어 다리를 씹어대며 우리 엄마 뒤를 쫓던 정희. 사이좋게 동네를 돌고 돌던 그때 그 시절. 원룸으로 이사 오기 몇 달 전까지만 해도 나 그렇게 불쌍하게 살았었다.

그런데 다시 짐을 싸서 집으로 들어가자니……. 불 구덩이에 뛰어들라면 뛰어들지… 바퀴벌레랑 뽀뽀를 하라면 하지… 개구리랑 악수

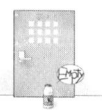

를 하라면 하지… 이건 못하겠다. =___= 결론은 짐 싸기 싫다. 짐 싸서 집으로 들어가면 총각도 못 보잖아.

"훌쩍! 너 어디 갔다 오는데? 훌쩍!"

"내 깨찰빵. 자식 짜증나네!! 어린 게 어서 시비를 걸고 있어!! 아우, 시팍… 그래서 명찰 보고 이름 기억해 놨어, 내가."

"훌쩍! 명찰?"

"그래, 최민우? 이 잡것을 그냥! 담에 보기만 해봐! 다음에 걸리면 다리에 붕대를 감게 해주겠어!!"

시비 걸던 놈이 자장면 배달부였나 보군. 학교 가기 전 내게서 돈을 뜯어내기 위해 잠시 들렀나 보다. 집터가 안 좋아, 너무 안 좋아. 당분간 집 밖으로 나가면 안 될 것 같다.

"훌쩍! 근데 너 또 우리 엄마 쫓아온 거야?"

"어, 밥 먹다가 창문 너머에 니네 엄마 파리채 들고 달려가시길래 바로 같이 뛰었지."

"훌쩍! 그래? 한두 번 이런 것도 아니고 그래……."

"그만 훌쩍거려, 이년아! 아, 아침부터 기분도 구린데 한 곡 땡기러 가자!!"

지영이의 거친 손길에 이끌려 목청 노래방으로 끌려가야만 했다. 혹시나 하고 두리번거렸지만 외출을 했는지 총각의 차는 보이지 않았다.

약간의 서운한 마음을 가슴에 품고 도착한 목청 노래방. 뽀글이 아줌마가 날 알아보고 껌을 쫙쫙 씹어대며 무섭게 흘기는 바람에 화들짝 놀란 나머지 잡고 있던 지영이의 손을 놓쳐 버렸다.

"쫙쫙! 4번 방이야."

"아줌마!! 재수없게 4번 방이 뭐예요!! -0-"

"아! 재수없음 나가든가."

"아씨, 야야, 나가자, 나가!! 어차피 돈 아까웠었어!!"

꽈악—

뒤돌아 나가려는데 돌연 내 손목을 꼬옥 잡고 실실거리는 뽀글이 아줌마.

"아유~ 왜 이래? 쫙쫙! 쎄븐, 쎄븐 좋아해? 앙?"

그렇게 우린 행운의 쎄븐 방으로 들어와 자리를 잡았다. 쎄븐 방이라고는 하지만 영 기분이 찜찜했다. 그러고 보니 지훈 총각이랑 왔을 때도 7번 방에 들어왔었던 것 같다. 괜스레 울적한 마음에 조규만의 '다 줄 거야'를 수십 번 반복해서 불렀다. 그러다 '다 줄 거야'가 나올 때마다 지영이에게 뒤통수를 가격당하는 바람에 하는 수 없이 마이크를 놓아야 했다. 요새는 이 노래만 들으면 지훈 총각이 생각난다. 왼손에 있는 반지를 만지작대다가 장나라의 '스위티 드림'을 부르며 귀여운 척을 해대는 지영이의 얼굴을 차마 보고 있기가 불편해서 문을 박차고 무작정 달려나와 버렸다. 하지만 얼마 못 가 다시 지영이의 거친 손길에 잡혀 쎄븐 방으로 끌려 들어가야 했다.

그날 하루는 지영이에게 꼼짝없이 잡혀 심신이 지친 몸으로 이리저리 끌려 다녀야만 했다. 늦은 오후, 커피숍에 들어가 구석진 자리에 앉았다. 학교 다닐 때부터 지영이와 난 유달리 교실 뒷쪽 구석을

좋아했다. 이유는? 그냥 공부가 싫었던 게지. 배터리가 나가 버린 핸드폰을 만지작대다 차가운 홍차를 단숨에 벌컥벌컥 들이켰다. 앞에 앉아 있던 지영이가 테이블 위에 놓여 있던 재떨이를 쾅 내려치는 바람에 마시고 있던 홍차를 그대로 내뿜어 버렸다. 얼마 전 정훈이가 한강 물에 쐬주 뿌리듯 음료수를 내뿜었을 때보다 더 요란하게…….

"푸! 캑캑! 왜 갑자기!!"

얼굴에 묻은 노르스름한 액체를 기분 나쁘게 쓱쓱 닦아내던 지영이가 노한 표정으로 손가락질을 한다. 손가락을 따라 고개를 돌리자 내 애인이란 놈과… 처음 보는 외간 여자가 있다. 바람피우는 남편을 현장에서 목격한 부인의 심정이 이러할까? 곗돈을 들고 튀어버린 계주를 원망하며 땅바닥을 내려치는 계원들의 심정이 이러할까? 엄마 말이 맞았다. 엄마 식으로 따지면 여자가 들러붙는 관상은 곧 재수 옴 붙은 관상으로 통했다.

속닥속닥—

"얼~ 여자 봐라. 저 봐라, 쭉쭉빵빵이네. 넌 뭐냐? 박지민, 이게 현실이야!! 받아들여!!"

"시끄러, 정지영."

총각에게 발각될 것을 우려해 테이블에 고개를 처박고 총각과 쭉쭉빵빵 아녀자를 주시했다. 거만하게 다리를 꼬고 앉아 턱을 괴고 있는 총각은 무안하리만치 물끄러미, 그리고 조금 졸린 눈으로 쭉쭉이를 바라봤다. 쭉쭉이는 뒤를 돌아보고 앉아 있었기에 얼굴은 볼 수 없었지만 그 죽이는 바디와 더불어 전지현 버금가는 찰랑대는 머릿

결은 괘씸하게 너무도 자~알 보였다. 인간 대 인간으로서 내가 너무 딸렸다. 씨이! 쭉쭉이는 핸드백을 뒤적이다 낯익은 지갑 하나를 꺼내 들었고 그 지갑을 총각에게 스리슬쩍 들이밀었다. 어디서 봤더라? 지갑을 열어보고 미간을 확 구기는 총각. 그래, 정훈이가 나한테 갈취해 간 총각의 지갑이구나. 저 여인네가 어찌하여 정훈이가 뺏어간 총각의 지갑을 들고 있는 건지 궁금하기는 했다. 고개를 처박고 궁시렁대는 나와 지영이를 초록색 촌스런 앞치마를 두른 알바생이 곱지 않은 눈길로 쳐다봤기에 대충 가식적인 미소를 지어 보인 뒤 총각 몰래 서둘러 커피숍을 떠버렸다.

씩씩대며 커피숍을 걸어나오자 눈에 띠는 총각의 스포츠카.
"하아! 바람이야?"
"아이고, 저 얼굴에 바람 안 피우는 게 더 이상한 거야!! 받아들여!!"
"지영아, 내 눈엔 지금 니 모습이 참 신나 보이는걸?"
근처 화단에 널브러져 있던 짱돌 하나를 손에 거머쥐고 지영이와 합작으로 차량 경보기가 울리든 말든 꺄르륵 미친 듯이 차를 그어댔다. 진정 미친 짓이었다.

톡톡—
"실례하지만 잠시 가주시겠습니까?"
"아씨, 가기는 어딜 가!!"
"지영아, 뭐? 가기는 어딜 가?"
그렇게 우리는 사이좋게 경찰 아저씨의 팔짱을 끼고 바로 앞 파출

소로 끌려가야 했다. 젠장맞게도 총각의 스포츠카는 파출소와 불과 1분 거리밖에 되지 않는 곳에 주차되어 있었다.

총각이 파출소와 1분 거리에 있는 곳에 차를 주차시켜 놓은 덕에 지영이와 난 최단 시간 연행이라는 추잡한 기록을 갱신했다. =__=

타닥타닥—

죽도 못 먹고 자란 듯이 비실비실 뻬쩍 마른 경찰관 아저씨는 지영이와 날 허름하게 생긴 파출소 구석진 자리에 눌러 앉혀놓고선 독수리 타법으로 타자기를 두드려 댔다.

"이름!!"

"박지민요. =__="

"아따, 아저씨이!! 우리가 뭘 잘못했다고 이러는 건데요!!"

"쓰읍, 이름!!"

"장지영요. -_-"

이게 바로 TV에서만 보던 조서를 꾸민다는 건가 보다. 경찰 아저씨, 조서 이쁘게 꾸며 주시와요라는 진담 섞인 농담을 건네려 했지만 그러기에 아저씨의 마스크가 너무도 사나웠다.

"아저씨!! -0- 인간적으로 차 한 번 긁었다고 이럴 수 있어요?!"

"이른, 젠장! 한 번을 긁었든 두 번을 긁었든 내 부릅뜬 두 눈으로 봤을 땐 범죄여. 이런 암적인 것들을 보았나! 쓰읍, 나이!!"

범죄라. 그럼 나와 지영인 범죄자가 되는 것이군. 그리고 이번이 두 번째인 난 상습범이 되는 건가? =__=

타닥타닥—

경찰 아저씨의 질문 공세는 10분간 계속되었다. 급기야 차주와 연락이 된 모양인지 가해자를 보기 위해 피해자가 지금, 바로, 곧장, 친히 파출소로 출두해 주신다고 했단다. 바로 옆 커피숍에 있던 총각이 이리로 온다는 소리였다. 살고 싶었다. 총각과 나의 연인 관계가 피해자와 가해자의 악연으로 단박에 파토나게 내버려 둘 순 없었다. 그랬기에 다시 한 번 내 특기인 가식적인 연기로 내 온몸을 불살라 총각이 오기 전에 소리없이 파출소를 떠야만 했다.

울먹울먹—

"울먹… 아, 아저씨, 내 밑으로 동생이 다섯 명이나 있답니다. 울먹."

지영이가 슥 고개를 돌려 가식적인 눈물 방울이 그렁그렁하게 맺혀 있는 내 눈을 바라보는가 싶더니 이내 입가에 보일 듯 말 듯한 비소를 지고는 덩달아 고개를 끄덕였다. 난 학교 다닐 적에 자주 써먹었던 가식적인 울먹거림 수법을 백분 활용해 서둘러 이곳에서 벗어나야만 했다. 담을 넘다 걸렸을 때에도, 땡땡이를 치다 뒷덜미를 잡혔을 때에도, 맹하고 어리버리하게 생겼다는 이유 하나로 늘 내가 도맡다 시피해서 선생들 앞에서 열연을 펼쳐야만 했었던 궁색한 울먹거림. 물론 이딴 울먹거림이 성공했었던 적은 단 한 번도 없었다. =__= 씨.익. 늘 거짓말이 들통나 스승 앞에서 사기를 쳤단 중죄를 뒤집어쓰고 쇠몽둥이로 개 패듯이 타작되었던 걸로 기억된다.

타닥타닥—

"아, 그래서 뭘 어쩌자는 겨!! 이 추잡시런 것들. 이유를 대라니까

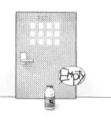

이유!! 남의 차는 왜 긁었쏘?!"

"울먹, 뱃속에는 새 생명이 자라나고 있는걸요? 울먹."

하아! 나 점점 몹쓸 애가 되어가고 있구나. 국민의 지팡이인 경찰을 놀려먹는 것도 모자라 공갈 사기까지 치게 될 줄은 정녕 몰랐다. 왼손으로 입을 틀어막고 흐느끼자 독수리 타법으로 타자기를 두드려 대던 빼적 마른 경찰 아저씨는 새우같이 짜악 찢어진 두 눈을 들어 미심쩍은 눈길로 날 노려봤다.

"올해 스물이라 그랬잖여."

"울먹, 진심으로 사랑했답니다. 울먹."

"그 뱃속에 애새끼랑 차 긁는 거랑 뭔 상관이여!!"

"그 차 주인이… 애 아빠였어요. 울먹, 근데… 그런데 다른 여자랑 바람이 났어요. 부아가 치밀어 올라 그만… 울먹."

콕콕—

내 접힌 허리 살을 콕콕 찔러대는 지영이. 감정 몰입에 방해되게 왜 그러니? 지영이의 드센 손길을 탁 뿌리친 뒤 경찰관 아저씨의 두 손을 덥석 잡고 더 더욱 격하게 흐느껴 보았다.

"울먹, 애 아빠한테 들키면 저 맞아 죽어요. 울먹, 그러니까 애 아빠 오기 전에 빨리 나가게 해주세요. 울먹, 제발요."

"그 부탁은 못 들어주겠쏘."

"왜, 왜요? 사, 사랑과 봉사 정신으로 국민을 위해 봉사한다는 그 말은 울먹, 다 거짓인가요?"

"바람난 애 아빠가 아까부터 그쪽 뒤에 서 있었수다."

"울먹, 그짓말."

그렇지 않다며 세차게 부인해 봤지만 내 등 뒤에서 느껴지는 싸한 기운마저 부인할 수는 없었기에 녹슨 로봇처럼 뻣뻣하게 고개를 돌렸다. 입고 있던 남방 단추를 신경질적으로 두어 개 풀어헤치고 있는 총각과 눈물이 그렁그렁 맺혀 있는 내 두 눈이 마주쳐 버리고 말았다.

"니가 차 긁었냐?"

"울먹."

총각의 노한 눈길을 피해 고개를 돌리자 짝 찢어진 새우 눈으로 나와 총각을 쓱쓱 훑어보는 경찰 아저씨가 보인다.

"어이쿠! 지민아, 옥상에 빨래 걷으러 가야 되는데 깜빡했네. 아이고, 경찰 아저씨, 수고하십니다. 둘이 합의 보게 하시고 저는 이만, 필승!!"

"어? 친구야!! 니네 집 옥상 없잖아!!"

하지만 친구라는 인간은 내 처절한 울부짖음에도 돌아보지 않고 날 혼자 내팽개쳐 둔 채 후닥닥 집으로 내빼 버렸다.

"쯧쯧, 뱃속에 애를 두고 바람을 피워? 천하의 몹쓸 놈."

꾸벅—

"감사합니다. 가볼게요."

"몸조리나 잘하슈. 쯧쯧, 남편 놈 보니 얼굴값하고 댕기게 생겼네. 마누라 고생 길이 훤해. 궁시렁."

궁시렁대려거든 작은 목소리로 하면 좀 좋냐? 그렇게 대놓고 궁시

렁대면 난 어쩌라고!! 그쯤 되면 궁시렁이 아니라 와자지껄이란 말이여!!

"궁시렁 궁시렁."

남자가 궁시렁. 지조없이 궁시렁.

경찰 아저씨의 끝을 가늠할 수 없는 궁시렁거림. 저렇게 믿음과 신용이 떨어지고 불신감을 갖게 하는 경찰은 살다 처음이었다. 이마에 흐르는 식은땀을 소매로 닦아내며 슬그머니 총각을 올려다봤다. 입술을 잘근잘근 물며 경찰 아저씨를 무섭게 노려보고 있었고 잘하면 한 대 칠 분위기였다.

"왜 내가 매번 애 딸린 유부… 안 놔? 야!! 아저씨!! 등본에 내 보호… 놔!!"

"자자, 나가십시다. 경찰 아저씨, 수고하세요."

질질질—

경찰 앞에서 사기쳤다는 사실이 들통날까 두려워 손목에 차디찬 쇠고랑을 차기 전에 흥분한 총각을 끌고 파출소를 빠져나왔다.

탁—

서에서 나오자마자 내 고사리 같은 손을 신경질적으로 쳐내버리는 이 화상. 날 노려보며 무슨 말을 하려는지 입을 달싹인다. 다시 고개를 돌려 분을 삭히기 위해 무던히 애를 쓰는 저 모습. 녀석, 바람을 피우고도 너무나 당당하구나. 두 번이나 애 딸린 유부남으로 타락시켜 버리고, 두 번이나 자신의 차에 난도질을 한 나의 만행으로 봤을 땐 당연히 내가 굽신거려야 될 상황인 듯하다. 아니, 굽신거려야 한다. BUT 사귄 지 며칠도 안 돼서 고새 바람을 피우는 생생한 현장을 내 두 눈으로 목격한 이상 난 굽신거릴 필요가 없다!! 아니, 굽신거리지 아니할 것이다.

총각은 흉하게 이곳저곳 흠이 난 차를 말없이 주시하다가 기다리라는 말을 남기고 2층에 있는 커피숍 안으로 뛰어올라 가더니 1분도 안 되어 다시 헐레벌떡 뛰어내려 왔다. 반성의 기미조차 보이지 않는 내 얼굴을 보더니 어이없다는 듯 너털웃음을 짓는 총각.

"너 두 번째거든?"

"내가 보기도 그런 것 같아."

"그치? 니가 보기에도 니가 뻔뻔한 거 같지, 어?"

매우 암울하게도 굽신거리지 말자는 나의 확고한 신념이 살짝 도를 지나쳐 뻔뻔스럽고 건방진 말투로 승화되어 버렸다.

"우리 사귀고 있다는 건 아냐?"

"내가 바본가?"

"아는 애가 애인 차에 난도질을 하냐!!"

"아는 사람이 딴 여자랑 바, 바……."

"바 뭐?"

"바보."

계속된 나의 거침없음에 움찔 놀라는 총각. 나는 더욱 탄력을 받아 용기 상승 지수가 100%로 치솟아 버렸다.

"장난하냐? 너 누가 이렇게 싸가지없어지래!!"

급기야 싸가지가 없다는 소리까지 저 주둥아리에서 튀어나와 버렸

다. 그런 것도 일일이 보고해야 하는 걸까? 나는 지금 내 나름대로 화를 내고 있는 건데. 총각 앞에선 싸가지가 없어지기 전에도 깍듯이 예의를 갖추어 보고를 해야 하나 보다. 나 저녁 8시 20분 46초에 싸가지없어지겠음이라고. =___=

"나는 사람도 아닌가?"

"하! 이제 아주 개기네. 너 여긴 뭐 하러 왔는데!! 남의 차 긁어대는 게 니 취미냐!!"

"차라리 내가 질렸으면 질렸다고 말을 하지, 비겁하게 바, 바……."

"바 뭐? 비겁? 누가 비겁한데? 뱃속에 새 생명이 자라나? 하늘도 안 보고 별을 따냐, 어? 아~ 딴 놈이랑 바람났냐?"

이런 발칙한 총각! 가만히 있으니 날 가마니로 보았나 보군. 참고만 있으니 날 맹물로 보았나 보군.

"어떻게 말을 그, 그 딴 식으로 하는데!!"

"나 귀 안 막혔어, 이 기집애야!! 볼륨 낮춰!!"

쑥떡쑥떡—

"으메, 세상에! 여자가 바람을 피웠나 보네."

"아, 쓰벌! 남자가 아깝다. 뭐냐, 저 여자?"

"뱃속에 애기까지 있대. 뭐니, 저 여자?"

화들짝—

내 귀를 자극하는 쑥덕거림에 화들짝 놀라 주위를 두리번거리자 언제 모여든 건지 수많은 인파가 총각과 날 빙 둘러싸고 흥미진진한 눈길로 싸움을 즐기고 계셨다. 그 여자들은 동정 어린 눈길로 총각을 바라보고 있었고, 찢어죽일 듯한 눈길로 날 노려보고 있었다. 수십 명의 눈들은 마치 짠 것처럼 날 바라보며 말하고 있었다. 사지를 절단 내도 시원찮을 년이라고. 한순간에 바람을 피우다가 남편한테 들킨 비운의 아낙네로 곤두박질쳐 버렸다. 삐쩍 마른 경찰 아저씨까지 모두 30명가량의 사람들이 모여 있었다. 30대 1은 너무도 불리했기에 그 길로 사람들을 비집고 나와 버스 정류장을 향해 무작정 걸었다.

덥석―

뒤도 돌아보지 않고 정처없이 걷고 있는데 겁도 없이 다 큰 처자의 손모가지를 덥석 잡아당기는 이가 있었다. 총각이 내 뒤를 따라온 듯했다.

"손 놔!! 나 붙잡지 말고 쭉쭉이랑 잘해보란 말이야!!"

울컥하는 마음에 씩씩거리며 속에 눌러 담고 있었던 말을 내뱉어 버리고 5초가 흐른 지금, 이 화상이 잡고 있던 내 손목을 힘없이 스르륵 놓아버린다. 그리고 내 손에 종이 딱지 하나를 남기고 터덜터덜 뒤돌아 걷는다. 예상치 못한 총각의 비실비실한 반응에 의아함을 느낀 난 손에 쥐어진 종이 딱지를 확인하기 위해 손바닥을 펼쳤다.

맥스 나이트! 부킹 100%. 주임 원빈.

=__= 쓰윽 고개를 돌리자 내 두 눈에 들어온 발칙한 광경. 까만

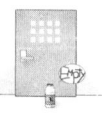

양장을 차려입은 나이트 삐끼가 쓸쓸히 길거리를 배회하며 명함 딱지를 나눠 주고 있었다. 젠장! 노한 나머지 종이 딱지를 갈가리 찢어 버리곤 늘상 그래왔듯 허공에 촤악 뿌려줬다.

"이런 썩을 것, 다 주워!!"

지나가던 미화원 아저씨에게 뒷덜미를 붙잡혀 버렸다. 주황색 옷을 착용하고 계신 턱수염 아저씨는 길바닥에 휘날리고 있던 종이 조각을 다 주울 때까지 내 뒷덜미를 놓아주지 않았다. 결국 원빈 얼굴이 박혀 있던 종이 딱지에서 원빈의 눈알 하나를 제외한 나머지를 죄다 줍고 난 뒤에야 턱수염 아저씨의 억센 손아귀에서 벗어나 꽉 막힌 목구멍에 맑은 공기를 공급해 줄 수 있었다.

기진맥진한 상태로 도착한 버스 정류장. 울적한 마음에 버스 정류장 의자에 주저앉아 고개를 푸욱 숙이고 있는데 누군가 스리슬쩍 다가와 내 옆 자리에 털푸덕 앉았다.

쿵쿵—

내 옆에 앉아 있는 남자에게서 향기로운 향수 냄새가 폴폴 풍기고 있었고, 그 향이 낯이 익어 스윽 고개를 들어 올리자 언제 따라온 건지 잘난 총각이 지나치게 그윽한 눈빛으로 날 바라보고 있었다. 말하기 힘든 무언가를 말하려고 몹시 망설이고 있는 어색한 모습. 여자의 직감은 정확한 걸까? 그래서 내가 지금 느끼는 이 불안함이 너무 두렵다. 지훈 총각이랑 나도 여기까지인가 보다. 여기까지가 한계인가 보다. 좋아하는 마음 하나만으로 서로를 길들인다는 것은 너무 힘든 일인가 보다. 쭉쭉이랑 사귀어 봐. 날 거부하는 거라면 내가 거부당해 줄 수 있어. 이런 건가 봐. 사랑해서 헤어진다는 게 이런 건가 봐. 슬프지만 안녕.

"하아… 진짜 이 말은 안 하고 싶었는데……."

"그래, 쭉쭉이랑 잘 사귀렴."

"뭐?"

"차이는 거 싫댔으니까 내가 차여줄게. 나 뻥 걷어차 버려. 그리고 잘 사귀어."

"약 잘못 먹었냐? 또 생쇼하지?"

"으응?"

"아씨, 차비나 빌려줘!!"

"네?"

"정훈이 그 새끼가 내 지갑에 있는 돈 다 들고 일본으로 날랐어!! 차 카센터에 맡겼는데. 아씨, 땡전 한 푼 없다. 쪽팔려 죽겠네!! 요새 차비는 얼마냐?"

오, 하나님 아부지, 생쇼가 무엇입니까!! 이런 경우를 두고 원맨쇼를 했다고 하나 봅니다.

"근데 내 지갑은 왜 안 주는 건데!! 요."

"니가 달라는 소리 안 했잖아!!"

"달란 소리 안 해도 주인에게 돌려주지 아니하는 건 도둑 심보죠. 궁시렁."

"너 내 앞에서 궁시렁대면 죽여 버린다!!"

신용 0%, 믿음 0%, 불신 100%를 자랑하는 경찰 아저씨의 궁시렁

거림의 충격에서 아직 헤어 나오지 못한 듯 내가 궁시렁거릴 적마다 다부지게 쥔 두 주먹을 매만지는 무서운 사람. 마침 96번 버스가 무서운 기세로 버스 정류장으로 달려왔고, 난 호주머니에서 200원을 끄집어내 총각의 손에 쥐어주고 후닥닥 버스에 올라탔다.

"버스비 200원밖에 안 하냐? 할인하냐?"

버스비을 올리려고 파업을 했으면 했지, 버스비을 할인하는 경우는 대한민국에선 절대 일어날 수 없는 일이란 기본 상식도 모르는 저 부르조아. 난 대충 고개를 끄덕이는 듯 마는 듯 어중간한 제스처를 취한 뒤 버스에 올라타 버렸다. 나를 따라 버스에 올라탄 총각은 등치 좋은 기사 아저씨가 두 눈 시퍼렇게 뜨고 지켜보는 가운데 요금통에 200원을 짤랑 하고 던지듯 집어넣었다.

"쓰읍, 학상! 시방 나랑 장난 따먹기 하자는 겨? 지금 나에게 딴지 거는 것이여?"

총각, 미안해. 쭉쭉이에 대한 나의 질투심이 너무 컸나 봐. 부디 몸 사려. =__=

"아, 학상!! 어여 돈 더 줘!! 워째서 생긴 거랑 딴판으로 놀고 지랄이여!! 세상을 고러코롬 구차하게 살면 벼락맞아 뒈져!!"

기사 아저씨의 노한 음성에 버스를 타고 있던 모든 이의 시선이 총각에게 쏠렸다. 자리를 잡고 앉아 있던 난 호호 백발 할머니께 자리를 양보하는 여유까지 보이며 모르는 사람처럼 딴청을 피워댔다. 총각은 기사 아저씨의 세상을 구차하게 살지 말라는 너그러운 충고를 잘난 자신에 대한 인격 모독, 인간 비하, 모욕성 멘트로 해석해 단정 지어버린 듯하다. 기가 차다는 듯한 건방진 미소를 짓는다. 두 눈에 시뻘건 핏발을 쫙쫙 세워가며 몹시 매섭게 기사 아저씨를 노려본다. 그리고 얼마 지나지 않아 그 핏발 선 노한 시선이 노약자에게 자리를 양보한 기특한 나에게 내리꽂혔다. 참 오싹키도 하지.

"아이고, 자리 양보해 줘서 고마우, 처녀~"

"뭘요. =＿＿= 씨.익."

"기사 양반!! 차 출발 안 시킬랑가!!"

호호 백발 할머니는 나이에 비해 너무도 정정하고 팔팔하셨다. 되려 자리를 양보한 내가 무안하리만치.

"아저씨, 인생 구차하게 살아서 엄청 미안한데 차비 얼마랍니까?"

저 건방진 생물. 총각은 200원만 요금 통에 던져 놓고도 너무도 당당했다. 되려 200원을 손에 쥐어준 내가 무안했다.

"이 발랑 까진 학상이 보자 보자 하니께 버스비도 모르는 겨?! 700원인께 후딱 돈 더 내!!"

기사 아저씨는 번들번들한 이마를 쓱쓱 긁으며 퉁명스럽게 버스 요금을 읊어줬다. 내 신변의 안전을 생각해서라도 당장 튀어가 요금 통에 500원을 집어넣어 주고 싶었지만, 머리 속에 아른거리는 쭉쭉이의 실루엣이 너무도 강하게 각인되어 있었다. 애써 총각을 외면하고 뻣뻣하게 손잡이를 잡은 채 창밖만 주시하며 서 있는데 호호 백발 할머니가 내 옆구리를 아프게 콕콕 찔러댄다.

"구여운 색시, 고마워서 그라제. 자, 먹어봐, 먹어봐."

할머니가 내 손에 스리슬쩍 쥐어준 건 누런 비닐에 돌돌 말려 있는

먹다 남은 엿 한 조각.

"아, 예."

자리 한 번 양보하고 이런 호의를 받아보긴 처음이다. 그렇지만 아주 따가워요. 몹시 따가워요. 호호 백발 할머니는 내가 이 엿을 입에 집어넣기 전에는 그 따사로운 시선을 걷을 생각이 없으신 듯했기에 어색한 웃음을 지어 보여준 뒤 비닐을 돌돌 풀어내고 할머니의 틀니 자국이 배어 있는 엿을 덥석 집어삼켜야 했다.

우물우물—

"야!! 나 엿 먹이고 엿 먹으니까 맛있냐? 남편은 달랑 500원이 없어서 쫓 다 팔고 있는데!! 돈 내놔!!"

"우물~ 캑캑캑!"

총각이 버럭 소리를 치는 바람에 놀란 나머지 먹고 있던 애기 손바닥만한 엿을 목구멍으로 꿀꺼덕 삼켜야만 했다.

"뭐여! 목구멍에 엿이 걸려 괴롭게 신음하는 저 여자가 마누라여? 아이고, 아줌마!! 뭐 혀, 일루 와서 돈 안 내고!! 남편 개망신을 시켜 놓고 목구녕으로 엿이 넘어가는가?!"

"색시, 저 미끄등한 총각이 남편이었수우? 흐흐, 능력 좋구만."

총각을 주시하고 있던 버스 안 수많은 인파는 이내 내 뒤통수를 노려보며 남편 손에 200원만 쥐어주고 나 몰라라 내팽개쳐 버린 악덕 마누라라고 궁시렁대며 손가락질하기 시작하였다. 또 내가 불리해지기 시작하는구나. 총각은 위기를 기회로 바꾸는 발칙한 수작을 선보였다. 여기서 내가 할 수 있는 일은 극구 부인하는 일밖에 없었다.

"오, 오해예요!! 저, 저 사람 제 남편 아닌데요?"

"아씨, 야! 내가 아무리 싫다고 해도 뱃속에 있는 애도 듣는데 이러면 안 되지!"

총각 앞에선 전혀 먹혀들지 않았다. 이 버스비도 모르는 부르조아 같은 놈아. 내 뱃속엔 회충이 들어 있단 말이다!! ㅠ_ㅠ 뱃속에 애가 들어 있다는 말에 모두 술렁이기 시작했고, 호호 백발 할머니가 자리에서 벌떡 일어나 싫다는 날 자리에 억지로 눌러앉혔다. 그리고 돌연 치마를 쓱 들치더니 치마 속에 입고 있던 시뻘건 고쟁이 안에서 동전 주머니를 끄집어내 꼬질꼬질한 백 원짜리 다섯 개를 총각 손에 쥐어 주는 것이 아닌가.

"노인한테 삥 뜯을 만큼 저 빌어처먹을 놈 아닌데요."

딴에는 노인을 배려한 마음이랍시고 호호 백발 할머니의 손때 묻은 동전을 일언지하에 거절했는지는 몰라도 내 보기에 참 버릇없어 보였다. 늙은이에게 삥이라니. 동생 놈이 자신의 무식함을 깨닫지 못하듯 형 놈은 자신의 버릇없음을 깨닫지 못했다.

"아유~ 총각, 부끄러워할 필요 없어. 이 돈 안 받으면 우리 영감 버리고 총각한테 새 시집 가버릴 거구만. 나이는 숫자에 불과하다고 그 뭐시기가 그러드만. 헐헐헐."

그 뭐시기는 김재원 군이었겠지요. 할머니께서 로망스라는 드라마를 즐겨 시청하셨나 보다. 나이가 아무리 숫자에 불과하다지만 내 보기에 총각은 50살가량의 나이 차를 극복할 만큼 너그러운 승질 머리를 소유한 인간이 아니다. 호호 백발 할머니의 진담 섞인 한마디에

굳은 표정으로 어설프게 눈웃음을 지어 보이는 총각. 총각은 할머니 손에 쥐어졌던 오백 원을 빼앗다시피 받아낸 뒤 요금 통에 집어넣고 가벼운 목례를 끝으로 할머니를 피해 구석 자리로 걸어가 사람들 속에 자취를 감추어 버렸다.

"우리 손자랑 결혼을 시켜야 되는데. 아이고, 지금이라도 우리 손자캉 재혼하고 저 총각 이 할미한테 넘길라우?"

"그, 글쎄요."

띠리딩동~

―이번 정차할 곳은 성원 노인정, 성원 노인정입니다. 다음 정차할 곳은 경원공고, 경원공고입니다.

임산부라는 이유로 날 억지로 자리에 눌러 앉히고 내 앞에서 쉴 새 없이 재잘거리시던 호호백발 할머니는 내리기 전 총각을 찾을 심산인지 이리저리 두리번거리시다 쓸쓸히 성원 노인정에서 하차하셨다.

속닥속닥―

"자기야, 나 엿 먹이고 엿 먹으니까 좋아?"

화들짝―

할머니가 내리자마자 총각이 다가와 허리를 구부려 내 어깨에 팔을 두른 뒤 귓가에 낮고 음침한 음성으로 조용히 속삭였다. 이런, 자기라니… 그런 로맨틱한 단어를 내뱉으면서 표정은 어찌 그리 딱딱히 굳어 있냔 말이냐?

"날씨가 참 좋아요."

"그러네. 죽기 딱 좋은 날이네. 내려서 보자."

덜덜덜—

내 심장은 살고 싶다는 욕망 하나로 세차게 뛰기 시작하며 비굴해진다. =__=

따리딩동~

—이번 정차할 곳은 경원공고, 경원공고입니다. 다음 정차할 곳은 대현 아파트, 대현 아파트입니다.

끼익—

다시 버스가 멈췄고 새까만 교복 무리들이 우르르 버스에 탑승했다. 어째 하나같이 모두 낯이 익은 놈들투성이였기에 불길한 기운을 감지하고 본능적으로 자리에서 벌떡 일어나 내 앞에 서 있던 크나큰 총각 옆에 들러붙어 몸을 숨겼다. 물론 호리한 총각의 몸에 내 몸이 다 숨겨지지는 않았다.

"이 여자 왜 이래? 안 떨어져? 옷 잡아당기지 말고 떨어져!! 무슨 이쁜 짓 했다고 옆에 들러붙어, 붙기는!!"

여기저기 큭큭대며 날 조롱하는 아낙들의 비웃음소리가 칼이 되어 내 가슴에 꽂혀왔다. 저 저주받을 여인들 같으니라고.

절뚝절뚝—

"아싸, 자리 있어!! 야, 다 비켜!! 비켜봐!! -O-"

절뚝거리며 빈자리를 향해 달려오는 특히 낯익은 놈. 명찰이 유난히 누런빛을 내며 반짝거리고 있었다. 플라스틱 이름표에 적힌 그 이름, 최.민.우. =__=

털푸덕—

새까만 교복 무리들은 민우가 앉은 자리를 둘러싸고 옆에 서 있던 총각과 날 힐끔힐끔 쳐다보며 고개를 갸웃거렸다.

"뭘 쳐다봐? 눈 안 까냐? 하씨, 이 낯익은 새끼들 봐라. 무스 바른 새끼, 구레나룻 기른 새끼, 거기 삭발한 새끼. 우리 언제 만난 적 있다, 그치? 어?"

애석하게도 총각은 어리석고 쓸데없이 기억력이 좋았다. 무스 바른 놈과 구레나룻 기른 놈과 삭발한 놈이 총각을 알아보고 억지 웃음을 지어 보이며 인사를 건넨다. 보는 내가 민망하리만치 지나치게 억지스러웠다. 자리에 앉아 있던 민우도 고개를 젖혀 총각과 날 알아보고 총각을 향해 가식적인 미소를, 날 향해 시퍼런 살기가 띤 미소를 지어 보여준다. =__=

"어? 형, 안녕하세요!! 누나!! >_< 몰라. 내가 얼마나 보고 싶었는데!!"

얼굴에 가식의 가죽이 너덜너덜 배인 저 망할 놈. 니 얼굴은 날 거부하는데 니 입은 어째서 사기성 짙은 멘트를 아무렇지 않게 날리는 거니.

"그, 그래. 민우야, 오랜만이다. =__= 씨.익."

퍽—

"학교에서 임산부한테 자리 양보하라고 안 가르쳐 주든? 건방진 새끼야, 빨리 못 일나?!"

이 총각은 자신을 나의 애인이라 칭했다.

"아야! 씨!! 여기 임산부가 어딨어요, 형!!"

"박지민, 뭐 하냐!! 자리 있네. 빨리 앉아!!"

이게 과연 날 위한 배려란 말인가? 내 눈엔 날 농락하기 위한 하나의 몹쓸 수법으로밖에 보이지 않았다.

"울먹, 다음에 내리는데, 앉긴 뭘 앉아. 울먹, 씨."

"뭐야? 누나 임신했어?! -0-"

버스를 짜랑짜랑 울리고도 남을 만큼 대차고 우렁찬 민우 학생의 음성.

끼익―

결국 총각과 나, 민우는 기사 아저씨의 욕 한 바가지를 얻어먹고 쫓겨났다. =___=

"아씨. 야 최민우!! 넌 왜 내렸어, 새꺄!!"

"기사 아저씨한테 떠밀렸어!!"

버스 창문을 열고 민우를 애타게 불러대는 교복 무리들은 버스가 출발함과 동시에 저만치 멀어져 갔다.

"아씨, 볼륨 조절 못하냐?! 집까지 걸어야 되잖아!!"

어차피 몇 발만 더 걸으면 버스 정류장이었다. 몇 발을 더 걸어야 된다는 사실에 심하게 분노하며 길바닥에 널브러져 있던 깡통을 차며 신경질을 내는 총각. 냉랭한 냉기가 흐르는 총각과 나를 기분 나쁘게 쭉 훑어보던 민우가 어울리지 않는 진지한 표정으로 입을 뗐다.

"이 누나가 형 덮친 거죠? 그쵸? 그래서 속도 위반해서 책임지는 거죠?! 맞지요?!"

우득―!!

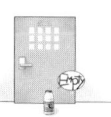

"민우야, 엄마가 콩나물 사러 나간 애가 돌아오지 않는다고 애타게 기다리셔."

내 말에 한 치의 오차도 없이 동시에 입을 놀려대는 두 놈.

"등신."

"병신."

몇 발 더 걸어 도착한 버스 정류장에는 교복 무리들이 일찌감치 버스에서 내려 민우를 기다리고 있었다. 민우는 그럼 병신이랑 사귀는 거냐며 길길이 날뛰던 총각에게 기어이 심하게 얻어터진 뒤 쓸쓸히 친구들 곁으로 가버렸다. 민우 학상, 뒤통수를 어루만지며 눈물을 훔치고 있구나. 내게 욕을 했다는 명분으로 민우 놈을 때리긴 했지만 병신이라는 말에 심하게 흥분한 총각이었기에 썩 기분이 유쾌하지만은 않았다.

집으로 올라가는 길.

"열 번째 내 말 씹었거든?"

난 총각의 말을 무참히 씹어버리는 용감무쌍한 깡을 내비쳤다. 이런 내 싸가지없음에 신경질적으로 남방 깃을 매만지며 가던 길을 우뚝 멈춰 서는 총각. 돌연 내 손목을 홱 낚아채더니 벽에 날 밀쳐 버린다. 울퉁불퉁한 시멘트 벽과 내 등짝이 맞부딪친 충격에 등짝 이곳저곳에 송곳에 찔린 듯한 아픔이 밀려왔다. 등짝의 고통은 상상을 초월할 만큼 심하게 와 닿았다. 그래서 오징어 굽듯 온몸을 비틀어대는 바디랭귀지를 이용해 나 아파를 강하게 표현했다. =___=

"아프지?"

"아! 왜 이러는 거야! 아프단 말야!"

"말했다."

"뭐?"

침묵으로 일관하던 내 입을 열게 하려고 이 망할 총각이 벽으로 내 몸뚱어리를 밀쳤나 보다. 무서운 정만이를 앞세워 협박하지 않나, 하나같이 잔인하고 극단적인 방법들뿐이로구나. 어이가 없다.

"훌쩍! 등에, 등에 혹났나 봐. 훌쩍!"

등을 만지며 훌쩍대고 있는 내게 불쑥 얼굴을 들이밀고 반쯤 감긴 눈으로 날 바라보던 총각이 끄집어낸 그 말이 참으로 가관이다.

"하자."

"이봐요, 아파 죽겠는데 하, 하긴 뭐, 뭘 해요!!"

"아침에 하다 만 거!!"

총각의 말에 훌쩍대며 못 이기는 척 두 눈을 감으려 했다. 그러나 그 순간 또 한 번 쭉쭉이의 실루엣이 내 머리를 스윽 스쳐 지나갔다.

"싫어."

"왜!!"

"그, 그냥 싫어."

"야!!"

"아, 귀 따가워라."

"야! 참을 만큼 참았어. 오늘 화내야 될 사람이 누군데 틱틱거려!!"

"차 긁은 거 땜에 화난 거라면 내가 손해 배상이라도……."

"짜증나게 왜 사람 불안하게 하는 건데!! 오늘 아침에 석이랑 그

기집애 사귄다는 소리에 니가 아무 말 못했을 때 내 기분이 어땠을 것 같애?!"

"그건 정희랑 현석 오빠가 사귀는 거 싫으니까……."

"정희 기집애가 그러더라. 너 아직까지 석이 미치게 좋아하는데 어쩔 수 없이 나랑 사귄다고. 그래도 참았거든? 하, 병신같이 석이보다 내가 더 좋단 그 말 하나 믿고 참았거든?"

양정희. 이 인간 말종. 그런 건가 보다. 가질 수 없다면 파멸시키리. 이 화상.

"무, 무슨 말도 안 되는 소리야!! 정희가 한 말을 믿어? 어?"

"나 안아줘."

"어?"

"아씨, 나 한 번만 안아달라고!!"

왜 이렇게 슬프게 화내는 건데? 지은 죄도 없이 괜히 내가 미안해지잖아.

덥석—

난 나보다 두 배는 큰 총각을 품에 안아주었다. 사실 그렇게 하지 않으면 안 될 분위기였다.

"너 버리지 말라고 했던 말 진짜지? 그짓말 아니지? 그짓말이기만 해봐. 확 생으로 야산에 파묻어 버린다."

"덜덜. 그, 그짓말 아니었어."

"근데 아침에 왜 말 못했는데!! 석이랑 누가 사귀든 말든 이제 와서 뭔 상관인데!!"

화들짝—

다시 한 번 와장창 깨져 버린 냉랭한 분위기.

"그거는 아, 그럼 쭉쭉이랑 바람피운 건 잘한 거야?!"

"쭉쭉이? 그건 또 뭔데!!"

"오늘 낮에 커피숍에서, 커피숍에서 만났던 그 잘빠진 여자."

"하! 니가 그걸 어떻게 아는데!!"

얼굴에서 당황한 기색이 역력하다. 오호, 그래 딱 걸렸어! 품에 안고 있던 총각을 몇 미터 앞으로 내쳐 버린 지는 이미 오래였다.

깨갱갱갱. 아울~ 깨갱.

스산한 바람과 더불어 살벌한 냉기가 돌고 있는 총각과 내 옆에 암놈한테 걷어차인 불쌍한 수놈 똥강아지 한 마리가 슬픔을 못 이겨 바닥을 긁으며 오열하고 있었다. =__=

"니가 어떻게 아냐고."

아울~ -0- 깨깽. 깨갱깨갱.

심각한 총각의 말을 무참히 잘라먹은 똥강아지. 녀석, 대차기도 하지. 비실대며 오열하고 있는 니가 정녕 대한민국의 순수 혈통인 거니?

"개가 아픈가 봐."

"됐고, 니가 그… 아, 씨발!"

바닥에 몸을 비비며 더 더욱 격하게 오열하는 똥강아지. 누구한테 차인 거니?

깨갱. 아우우울~ -0- 깨깽깨갱.

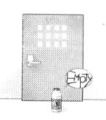

"이 개새끼, 다리 절단 내버리기 전에 절루 안 가!!"
깨갱—!!

총각의 노한 음성에 겁을 먹고 울다 말고 깜깜한 골목 끝으로 후다닥 사라져 버린 불쌍한 똥강아지. 녀석, 빨리도 내달리는구나. 살고 싶었던 게지. =___=

휘잉—

처량하게 내달리는 개의 뒷모습을 기분 나쁘게 노려보던 총각이 다시 내게 시선을 돌려 입술을 잘근잘근 깨문다. 긴장하거나 초조할 때, 그리고 말하기 힘든 무언가를 내뱉을 때면 어김없이 나오는 총각의 버릇. 잘근잘근 입술 깨물기.

"바람? 니 눈엔 내가 바람피운 걸로 보이디?"
끄덕끄덕—

이렇게 사정없이 끄덕이면 어쩌자는 거니. 내 고갯짓에 다시 한 번 입술을 깨물다 나즈막한 한마디를 남기고 몸을 틀어 집으로 걸어가 버린다.

"그럼 그렇게 생각해라, 죽을 때까지."

내 눈에 흙이 들어올 때까지 쭉쭉이의 실루엣을 가슴에 품고 쓸쓸히 황천길에 오르란 말이더냐!!

"씨, 그런 게 어딨어!! 그럼 내가 석이 오빠 만나도 상관없겠네!!"
우뚝—

석이라는 말에 유난히 민감하게 반응하는 총각. 약발이 들었나 보다. 일순 가던 길을 멈추고 우뚝 멈춘 총각이 몸을 틀어 무서운 기세로 성큼성큼 나에게 걸어왔다.

"아, 씨발! 고막이 미쳤나? 방금 뭐라고 했냐?"

고막이 아주 정상적으로 미쳤나 보다. 소심하게 궁시렁거린 내 말을 다 알아듣고 이렇게 걸어온 걸 보면.

"멋대로네. 나는 한곳만 봐야 되고, 서지훈은 한눈팔아도 끅! 내가 바보라서 아무렇지도 않은 줄 알았나 보네. 끅!"

"아! 이 여자 병신같이 왜 울어!! 그냥 좀 믿어주면 안 되냐!!"

꾹 참고 있었는데… 입술까지 악물고 꾹 참고 있었는데, 결국엔 총각 앞에서 울음을 터뜨려 버리고 말았다.

"끅! 왜 맨날 나 혼자 믿어야 되는 건데? 끅! 내 말도 못 믿으면서. 끅!"

"아, 울지 마!! 미치겠네, 진짜."

"잘빠지고 끅! 키도 크고, 비록 뒤통수였지만 끅! 얼굴도 이쁠 것 같고, 섹시하고 끅! 도발적이고, 육감적이고 끅! 나랑은 비교도 안 되는 여자랑 만나는 거 봤는데 끅! 그럼 그때 내 기분은 어땠을 것 같애?"

"병신같이 애인 울려 버린 지금 내 기분은 어떨 것 같은데?"

"끅! 나 차버리고 그 여자한테 가버릴까 봐 울고 싶은 내 기분은 어떨 것 같은데?"

"죽어도 말하기 싫은데, 그것 때문에 울고 있는 너 보고 있는 내 기분은 어떨 것 같은데!!"

"그럼 말하지 마. 안녕."

　총각을 홀로 남겨놓고 이번에는 내가 먼저 뒤돌아 걸어와 버렸다. 죽어도 말하기 싫다는데 더 이상 할 말이 없잖아.
　집에 도착하자 눈물과 콧물을 소매로 훔치느라 흥건하게 젖어 조금은 추잡스런 양 소매가 눈에 들어온다.
　"박지민, 왜 그랬어?"
　질투심에 그만 눈이 멀고 귀가 어두워졌었나 보다. 내 소심함의 끝은 과연 어디란 말인가. 때늦은 후회에 죄없는 머리를 현관문에 쿵쿵 찧어대며 자해를 감행하고 있을 때 갑작스레 벨이 울렸다.
　"깜짝이야!!"
　화들짝 놀라 뒷걸음치다 혹여 총각일지도 모른다는 기대감에 눈에 고인 눈물을 훔치고 쿵쾅거리는 심장을 애써 진정시키며 주저없이 문을 열었다.
　덜컥—
　문을 열자마자 내 모가지를 홱 사정없이 끌어당기는 낯선 팔뚝.
　=__=
　"캑! 누, 누구야!! 캑! 이거 놔!! 숨 막혀!!"
　"잡았다."
　내 어깨에 팔을 두르고 목을 조르는 것을 넘어 내 목을 아주 부러뜨리려고 작정한 인간마냥 사정없이 내 목을 조르고 있는 이 몹쓸 놈. 내 숨통을 끊어버릴 잔인한 생각을 품고 있구나, 민우야!!
　"누나, 우리 할 얘기 남았다. 그치?"
　"민우야, 캑!! 다시 생각해 봐. 캑!! 이건 미친 짓이야. 캑!!"

"미치긴 뭘 미쳐!! -0- 내가 이날을 얼마나 기다렸는데!!"

"오늘 내 기분이 별로니 캑!! 그래, 내일 캑!! 내일 다시 와서 내 목을 조르지 않으련?"

"내일 오면 또 도망가려고? 참, 깡패 누나한테 담에 보면 죽는다고 전해!!"

깡패 누나? 지영이를 말하는 것 같다. 어느 틈엔가 모든 이에게 내 친구 지영이는 깡패로 통하고 있었다.

"훗! 살고 싶어?"

바닥을 기고 있던 마지막 내 자존심이 어린놈에게 굽히지 말라며 절규하고 있었지만,

"민우야, 캑!! 살고 싶어. 너 같음 어린놈한테 목 졸려 죽고 싶겠니?"

난 살고 싶었다. 아니, 적어도 생을 추하게 마감하고 싶지는 않았다. 내가 살고 싶다는데 그 누가 날 비굴하다 비난하랴. 덕분에 난 살았으니 후회 따윈 없었다. 난 목숨을 구걸한 대신 민우에게 덜미를 잡혀 집 앞에 퍼질러 앉아 내키지 않았지만 그와 길고 긴 이야기를 나눠야만 했다. =___=

"그래, 민우야. 어디까지 들었는데?"

"니가 형한테 말한 거까지. 그럼 말하지 마. 아우씨, 장난해? 왜 키스하자는데 주제도 모르고 튕기냐!!"

"이놈이 죄다 들었네!! 왜 숨어서 엿들어!! 남이야 키스를 하든 말든 니가 뭔 상관이여!!"

"그러게 누가 버스에다 폰 흘리고 다니래!! 내 친구가 주웠기에 망정이지!! 갖다 줘도 지랄이네, 다 늙은 게!! 키스할 분위기라서 내가 얼마나 기대했는데 폰 찾아준 보람 떨어지게 네깟 게 감히 나에게 실망을 안겨줘?!! -0-"

늙은 게. 늙은 게. 니깟 게. 니깟 게. 나에게 크디큰 충격으로 다가왔다. =___=

"그래, 보람 떨어지게 해서 미안한데 내 폰인 줄은 어떻게 알았어?"

"폰에 이름 적어놓는 촌스러운 년이 어딨냐!!"

여기 있지. 분실을 염려해 스티커에 이름을 써서 배터리에 붙여놓은 내 철저함이 니 눈엔 촌스러운 년들이 하는 행동으로밖에 비춰지지 않았나 보구나.

"민우야, 기분 나쁘게 생각하지 마. 니가 모르는 것 같아서 내가 말하는 건데 저기 말이지, 내가 너보다 한 살 많거든?"

"알고 있어, 이 기집애야!!"

"어, 그래. 알아줘서 고마워. 난 또 니가 모르는 줄 알았지. 하하, 나도 참……."

내게 역정을 내는 민우 놈의 저 모습에 아까 버스에서 만났던 호호 할머니가 생각나는 건 왜일까?

시간은 너울너울 유수처럼 흐르고 흘러 한 시간이 지났다. 교복 주머니에서 볼펜과 반쯤 쓰다가 구겨 버린 반성문 쪼가리를 끄집어내 손해 배상 산출을 하고 있는 민우.

"씨파! 그러니깐 내가 널 찾아다닌 수고비까지 합쳐서 에… 그러니까 총합이… 야!! 눈 안 떠! 어서 졸고 자빠졌어!!"

"쓰읍, 자긴 뭘 잤다 그러니? 언제 끝나?"

"아, 더러워. 침이나 닦아!! 에 그러니까… 이제 총합이 나왔다고, 총합이!"

타박타박—

털푸덕—

쿵—!!

민우가 총합을 읊으려던 순간, 계단을 오르는 위태위태한 발소리가 들리는가 싶더니 누군가 계단에 널브러지는 소리와 함께 작게 욕지거리를 내뱉는 소리가 들려온다.

"누가 넘어졌나 봐."

"악!! 어떤 새끼야!! 곱게 올라오지 자빠지고 지랄이야! 까먹었잖아!!"

"저기… 반성문에 낙서하면 선생님한테 혼나지 않을까?"

"시끄러! 말 시키지 마!! 보자… 한 달 월급에 스쿠터 수리비……."

생긴 건 말짱한데 생각보다 머리가 나쁜 놈인 것 같다. 교복을 입은 채로 바닥에 엎드려 머리를 박고 반성문 종이에 처음부터 다시 숫자를 써내려 간다. 본의 아니게 쓰다 만 반성문의 일부가 내 눈에 포착되어 버렸다.

철원이가 아무 말 없이 제 손에 돈을 쥐어주던걸요? 전 절대 협박하지 않았

어요. 혹 철원이 동무 새끼가 고자질을 하던가요? 저런, 한두 차례의 폭력과 폭언은 전혀 근거없는 소문일 뿐이죠. 사랑하는 나의 선생님, 부디 노여움을······.

못 볼 것을 봐버렸다는 이 찜찜함. 이놈도 정훈이 놈과 크게 다를 것 없었어. =__=
"민우야, 친구들 돈 뜯거나 등 처먹고 다니니?"
"총액 계산··· 뭐? 니가 어떻게 아냐!! 씨파, 다들 왜 그래!!"
"반성문에 써 있네."
"뭐? 진짜?! 에이씨, 티 안 나게 썼는데."
"그보다 오늘 우울해서 그런데 그만 하자, 어?"
"씁, 시끄러!! 계산 방해되잖아!!"
타박타박―

털푸덕―

"아, 왜 저렇게 자빠져!! 계산 방해되게!! 내려가 봐!!"
"내가 왜?"
"나 밤새도록 계산하는 꼴 보고 싶어?!"
꼭 공부 못하는 인간들이 시끄러워서 공부 안 된다고 역정을 낸다더니 그게 너였구나. 빨리 이놈의 손아귀에서 벗어나고 싶었기에 자리에서 벌떡 일어났다. 계단 하나 제대로 못 올라오고 비실거리며 널브러진 인간을 조용히 시키기 위한 목적으로 계단을 내려갔다. 그리하여 난 층계에 힘겹게 기대앉아 있는 술에 쩔은 총각과 마주칠 수 있었다. 널브러진 그 인간의 얼굴을 확인한 뒤 내려가던 발걸음을 멈

추고 몸을 틀어 다시 계단을 올라가려는데 그 인간은 이미 날 발견한 모양이다. =__=

"우리 등신이 나 마중 나왔냐? 큭! 웃기고 있네."

우리 등신. 참 오랜만에 들어보는 낯익은 단어. 총각의 몸에 알코올이 들어가면 들을 수 있다는 그 단어. 알코올로 인해 사람이 변해 버리는 건 비단 나뿐만이 아니었다. 하아, 오늘도 망가지는구나. =__=

난 손해 배상액 산출을 하느라 정신이 없는 민우 놈을 잠시 팽개쳐 두고 총각 옆에 쪼그리고 앉아 꼬인 혀로 열심히 객기를 부리는 총각의 주정을 들어줘야만 했다.

"씨, 니네 엄마 왜 나를 싫어하냐? 집까지 모셔다 준다는데도 싫다더라, 어?"

"엄마가 차멀미가 심해서… 부끄러워서 그런 걸 거야. 하하."

우리 엄마 사전에 멀미 따윈 존재하지도, 키우지도 않으셨다. 우리 엄마가 제일 혐오하는 의약품 중에 하나가 귀 뒤에 붙이는 '멀미, 안녕~'이라는 동그랗고 허연 종이 딱지다.

"씨발, 재수가 옴 붙은 관상이라고… 너하고 만나다가 걸리면… 큭! 나 죽여 버린대. 크큭!"

총각 면전에 대고 기어이 재수가 옴 붙은 관상이라는 말을 내뱉어 버렸나 보다. 몹쓸 아줌마같으니라고. =__=

"엄마 눈엔 잘생긴 사람은 죄다 재수 옴 붙은 관상이……."

"너 내 앞에서 울지 마. 씨발, 한 번만 더 울면 엎어버린다."

"……."

"아씨, 짜증나게 미란이보다 더 많이… 더럽게 많이… 너 좋아하나 보다."

이런 말은 제발 정신이 말짱하게 박혀 있을 때 해달란 말이야!! 이렇게 혼자 멋있는 척 사람 감동시켜 놓고 내일이면 왜 기억도 못하는데. 그렇지만 반쯤 감긴 눈이 참으로 섹시하도다. 살짝 벌어진 입은 참으로 도발적이도다. 남방 사이로 살짝살짝 비치는 육체는 참으로 탄탄하도다. 옷에서 폴폴 흘러나오는 기분 좋은 향기까지… 아주 날 미치게 하려고 작정을 했구나. 문득 정신을 차렸을 때, 변태가 되어 버린 나를 발견할 수 있었다. =__=

"궁금해? 내가 만난 여자 누군지 궁금해?"

끄덕끄덕—

오늘도 내 의지와는 상관없이 세차게도 끄덕거려진다.

"말해 주면 우리 등신, 나한테 키스해 줄래?"

멈칫—

난 끄덕거림 대신 어색하게 입꼬리를 끌어 올리며 이도 저도 아닌 가식적인 미소를 지어야만 했다.

"큭! 키스라면 그저 좋대지. 야, 너 말이야, 너! 우리 엄마 소개시켜 주고 싶었는데… 큭! 이 사람이 우리 엄마라고 소개시켜 주고 싶었는데… 그냥 너한테는 말하기 싫었다고!!"

도대체 무슨 말이 하고 싶은 걸까? 혀가 꼬여 무슨 말을 하는지 도통 알아들을 수가 없다.

"결론은 쭉쭉이랑 무슨 관계야?"

"우리······."

타박타박—

"아싸!! 야, 돈 내놔!! 총합 나왔다!! 총합이······."

그랬어. 네 녀석의 존재를 내가 잠시 깜빡 잊고 있었어. 똥강아지에 이어 두 번째로 총각의 말을 잘라먹은 민우. 층계에 앉아 있던 총각과 나를 발견하고는 잠시 주춤하더니 손에 들려 있던 반성문 종이를 잽싸게 주머니에 쑤셔 넣는다. 민우는 술에 쩔어 반쯤 감긴 눈으로 자신을 노려보는 총각에게 환한 미소를 지어 보여준다. 힘겹게 자리에서 일어난 총각이 비틀대며 계단을 올라가더니 민우의 귀에 작은 속삭임을 남기고 집으로 들어가 버렸다. 입가에 걸려 있던 미소를 서서히 거두고 굳은 표정으로 허공을 응시하며 어깨를 추욱 늘어뜨리는 민우 놈. 과연 무슨 말을 들은 걸까?

"뭐라 그러는데?"

"개새끼, 절루 꺼지라는데."

"그, 그렇구나."

민우야, 술에 쩔은 총각이 아까 자기 말을 잘라먹던 똥강아지랑 너를 잠시 심하게 착각했나 봐.

타박타박—

총각의 말에 심하게 충격을 받은 건지 어깨를 추욱 늘어뜨린 채 쓸쓸히 계단을 내려가는 민우.

"민우야, 총합이 어, 얼마인데?"

"씨파, 까먹었어."

내 목구멍까지 차 오른 이 무식한 놈아를 내뱉기에는 민우 군의 등짝이 너무 쓸쓸해 보였다. 난 그저 손을 흔들며 잘 가란 인사만 연발해 댔다.

"민우야, 잘 가. 우리 다시는 보지 말자, 영원히. 안녕!! =___= 씨.익."

"시끄러. 담엔 계산기 들고 올게."

"무식한 놈. 귀마개를 들고 오지 그러니? 궁시렁."

찰거머리같이 나에게 들러붙어 날 괴롭혀 대는 민우 놈을 돌려보내고 힘없이 계단을 올랐다. 301호 문패를 바라보며 작은 한숨을 내쉬다 터덜대며 집으로 들어와 버렸다.

쏴아아아—

문을 열자 날 반기는 건 욕실에서 들리는 샤워기에서 물이 떨어지는 야시맹랑한 효과음. 순간 도적놈이라는 생각이 들었지만 물건을 훔치지 아니하고 욕실에 들어가 샤워를 하는 걸로 봐선… 그놈밖에 없어!! 그래, 그 변태 새끼밖에 없어!! 아가야, 오빠랑 같이 목욕할까? 기름진 목소리로 내 귓가에 속삭이던 지난밤, 밤색 빵모자를 썼던 비버리의 변태 놈이라 사료되었기에 엄마가 두고 간 파리채를 거꾸로 집어 들었다. 뒤통수를 후려쳐 골로 가게 할 심산으로 욕실을 향해 걸음을 떼었다. =___=

쿵쾅쿵쾅—

변태 놈. 총각이 이중 샷시로 바꿔줬는데 어떻게 들어왔지? 너 오늘 제대로 죽었어!!

벌컥—!!

"꺄아아아!! 이 변태 놈, 변태 놈!!"

갑작스레 욕실 문을 열고 들고 있던 파리채를 휘휘 내저으며 신내림받은 무당이 물러가라~를 외치며 미친 듯이 굿을 하듯 폴짝폴짝 뛰며 비명을 지르고 있는데… 이런 날 덥석 안아버리는걸? =__=

뚝뚝—

바닥에 떨어지는 물방울들과 더불어 내 옷도 점점 젖어 들어가기 시작한다. 뜻밖에 욕실에서 날 안아버린 건 총각이었다. 옷을 입은 채로 샤워를 했는지 총각은 비 맞은 생쥐 꼴이 되어 욕실 밖으로 걸어나와 내 온몸을 촉촉하게 적셔주었다.

"씨, 왜 뜨거운 물도 안 나와? 춥다, 안아주라."

그리곤 언젠가 어디서 들어본 적이 있는 낯익은 말과 함께 내 몸을 으스러질 듯이 끌어안아 버린다.

뚝뚝뚝뚝—

……

뚝뚝뚝뚝—

한 방울. 열 방울. 스무 방울. 서른 방울. 물 뭉탱이. =__=

총각의 옷에서 떨어지는 물방울들은 나름대로의 규칙적인 장단을 맞춰가며 마룻바닥에 뚝뚝 떨어지는가 싶더니 삽시간에 바닥을 물바다로 만들어 버렸다. 이 생각없는 총각! 신축 건물에 곰팡이라도 쓸면 어쩌려고 이런 비상식적인 몰골로 우리 집 욕실에서 나오는 거

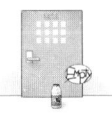

야? 바닥에 고인 물로 축축하게 젖어버린 발가락을 꼼지락대고 있는데 연신 춥다는 중얼거림을 내뱉으며 호흡 곤란을 일으키게 할 만큼 숨 막히게 나를 자기 품으로 끌어당기는 총각이었다.

"콜록! 숨 쉬기가 힘들, 힘들어. 콜록!"

"그럼 숨 쉬지 마."

"……."

나보고 죽으라는 소리구나. 이 총각, 사상이 건전하지 못할 뿐만 아니라 옳고 그름의 상식적인 판단을 기대하기도 힘들다. 게다가 모든 방식들이 매번 정상인들의 상식과는 저만치 동떨어져 있는 돌연변이적 성향이 다분한 불안전한 뇌를 지니고 있는 인간이었다. 이런 불안전한 뇌에 알코올까지 가미된 거라면 언제고 날 구워대든, 삶아대든 맘이 내키는 대로 날 요리해 버릴지도 모를 위험한 상황이었다. 그렇기에 난 날 안고 있는 이 총각을 망설임없이 집 밖으로 쫓아내야 했다.

BUT 난 차마 총각을 내쳐 버릴 수 없었다. 총각도 나와 같은 하찮은 인간 나부랭이에 불과했던 것인지 추위를 견디지 못하고 몸을 떨며 나의 모성 본능을 자극한다. 그리하여 떨고 있는 총각이 안쓰러워 배고픈 드라큘라에게 피를 제공하듯 온기에 배고픈 총각에게 따뜻한 내 온기를 제공해 주기 위해 아무 저항 없이 고분고분 품에 안겨줬다. 이런 내가 기특했는지 내 어깨에 고개를 파묻고 내 귓가에다 작은 속삭임을 남겨주더군. 분명 고맙다는 말을 할 것이라 믿어 의심치 아니하고 화답까지 미리 생각해 놓고 입가에 흐뭇한 미소를 머금어

보았건만…….

"변태. 내 애인 변태. 죽여주는 변.태."

"망태?"

"이 볼륨으로 나 유혹하려고 온 거야? 크큭! 당차네?"

활시위 당기듯 유연하게 올라가 있던 내 입꼬리가 순식간에 180도로 반듯하게 굳어버렸다.

"A컵? B?"

"……."

더 이상 무슨 설명이 필요하랴. 총각이 내뱉은 볼륨의 뜻과 의미를 확실히 알아차려 버리고 말았다. 이 개망나니 같은 총각! 술에 취하기만 하면 사람 염장을 지능적으로 뒤집어엎고 지랄이여!! 나도 아까운 내 온기를 나눠주고 싶은 마음이 흔적도 없이, 아주, 죄다, 깡그리 사라져 버렸다. 더불어 나의 정신이란 놈도 어디론가 잠시 도주해 버렸다.

"서지훈!! 내 몸에서 당장 떨어져—어!!"

"내일부터 요구르트 말고 딸기우유로 바꿔라. 너무 빈약하다."

풀썩—

너무 빈약하다는 총각의 말에 크게 상처받고 화를 낼 기력도 사라져 버린 난 그만 맥없이 자리에 풀썩 주저앉아 버렸다. 그리고 손바닥으로 바닥을 철썩철썩 두드리며 잠시 오열해야만 했다.

"울먹! 내가 빈약한데 울먹! 뭐 보태준 거 있냐고. 울먹!"

울먹거리는 날 반쯤 감긴 눈으로 빤히 바라보던 총각이 돌연 못 볼

걸 봤다는 듯 기분 나쁘게 인상을 확 구긴다. 그러더니 내 손목을 낚아채 현관으로 질질 끌고 가면서 노하게 역정을 내기 시작한다.

"아씨, 남의 집에 들어와서 A컵 주제에 유혹하고 지랄이야!! 니네 집으로 꺼져!!"

덜컥—

철푸덕—

쾅—!!

너무 순식간에 일어난 일이라 몹시 어벙벙하지만 지금 나, 내 집에서 쫓겨난 건가? A컵 주제에 자기를 유혹한다는 말도 안 되는 이유를 들먹여 날 내 집에서 내쳐 버린 저 망할 총각을 내가 어떻게 받아들여야 할까? 남의 집에 들어왔다는 말로 보아 아마도 술에 취한 총각이 문이 열려 있던 내 집을 301호 자기네 집으로 착각한 것 같았다. 하긴 똥강아지랑 민우 놈도 제대로 구분 못하던 총각이었다.

"울먹! 그럼 난 어쩌라고. 울먹!"

끼이이익— 끼이이익—

두 눈 가득 언제 떨어질지 모르는 눈물 방울이 대롱대롱 매달렸다. 자르기가 귀찮아 내버려 뒀던 덕에 길게 자라버린 긴 손톱을 곤두 세워 양철로 맹근 현관문을 힘주어 긁어내리자 소름 끼치는 효과음이 음산하게 껌껌한 복도에 울려 퍼졌고 순간 덜컥 겁이 나기 시작했다.

쾅쾅—!!

"거기가 우리 집이란 말이야!! 문 열어줘!!"

끼야야야옹~ -0- 야옹~

"꺄아아아!! 문 열어달라고!! 도둑고생이다!! 고생이!! TOT"

찰랑—

불쑥 튀어나온 도둑고양이에 놀라 눈물을 찔찔 짜며 현관문을 두들기던 난 주머니에서 들려오는 찰랑이라는 소리에 잠시 울음을 그치고 주머니를 뒤적거렸다. 엄마와 내가 어색한 미소를 지은 채 억지스레 머리를 맞대고 찍은 네모난 사진이 대롱대롱 매달려 있는 열쇠고리 하나. 주머니에 집 열쇠가 있었다. 박지민, 너 왜 이렇게 생각없이 사는 거니?

덜컥—

소매 끝으로 눈물을 닦아대며 조심스레 집으로 발을 들였다. 총각 앞에서 여기는 내 집이니 난 못 나가겠다, 니가 나가거라!!라는 간이 배 밖으로 튀어나온 말을 내지르기 위해 심호흡을 크게 하고 심장을 졸이며 발을 내디뎠다.

"지훈 총각, 너 지금 주무시니?"

벗은 재킷을 오른손에 꼬옥 움켜쥐고 젖은 옷 그대로 키티 시트에 파묻혀 침대에 쓰러져 곤히 잠든 총각의 모습. 깜찍한 키티 시트와 버릇없는 지훈 총각의 저 불협화음. 한눈에도 이불 이곳저곳이 총각의 젖은 옷에 동화되어 축축하게 젖어 들어가고 있는 것이 보였다. 내일 이불 빨래를 해야겠다는 생각과 동시에 이불보를 들고 나를 죽일 듯이 달려들던 민우의 살기 어린 모습이 머리 속에 떠올랐다. 이유없는 서러움에 복받친 나머지 볼을 타고 주루룩 흘러내리는 눈물을 닦으며 욕실로 뛰어갔다.

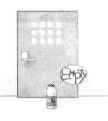

덜컥—

"오, 아부지. 말도 안 돼. 그짓말!! 울먹!"

욕실에 들어와 거울을 들여다 본 난 그제야 유혹이 어쩌고 하는 말로 역정을 내던 총각의 말뜻을 이해할 수 있었다. 젖은 옷을 입고 있던 총각이 날 안아버렸을 때 덩달아 내 옷까지도 축축하게 젖어서 허연 남방이 물에 젖어 몸에 들러붙어 내 속옷이 여과없이, 그야말로 아주 적나라하게 비치고 있었다.

제 집인 양 내 침대에서 세상 모르고 널브러져 자고 있는 총각을 잠시 동안 말없이 노려보다가 옷장에서 마른 옷 하나를 끄집어내 다시 욕실로 들어가 정갈하게 갈아입었다. 일단 저 총각을 깨워 집으로 돌려보내야겠다는 생각에 떨어지지 않는 발걸음을 힘겹게 떼었다.

흔들흔들—

"일어나서 제 집 찾아가야지. 아무리 사귄다지만 엄연히 여긴 남의 집인데, 이게 무슨 짓이래? 일어나아."

툭—

내가 몸을 흔들어대자 손에 쥐고 있던 양복 자락을 스르륵 놓아버린다. 그리고 더 깊은 잠에 빠져드는 총각. 아무래도 내가 몸을 흔든 것이 자장자장 잘 자라고 다독이며 잠을 부추긴 꼴이 되어버린 것 같다. 쉽게 일어날 것 같지 않아 깨우기를 잠시 포기하고, 침대에 반쯤 상체를 눕히고 엎드려서 총각의 감은 눈과 시선을 마주한 뒤 죽은 듯이 잠을 자고 있는 총각의 얼굴을 찬찬히 뜯어봤다. =__=

"궁시렁. 속눈썹이 왜 나보다 긴 거야? 삶의 의욕 잃게시리. 궁시렁. 기분 나쁘게 머리통도 작네그려. 궁시렁. 손가락도 짜증나게 이쁘고 길쭉허구만. 궁시렁."

 총각의 당당함과 거만함의 근원이라 할 수 있는 잘나신 얼굴을 요리조리 뜯어보며 흠잡을 데를 찾으며 총각 앞에서 잃을 대로 다 잃어버린 내 자심감을 도로 찾기 위해 무던히도 노력해야만 했다. =_=
 "그래, 니 잘나서 좋겠다."
 "춥.다."
 잠과 술에 취해 있는 이 상황에도 인상을 구기며 잠꼬대처럼 춥다란 말을 연발한다. 나도 젖은 옷을 입고 자는 지훈이 총각이 안쓰럽긴 하다만 어쩔 수가 없는걸. 내가 옷을 갈아입혀 줄 수도 없는 노릇이잖수. 무엇보다도 빈약한 A컵이란 말로 내 염장을 질러놓던 총각이었다. 온풍기를 틀어 총각의 몸을 녹여줄 수도 있었지만 소심한 난 절대 전원 버튼을 켜지 않았다. 소심한 마음에 크게 상처받은 난 거기에 그치지 않고 탁자 위에 널브러져 있던 머리핀 하나를 집어 들고와 추위에 떨며 잠을 자고 있는 총각의 앞머리를 깻잎 머리의 황금분할이라고 할 수 있는 2대8 비율로 정확히 가른 뒤 꽃 핀으로 이쁘게 마무리 지어줬다. 젠장, 깻잎 머리마저 이쁘오. =__=
 울컥하는 마음에 친 장난이었기에 총각이 깨기 전에 머리를 다시 원상 복귀시켜 놓을 생각이었다. 아니, 무슨 일이 있어도 원상 복귀시켜 놓아야만 했다. 하지만 난 어리석게도 침대 앞에 쪼그리고 앉아 총각이 깨기만을 기다리며 꾸벅꾸벅 졸음과 싸우다 어느 틈엔가 스르륵 잠이 들어버렸다.

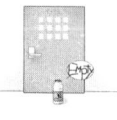

번쩍—

"하아, 하아, 망할 자식!!"

짬뽕 국물이 추하게 배어 있는 키티 이불을 머리 위로 빙빙 돌려대는 불량하게 생긴 녀석 하나가 반쯤 부서진 현미 반점 스쿠터를 타고 누나, 누나를 불러대며 꽃밭을 질주하는 악몽을 꿨다. 이럴 때를 두고 꿈자리가 뒤숭숭하다는 표현을 쓰는 건가 보다. 꿈자리가 뒤숭숭하다 못해 아주 싸납기까지 했어!!

눈을 꿈뻑거리며 주위를 둘러보자 열린 욕실 문틈에서 불을 끄지 않고 나와 버린 내 불찰로 누런 오스람 불빛이 새어 나와 껌껌한 방 안을 은은하게 밝혀주고 있었다. 좋게 말해 은은이지 지나치리만큼 야시시하고 끈적끈적한 분위기가 날 조금은 황당하게 만들었다. 이마에 송글송글 맺힌 식은땀을 닦아보려 소맷자락을 끄집어내리는 순간, 뒤늦게 지금 내 목이 몹시 답답함을 호소하고 있었다는 걸 깨달았다. 원인 분석을 위해 잠시 목을 비틀었다. 그리고 원인 분석이 끝난 뒤 몹시 경악했다. 옆으로 비틀었던 목을 제자리에 돌려놓고 담에 걸렸을 때보다 더 뻣뻣하게 굳어 멀뚱멀뚱 앞만 바라봤다. 하염없이. 하염없이.

콩닥콩닥—

침대 밑에서 불쌍하게 쪼그리고 앉아 꾸벅꾸벅 졸고 있던 난 총각의 기다란 팔에 목덜미를 휘감긴 채, 전날 밤 개목걸이에 묶여 있던 똥강아지처럼 비참하게 묶여 있는 상태였다.

콩닥콩닥―

죽을 정도로 숨이 막히진 않았지만 매우 아팠다.

콩닥콩닥―

내 목덜미를 끌어안고 자고 있는 총각의 축축하게 젖은 옷에서 평소 즐겨 쓰는 향수 냄새와는 조금 다른 냄새가 났다. 엄마가 빨래할 때 마지막 헹굼 물에 넣던 피죤 미모사향 같은데?

쿵쿵―

총각은 세탁비를 절감한답시고 정장까지 세탁기에 집어넣고 팽글팽글 돌려 물세탁을 하는 우리 마미같이 쪼잔한 짓을 하지 않는데, 참 희한하다. =__=

콩닥콩닥―

고약해. 고약해. 이놈의 몹쓸 술버릇. 몹쓸 잠버릇. 이대로 콩닥거리다가 내 심장 펑 터져 버리면 어떡하라고. 이렇게 나 두근거리게 해놓고선 내 심장 고장나 버리면 수술비 대줄 거여? 우리 엄마는 수술비를 벌어오라고 매정하게 딸내미를 길거리에 내쳐 동냥질을 시킬 악덕 뺑덕 어미란 말이야.

지잉―

―전쟁이 장기전으로 치닫고 있는 가운데 이라크 전쟁에 대한 반미 반전 시위가 점차 확산되고 있습니다. 전철웅 특파원. 중얼중얼… 쿵쿵!! 네!! 전철웅 특파원… 쿵쿵!!

내 심장이 뛰는 것같이 쿵쿵거리는 폭발음과 함께 보여지는 전쟁 상황 TV 화면과 전철웅 특파원의 목소리가 생생하게 귓구멍에 전달

건방진 그 남자, 술만 먹으면? 241

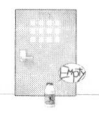

됐다. 새벽 5시만 되면 어김없이 자동으로 켜지는 TV. 밤샘 생활을 일삼던 소싯적에 설정해 둔 예약 시간이 오늘도 거르지 않고 착실히 제 임무를 수행했고, 안타깝게 볼륨은 최고에 달하고 있었다.

―쿵쿵!! 전 특파원 거기 상황이… 쿵쿵!! 여기는 매우… 쿵쿵!!

전철웅 특파원은 쿵쿵거리는 소리에 행여 자기 소리가 묻힐까 그러지 않아도 되는데도 불구하고 직업 정신을 살려 괴성을 지르다시피 목청껏 소리를 내질렀다. 마이크는 폼으로 달아놓은 건가 보다. =__=

"아씨."

화들짝―

내 목덜미를 휘감고 있던 팔이 스르륵 풀렸고, 뒤이어 들리는 짜증 순도 100%를 자랑하는 짤막한 한숨 소리. 갖은 욕지거리를 중얼대며 침대에서 몸을 일으킨 총각은 비틀대며 TV 앞까지 걸어가 발로 차다시피 해서 TV 전원 버튼을 누른다. 뒤돌아서 상당히 졸린 눈으로 침대 옆에 쪼그리고 앉아 있는 날 쳐다봐 줬다. 누런 오스람 불빛이 총각의 머리에 꽂혀 있는 큐빅 박힌 꽃 핀의 아름다움을 더해줬다.

"어억! 일단은 내 말을 들어봐. 최신 유행하는 머리라고 해서 나는 단지… 또 엿 먹이려고 그런 게 아니라… 울먹!"

풀썩―

"서지훈, 웃기고 자빠졌네. 아이씨, 요새 꿈은 지랄맞게 리얼리틱 하네."

"……."

정말 웃기고 자빠졌다는 거, 총각은 알고 있는 걸까? 그렇게 날 웃겨놓고 침대에 풀썩 쓰러지더니 곧바로 두 눈을 감는다. 아마 다시 잠을 자려는 행동으로 보인다. 총각은 졸린 눈을 반쯤 뜨고 과연 무엇을 본 것일까? 아무리 꿈이라지만 어두운 방 안에 쪼그리고 앉아 귀신같은 몰골로 자기를 쳐다보고 있던 내 존재를 인정하기 싫었나 보다. 왠지 마음이 상하는걸? 하지만 잡념도 잠시, 총각이 또다시 내 목덜미를 끌어안고 잠을 잘 것만 같은 불길한 예감이 들었다. 과다 콩닥으로 인한 심장 고장을 우려해 급히 자리를 뜨려고 몸을 일으키려는데 내 어깨를 짓누르는 거대한 힘에 못 박히듯 똑똑 다시 바닥으로 박혀 들어가야 했다.

"아씨, 꿈 아니었어!!"

"꿈이었으면 좋으련만."

꿈이 아니라는 노한 고함 소리에 목을 비틀어 뒤를 돌아봤을 때, 난 다시 잠을 청하려다 말고 두 눈을 부릅뜬 총각과 어색한 대면을 해야 했다.

"좋은 아침. =__= 씨.익."

"내 옷 왜 젖었어?"

그렇게 좌악 가라앉은 목소리로 말을 건네면 내가 몹시 쫄 거란 생각은 안 해봤을까?

"옷? 글쎄, 왜 젖었을까아?"

"내가 왜 니 침대에서 자고 있는 건데?"

그렇게 아무것도 모른다는 목소리로 말을 건네면 내가 몹시 당황

할 거란 생각은 안 해봤을까?

"어제 기억이 하나도 없는 거야?"

"니가 원하는 게 이런 거였어? 미처 몰랐네, 몰랐어."

젖어버린 옷을 기분 나쁘게 내려다보면서 말을 잇는 총각. 반쯤 감긴 니 눈이 너무 무서워.

"나는 원하는 게 없는데?"

"야한 짓 하고 돌아다닐 때부터 진작에 알아봤어야 됐는데… 이봐, 딱 걸렸어! 나 술 먹여서 취하게 해놓고 덮치려고 그랬지!! 똑바로 안 불어?!"

"술이 덜 깼나 봐."

술이 덜 깼다는 내 말에 인상을 확 구기며 날 노려보는가 싶더니 우리 집 이곳저곳을 휘휘 둘러보며 여기가 자기 집이 아니라는 사실을 아무렇지 않게 받아들이고 있었다. 보통 사람이라면 이럴 경우 아이쿠, 미안하오!! 내가 집을 잘못 찾아왔쏘!!라는 말과 함께 화들짝 놀라주며 침대에서 구르다시피 내려올 것이다. 그러나 정상인들이 보이는 반응을 이 총각한테서 기대하기란 백설공주가 막내 난쟁이랑 눈이 맞아서 야반도주할 가능성보다 희박했다.

"뭘 봐!! 니 애인 잘생긴 거 이제 알았냐?"

"아녀. 시계 보고 있었어. 오해야, 오해. 몇 시지?"

총각, 지나쳐. 얼굴에 대한 자신감이 너무 지나쳐.

"큭! 웃기고 있네. 시력이 좋으면 껌껌한 방에 있는 시계도 볼 수 있고 그런 거냐? 근데 난 왜 안 보이냐?"

"마음이 깨끗해야만 볼 수 있는 시계야."

"웃기지 마. 그럼 내 눈에 먼저 보였어야지!! 아씨, 니네 집 분위기 왜 이러냐!! 기분 나쁘게."

우득—!!

"남의 침대에서 멋대로 자놓고선… 궁시렁궁시렁. 미안하단 말도 없이… 궁시렁. 그럼 내 맘이 더럽단 소리야, 뭐야! 궁시렁."

"쫑알대지 좀 마!! 골 울려. 집 분위기 죽여준다, 죽여줘."

죽여주는 집 분위기를 관찰하기 위해 다시 한 번 집 안을 휘 둘러 보던 나는 오스람 불빛이 이다지도 끈적한 효과를 낼 수 있다는 사실에 새삼 감탄할 수밖에 없었다. 수습이 안 될 만큼 민망했다. =__=

"하하. 욕실 불은 끄고 방에 불 켜야 되겠네."

"냅둬. 불 켜지 마."

불을 켜기 위해 일어서려는데 총각이 순식간에 내 손목을 잡아채 다시 바닥으로 앉히는 바람에 중심을 잃고 엉덩방아를 찧어야만 했다.

"아야! 왜 이래? 아프잖아."

엉덩이 뼈를 매만지던 난 두 눈을 부라리며 매섭게 총각을 노려보려 했다. 하지만 상전이라도 되는 양 오만하게 날 내려다보는 총각의 시선에 동화되어 조신하게 총각을 우러러봐 줬다.

"우리 사귀긴 하는 거냐?"

날 내려다보며 심각하게 말을 내뱉는 총각. 나도 덩달아 심각해지고 싶은데… 그런데 난 총각의 결 좋은 갈색 머리칼에 꽂혀 있는 큐

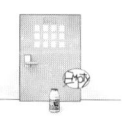

빅 핀이 언제 발각될지 모른다는 두려움에 몸을 사리며 바들바들 떨어야만 했다.

"사귀기로 했잖아."

"말로만?"

"말로만이라니?"

"니가 내 애인이라면 지금 나 안아주라."

침대에 걸터앉아 거만하게 고개를 뒤로 젖히더니 두 팔을 벌려 앵기라는 고갯짓을 해 보이는 총각.

"이게 지금 무슨 짓인데?"

"니가 날 좋아한다면 젖은 내 품에 안겨봐!!"

이 망할 총각. 내 이럴 줄 알았어. 항상 이런 식이지. 늘 이런 식이지. 이딴 말도 안 되는 수법으로 내 옷을 젖게 하려고?

"옷 말랐을 때 그대 품에 안길래요."

"지금은 내 옷이 젖어서 안기기 싫다? 하아, 석이 새끼가 젖은 옷 입고 안아달랬어도 이랬겠냐? 당장 안겼지? 난 석이 새끼보다 못한 놈이다, 그치? 어?"

몹쓸 것. 지능적으로 머리 나쁜 나를 곤란의 구렁텅이로 밀어넣어 버린다.

"여기서 석이 오빠는 또 왜 튀어나오는 건데!! 안길게!! 안긴다고!!"

덥석—

자리에서 벌떡 일어나 이제는 거만한 웃음을 지으며 날 올려다보는 총각을 내려다보았다. 침대 앞에 무릎을 세우고 앉아 총각의 품에 안겼다.

콩닥콩닥—

아아, 이 축축함. 좋은 냄새 난다. 좋은 냄새 난다. 좋은 냄새. 쿵쿵. 동이 트는 새벽녘, 총각의 옷에서 나는 좋은 냄새에 도취되어 옷이 젖어 들어가는 것도 잊은 채… 아직 정체가 밝혀지지 않은 묘령의 쭉쭉이도 잊은 채… 그렇게 한참 동안 총각 품에 안겨 생사를 구분 못하고 있었다. 그 순간 내 머리 속에 불쑥 떠오른 큐빅 핀!! 안긴 틈을 이용해 큐빅 핀을 빼버리기 위해 총각의 허리를 안고 있던 내 팔을 들어 슬금슬금 머리 위로 가져갔다. 머리칼을 만지작대며 핀을 빼버릴 기회를 찾고 있는데, 돌연 안고 있던 내 몸뚱어리를 떼어내더니 삐딱하게 고개를 기울인 채 나에게 말을 건넸다.

"키스하려고?"

"이런, 실례했어요. 오해야, 오해. 하하. 참 말을 해도 그렇지… 오해야. 허허."

슬슬 뒷걸음질치며 두 손을 휘휘 내젓는 내 모습을 어이없다는 듯 바라보던 총각이 자리에서 일어난다. 내 이마를 짚어보고 열이 있나 없나를 확인한 뒤 고개를 까닥이며 그 길로 욕실로 걸어 들어가 버렸다. 그리고 사건은 총각이 욕실로 들어가고 난 뒤, 그러니까 정확히 3초 뒤에 일어났다.

"으악!! 아, 씨발!! 박지민!! 장난해!! 너 죽고 싶지!!"

그날 늦은 오후, 베란다 창에 쪼그리고 앉아 부슬부슬 내리는 봄비

를 바라보며 울먹이고 있는 나. 소박맞은 아낙의 심정이 이랬을 거야. 나 박지민, 승질 드러운 애인 머리를 깻잎 머리 만들어 꽃핀 꽂았다는 이유로 소박맞았다. 비싸게 주고 산 큐빅 핀을 바닥에 내동댕이친 뒤 역정을 내며 집으로 돌아가 버린 총각이랑 지금까지 연락이 두절된 상태다. 울먹거리며 베란다 창에 서린 김에 서지훈 바보를 시작으로 개망나니, 어리석은 총각을 거쳐 잡다한 욕지거리를 뿌득뿌득 써 내려가고 있는데 벨소리가 세차게 울려 퍼졌다.

띠— 띠— 띠— 띠—

기본 예절을 무시하고 몰상식하게 눌러대는 초인종 세레모니에 총각일지도 모른다는 생각이 들었다. 눈물을 훔치고 후닥닥 현관으로 뛰어가 주저없이 힘차게 문을 열었다.

덜컥—

쿵—!!

그리고 바로 닫아버렸다. 뒤이어 현관문을 발로 차며 들리는 엄청난 괴성.

"웃기네, 웃기네. 냉큼 문 열고 우리 형 내놔!! -0-"

"정훈아, 절루 가. 오늘 너랑 장난할 기분이 아니야."

"내가 일본 갔다 오면서 과자 사 왔는데!! 맛난 과자 사 왔는데!!"

덜컥—

"무슨 과자?"

"양갱이."

"잠시 들어와. 어때, 시차는 적응이 돼?"

용돈이 끊기고 배가 고픈 나머지 양갱이 하나에 눈이 멀어 아부가 너무 심했나 보다. 뒤늦게 내 실수를 인정하고 때늦은 수습을 하기 위해 삐질삐질 땀을 흘리고 있는데, 이 녀석은 내 아부를 진심으로 받아들였나 보다.

"시차 적응이 안 돼. >_< 아!! 미치게 피곤해, 피곤해!!"

뭐든지 지나치면 주변 사람에게 불쾌감을 줄 수 있다더니 이놈은 조금 지나치게 무식했다. 그래서 지금 내가 몹시 불쾌하다. 옆 동네인 일본과 한국에 시차 따위는 없었다. 그보다 현관에 서 있는 이놈, 며칠 일본에 다녀오더니 안 그래도 일본 애같이 생긴 놈이 이제는 빠숀까지 더해서 온전한 일본 애가 돼서 돌아와 버렸다. 자기 주장이 강한 일본 아이들의 빠숀을 나름대로 이쁘게 소화한 동생 놈에게 장하다, 이 녀석아!라는 말과 함께 어깨를 토닥토닥 두드려 주고 싶었다. =__=

"그 갈색 선글라스랑 모자 멋지다, 야."

"그치? 죽이지, 죽이지? 너 보기보다 센스있다? 한 번 써볼래?"

젠장. 예의 상이란 말이 통하지 않는 애였단 걸 잠시 잊고 있었다.

"아니, 됐어."

한사코 싫다며 손을 내저어봤지만 결국 내 눈엔 정훈이가 억지로 씌운 갈색 선글라스가 오묘한 빛을 내뿜으며 세상을 구리게 비추고 있었다. 썩을 것, 그래 놓고 좋단다. =__=

"나 집에서 쫓겨나서 집에 못 들어가. 공항에서 내리자마자 형한테 달려온 건데 형이 실종됐어!! 과자 다 줄 테니까 대신 넌 내 몸뚱

어리를 다 가져!!"

"과자는 고맙게 받을게. 하지만 몸뚱어리는 사양할래. 그보다 형이 오면 널 죽이려들 텐데… 궁시렁."

"뭐? 어떤 새끼가 날 죽인다고?! 어떤 새끼야!!"

"니가 사랑하는 그런 새끼 한 명 있어. 아니야, 아니야. 죽긴 니가 왜 죽어? 가방 빵빵하네? 들어와. 가방 안에 과자 들어 있는 거야?"

째깍째깍—

"사랑해~ 사랑해~ 사랑해~ 중간에 끊지 마세요."

"이 엄청난 자식아!! 20번 들어도 하나도 안 닮았어!! 내가 왜 그 되지도 않는 성시경 성대모사를 듣고 앉아 있어야 돼!! 과자나 내놔!!"

준다던 양갱이를 주지 않고 있는 동생 놈에게 처음의 그 가식적인 미소를 과감하게 집어던진 지 이미 오래였다.

"웃기네, 웃기네!! 내가 일본 갔을 때 나한테 넘어온 그 기집애들은 다 똑같다고 미친 듯이 발광을 해대더란 말이야!!"

"이 바보야!! 일본 애들이 성시경을 어떻게 알아!!"

"참!! 그 망할 기집애들 나한테 사기쳤어!! -0- 끈적대는 눈빛으로 카와이, 카와이 할 때부터 알아봤어!!"

"너 절루 가, 제발. 여기 지훈이 오빠 없어!! 내가 왜 니네 형을 우리 집에 숨겨?!"

"웃겨, 웃겨."

내 인내심의 한계는 여기까지였나 보다. 성시경 성대모사를 4번째 듣고 있을 때까진 적어도 나, 양갱이에 대한 부픔 꿈을 안고 웃고 있었다. 하지만 이건 아니다. 손에 들고 있던 정훈이 놈의 선글라스를 바닥에 확 내동댕이쳐 버렸고, 선글라스는 동생 놈이 보는 앞에서 산산조각나 버렸다. 내 불편한 심기를 드러내 보인다는 것이 좀 지나쳤나 보다. 동생 놈이 불쾌한 표정을 짓기 시작한다.

"웃기네, 웃기네. -O- 미쳤어, 이 기집애야!! 그거 형 새끼 전 재산 털어서 큰맘먹고 일본에서 산 선글라스란 말이야!!"

"미안해. 손에서 미끄러졌나 봐."

"아씨!! 웃겨, 웃겨!! 넌 손모가지에 식용유를 들이부었냐!! 왜 가만히 있다 미끄러져, 이 기집애야!!"

띠이— 띠이— 띠이—

뭐니, 저 쫙 늘어진 테이프 같은 벨소리는? 바닥에 엎어져 통곡을 하며 덜덜 떨리는 손으로 조각난 선글라스 조각을 맞추고 있는 동생 놈을 뒤로하고 쿵쾅거리며 현관으로 뛰어가 벌컥 문을 열어젖혔다.

덜컥—

"그 새끼 왔어?"

내가 문을 열자 내 몸뚱어리에서 뒤로 두어 발자국을 떼더니 입고 있던 소맷자락을 끄집어내 입을 틀어막아 버리는 총각. 한 손에 책이라는 어울리지 않는 물건을 들고 삐딱하게 서서 왔어란 말을 중얼거린다. 어쨌든 12시간 만에 모습을 드러낸 총각이었기에 지금 이 순간 총각이 만 원짜리만큼 반가웠다.

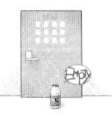

"누가 와? 그보다 어디 갔다 왔는데?"

"왜? 보고 싶어 미치겠든? 학교."

그랬구나. 참, 총각 학교 다녔었지? 행실이 그러하지 못해서 그 길로 학교에 갔을 거란 생각은 미처 하지 못했었다. 그저 난 소박맞은 줄로만 믿어 의심치 않고 있었는데 다행이다. 근데 몹시 거슬려. 그렇게 입을 틀어막고 말을 하면 내가 무슨 더러운 기생충이라도 된 것만 같잖아.

"혹시 정훈이 새끼 니네 집에 안 왔든?"

"정훈이?"

총각의 말에 형 지갑 털어서 선글라스를 구입한 철없는 동생 놈의 명복을 잠시 빌어준 뒤 얼씨구나 뱅글 돌아 실종된 형이 왔으니 집에 가거라!!라는 소리를 내지르려 했다. 그런데 동생 놈은 선글라스 조각과 함께 흔적도 없이 어디론가 횡 하니 사라져 버리고 난 뒤였다.

"안 왔어? 집에서 쫓겨난 놈이라 분명 여기로 올 거니까 혹시 니네 집 문 열어달라면 열어주지 마!!"

양갱이 준단 말에 벌써 문을 열어줘 버렸는걸. 난 한가족이 해체되는 꼴을 보고 싶지 않았기에 베란다에 쪼그리고 앉아 하늘을 우러러 보고 있는 동생 놈의 실루엣을 못 본 척 외면해 주었다. 그렇게 난 현관에 서서 입을 틀어막고 내게 가까이 다가서려는 걸 거부하고 있는 총각을 멍하니 바라봐야 했다. 내가 한 발짝 다가가면 두 발짝 멀어지고, 내가 두 발짝 다가가면 네 발짝 멀어지고… 총각, 지금 나 너한테 거부당하고 있는 거니? =__=

"왜 그러는 건데? 기분 나쁘게 입은 왜 막고 있는 건데?"

"오늘 일본어 수업 없어. 며칠 동안 우리 집에 찾아오지도 말고 니네 집에 들어오라고 유혹하지도 마!! 확 죽여 버린다!!"

"무슨 유혹을 해, 내가! A컵 주제에… 궁시렁궁시렁."

"시끄러. 오지 말라면 오지 말고 며칠 만나지 말자면 만나지 말자!! 어?"

여전히 입을 틀어막은 채 신경질을 내고 있었다.

"사람이 왜 맨날 시시각각 변하고 그러는 건데? 아침에 그랬잖아. 나도 묻고 싶다. 우리 사귀긴 하는 거야?"

사귀긴 하는 거냐 내 말에 막고 있던 손을 스르륵 내려놓더니 인상을 구기며 날 노려보다 화들짝 놀라더니 다시 입을 틀어막은 채 신경질을 내기 시작한다.

"아씨, 미치겠네!!"

들고 있던 책을 바닥에 내팽개쳐 버리더니 자기 집으로 들어가 버리는 총각이었다.

탁탁—

현관 앞에 나뒹굴고 있는 책을 집어 들어 먼지를 탁탁 털어 총각한테 가져다 주려고 했지만 며칠 만나지 말자는 말에 화가 나서 고개를 돌려 문을 닫고 집으로 들어와 버렸다. 표지부터 범상치 않더니 책을 펼쳐 보니 전부 영어다. 신경질이 나서 턱 책을 덮어버리고는 침대 위로 던져 버렸다. 베란다를 쳐다보자 바들바들 떨고 있는 실루엣. 부슬부슬 비도 내리는데 고런 데 숨어 있으려면 춥기도 하겠지.

"서정훈, 너 다 보였어. 어설프게 숨어 있지 말고 빨리 나와."

드르륵—

내 말이 채 끝나기도 전에 베란다 창이 열리고, 잔뜩 움추린 채 선글라스 조각을 손에 움켜쥔 동생 놈이 사지를 바들바들 떨어대며 기어나왔다. 날 찌릿 노려보더니 손에 쥐고 있던 선글라스 조각을 휴지통에 버리고 길길이 날뛰며 내 주위를 뱅글뱅글 돈다. 그리고 내 머리 끄댕이를 쭉쭉 잡아당긴다.

"머리 잡아당기지 말아줄래? 미안해. 정말 미안해. 그러니깐 니네 형한테 가주라."

"이게 미안하단 말로 끝날 일이야!! -0- 어쩔 거여. 어쩔 거여!!"

"제발 가달라고!! 왜 이러는 건데!!"

내가 버럭 소리를 지르자 그제야 내 머리 끄댕이에서 손을 내려놓고 궁시렁대며 주섬주섬 짐을 챙기는 척하면서 내 눈치를 슬슬 본다.

"웃기네, 웃기네. 갈 데도 없는 놈을 내치겠단 거야, 뭐야? 궁시렁."

저 화상. =_=

"너 고개 돌려. 고개 돌려."

"근데 이 기집애가 어따 대고 면상 돌리라, 마라야!! -0-"

"니 얼굴 보면 니네 형 생각 나서 울고 싶단 말이야!! 너한테 화내고 싶단 말이야!!"

"왜 재수없게 내 얼굴을 형 새끼 얼굴이랑 비교해!! 내가 훨 잘났어! 훨 잘났다고!"

"며칠 동안 만나지 말자는데 어떡하냐? 니네 형은 믿어달라 하고선 자꾸만 나 불안하게 하는데 어떡하냐? 자꾸만 니가 서지훈처럼 보여서 안고 싶은데 어떡해! 그러니까 절루 가."

"너는 니가 좋아하는 사람이랑 얼굴만 닮으면 조건없이 닮은 그 사람이랑 사귈 수 있어?"

고개를 푹 숙이고 침대에 걸터앉아 총각이 내팽개치고 간 영어 서적을 펼쳤다 덮었다만 수십 번 했다. 베란다 창에 기대 쪼그리고 앉아 있던 정훈이가 나에게 건넨 그 한마디는 녀석을 만나고 처음 들어보는 정상적인 인간들이 즐겨쓰던 사람다운 말투였다.

"누가 사귄댔어!! 오버야, 오버! 너 절루 가!!"

"아이고!! 형 새끼가 여편네 간수를 어떻게 했길래 바람피운다는 소리가 저 주둥이에서 나오는 거야!! 꺄르르~ >_<"

그 사람다운 말투는 1분을 채 넘기지 못했다.

"나는 큰 거 안 바래. 양갱이 사 왔단 거짓말로 날 홀린 니가 너무 저주스러워. 홀연히 사라져 주라."

"웃겨, 웃겨. 꺄르르~ >_<"

웃기네, 웃기네는 기분이 상하긴 했지만 꺼림칙하진 않았다. 하지만 저 깐죽대는 웃겨, 웃겨란 말은 너무도 꺼림칙하게 내 마음의 문을 두드렸다.

"너 더 일부러 니네 형 같은 표정으로 나 쳐다보는 거지!! 씹어먹어 버릴 거야."

"가난한 것. 배가 많이 고팠구나. 옛다, 주워 먹어라."

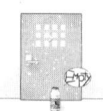

턱—

가방에서 부시럭거리며 뭔가를 끄집어내 길거리에서 구걸하는 거지 쳐다보듯 날 바라본다. 그러더니 꼭 개에게 먹이 던져 주는 폼으로 내 발 밑에 과자 하나를 던져 줬다. 주워 먹으라는 말과 함께. =__= 몹시 갈등하는 내 모습에 저 망할 놈이 입꼬리를 살짝 비틀어 올린다. 내가 TV에서 봤던 거지와 같은 행동으로 땅에 떨어진 과자를 주워 먹기를 바라는 간절함을 넘어선 애절함이 동생 놈의 얼굴에 배어 나왔을 때 그때의 그 우울함이란.

"너 지금 나를 거지 취급하는 거야?"
"어."

우물우물—
"쫀득쫀득 달기도 달지. 우물~ 가방에 더 있어?"
"웃겨, 웃겨. 옛다, 또 주워 먹어라."
턱—

복부에 거지가 있거나 심하게 배가 고프면 사람이 한없이 비굴해진다. 꼭 누가 그런 거라고 가르침을 준 건 아니지만 내 지난 십수 년의 세월을 되돌아봤을 때, 난 늘 돈과 먹을 것 앞에서 지나치게 비굴해져 왔었다. 주워 먹으란 말이 날 몹시 비굴하게 만들었지만, 난 내 발 밑에 떨어진 과자와 양갱이를 주워 먹었다. 용돈이 끊기고 집에 음식이 다 떨어진 절박한 심정에서 그깟 알량한 존심 나부랭이가 밥 먹여준다든? 엄마 말 틀린 거 하나도 없었다. 지금의 불우한 내 처지에서 발 밑에 먹을 게 나뒹굴고 있는데도 불구하고 허리를 굽히지 않는다는 건 사치에 불과한 짓이었다. =__=

"우물우물~ 정훈아, 아까 성시경 성대모사. 몹시 또, 똑같던데?"

이런 내키지 않는 말을 내뱉기까지 굉장한 용기가 필요했단 걸 시몬아, 너는 아느냐? 무엇보다 동생 놈아, 너는 아느냐?

"똑같지, 똑같지!! 한 번 더 해줄까? 어? 한 번 더 해볼까? 흠흠, 사랑해~ 사랑해~ 사랑해~ 중간에 끊지 마세요. >_<"

미처 말릴 틈도 없었다. 난 니가 더 싫어지려고 그런다. 어떡하니?

"뭐 하는 짓인데? 내가 벽 보고 앉아 있으랬잖아."

언젠가는 예의상 끄집어낸 말도 알아들을 날이 올 거라 믿어. 어쩌면 스스로 현명해지기를 거부하는 놈일지도 몰라. 이놈에게도 실낱같은 희망은 있어.

"웃기네, 웃기네. 돌고래 새끼랑 대화를 나누면서 태평양 바다 건너 과자 더미 머리에 이고 헤엄쳐 와서 먹여줬더니 발칙한 게 은혜도 모르고, 뭐? 벽 보고 자빠져 있으라고?"

내가 언제 벽 보고 자빠져 있으라던, 이 망할 놈아. 실낱같은 희망을 기대하기조차 싫어졌다.

"부럽다, 머리에 과자도 이고 오고. 넌 전생에 논두렁에 새참 나르는 아낙이었나 보다? 부럽다, 그 머나먼 태평양에서 돌고래랑 두 손 잡고 헤엄도 치고. 니네 할아버지는 조오련이었나 보다? 니 얘길 듣고 있으면 안 그래도 굳은 내 머리가 돌덩이가 되어버릴 것 같아 두려워. 훠이, 훠이, 부정 타. 제발 사라져 주라."

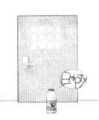

"사실 나 형 지갑 털었어. 돌아가면 나 죽는데도?"

"그럼 살길 바랬어? 고단한 세상사 연은 끊고 싶은데 농약 살 돈이 없어서 공짜로 골로 갈라고 형 지갑 뒤진 거 아니었어?"

벽을 보고 자빠져 있는 동생 놈과 티격태격하기를 30분. 어느새 난 지쳐 가고 있었다. 난 오늘부터 이놈을 가리켜 무뇌아라고 칭하겠다. 뇌가 없는 아이. 뇌가 없어. 뇌가 분명 실종된 거야.

티격태격 경과 시간 31분 2초.

"그걸 니가 어떻게 아는 건데?"

"너는 뭐 원시 시대 야만인이냐? 국제 감각 떨어지게시리. 텔레폰은 어디 폼이라고 생겼냐?"

"그럴 경우엔 야만인보다 문명인이란 표현이 적절하지 않았을까?"

"웃겨, 웃겨. 무식한 게 누굴 가르치려고 들어? 내 고귀한 인생에서 널 만난 건 불행이었어. 매번 꼬이기만 해. 너 진짜 재수없어. 진짜 토할 만큼 재수없어 죽겠다."

"어, 그래. 재수없어서 미안해."

싸가지에 밥도 말아먹고 재수로 도배도 하는 이 갈 데까지 간 세상에서 이깟 재수 하나 없지 못할 건 또 뭐람. 벽을 보고 앉아 있는 무뇌아의 등에 침을 튀기며 제발 좀 사라져 달라고 소리치다 목이 메어 버렸다. 지렁이 넘실대며 기어다닌 흔적, 그 이상도 이하로도 보이지 않는 영어 서적 책장만 하릴없이 한 장 한 장 넘기며 궁시렁대고 있는데 동생 놈이 갑자기 몸을 비틀어 입술을 반쯤 깨물고 날 노려봤다. 이제는 내가 외치고 싶다. 웃기네, 웃기네! 에라, 이 자식아! 하나도 안 어울린다!! 부담스런 동생 놈의 시선을 곱게 씹어준 뒤 다시 눈에 들어오지 않는 영어 서적에 고개를 처박고 혹시나 총각이 남겼을지 모를 필기 흔적을 더듬었다.

48Page.

엿 같네. 엿 같네. 병신 새끼. 서지훈, 병신 새끼. 망할 영감. 언제까지 지껄이나 보자.

총각이 수업 중 무료함을 견디지 못하고 책의 여백에 남긴 듯한 낙서 흔적을 찾은 난 총각의 변치 않은 버릇없음에 그저 허공을 보며 너털웃음을 지어 보일 뿐이었다. 썩 유쾌하지만은 않았다. 하라는 공부는 안 하고 책에 교수님 욕질이나 써놓고, 잘나디잘난 자기가 병신이랜다. 그보다 총각이 남긴 낙서 하나에 며칠 만나지 말자는 소리도 잊고 마냥 좋아 베실베실 웃고 있는 난 뭐니?

"뭐가 불안한 건데? 뭐가 불안해서 날 형이랑 착각해서 안고 싶을 만큼 힘든 건데?"

화들짝—

책에서 시선을 떼고 고개를 들어 올리자 사람다운 말투로 내게 말을 건네는 동생 놈. 그런 사람 같은 말투와 사람 같은 표정으로 내게 말을 건네는 넌 누구니? =___=

"그 목소리 안 어울려. 지나치게 진지해."

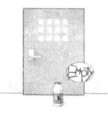

"얼굴이 닮았다고 다 똑같냐? 키스하는 법도 다르고, 사랑하는 방식도 다르고, 목소리도 다른데 이깟 닮은 얼굴 하나에 흔들린다면 너 우리 형 애인 할 자격 없다."

그래, 아무리 미워도 피를 나눈 형제다 그거네.

"그래, 자격없어서 미안하다. 바보야, 니네 형 너무 잘나서 나 같은 애는 들어갈 틈이 없더라. 지금도 분명 나 피했어. 나 몰래 다른 여자도 만났어. 근데도 그냥 믿어달래. 내 말은 안 믿으면서 자기 말은 믿어달래."

뚝뚝―

내 무릎에 펼쳐져 있던 책에 내 눈물 자국이 번져 갔다. 이 심각한 상황에서도 총각 책에 눈물 자국을 남겼다는 사실에 화들짝 놀라 싸해진 가슴을 쓸어 내리며 눈물 자국을 박박 닦아대는 내 모습. 그 결과 서지훈이라는 글씨가 내 눈물에 까맣게 번져 사라져 버렸다.

"믿는 게 그렇게 어려운 일이냐? 아씨, 몸 팔아서 반지 찾아준 보람 없게시리. 믿음이 없으면 깨진 거나 다름없어. 으하하! 깨져, 깨져!"

"깨진다는 말이 어쩌면 그렇게 쉽게 나오냐!! 이 무, 무뇌……."

초롱초롱 반짝이는 두 눈으로 내 뒷말을 기다리는 녀석에게 차마 뇌가 없다는 충격적인 말로 상처를 주고 싶지는 않았다.

"그보다 너 이 반지 하수구에 떨어졌었는데 어디서 찾았어!! 그리고 너 정희랑 아는 사이였어?!"

"휴, 이놈의 인기는 왜 식을 줄을 모르지?"

내 말을 회피하며 몹시 비위 상하는 한마디를 남기고 부산하게 혼자 주섬주섬 짐을 챙기며 실없는 헛소리를 해댄다.

"에휴, 우리 정만이 형아가 좋아하는 장난감 작두도 챙겼고, 정욱이 형아는 알콜 중독자라 술병 모형, 진영이 형아, 상아 형아, 덕민 형아, 아빠, 새누나, 마지막 우리 형 새끼가 가장 좋아하는 야한 여자 속옷. 아차차! 어차피 니가 입게 될 거 미리 입고 내 앞에서 요염하게 흔들어볼래?"

정만이 형은 분명 장난감 작두라고 그랬던 것 같았다. 잔인하게 생긴 정만이는 잔인한 장난감을 좋아하나 보다. 장난감 작두로 작두 타는 모습을 보고 싶긴 했지만 동생 놈의 입에서 요염하게 흔들어볼래 라는 말이 나와 기분이 상했다.

"꺼져 줄래?"

"그러자. 마지막으로 니네 집 죽여줬어. 두 번 다시 이런 집 같지 않은 집, 보기 힘들 거고 보고 싶지도 않아. 그리고 니가 나 꼬셨다고 형한테 꼰질러야지. 띨빵아, 사랑해."

"니 몹쓸 혓바닥은 사랑해란 말이 아주 붙었구나. 그래서 내가 아주 짜증이 나는걸?"

"사랑해, 사랑해. 너무 많이 사랑해서 미안해."

지금 널 보고 있자니 꼭 일본 놈이 한국 말로 사랑한다고 지껄이는 것 같아서 기분이 묘하다. 냉큼 사라지렴.

"너 언제 봤다고 맨날 사랑하니, 마니 그러는데!! 가, 제발!!"

"이런 정박아, 어쩜 그렇게 머리가 나쁘냐!! 넌 이 시대가 낳은 우

울한 미스테리우스야!!"

쾅—

"궁시렁. 정박아랬어. 정박아랬어. 궁시렁."

미스테리도 아닌, 테리우스도 아닌, 미스테리와 테리우스를 믹스시킨 미스테리우스란 신종 단어를 내뱉고 돌아갔다. 이제야 알아버렸다. 저놈은 인간이 아니야. 정신 박약아의 준말인 정박아. 뇌가 없는 아이한테서 정박아라는 소리를 들어버렸다. 정말 세상 살기 싫어지는 우울한 순간이었다. =__=

우당탕—!!

와장창—!!

"서정훈, 개자식! 거기 안 서!! 실성한 새끼!! 내 지갑에 손을 대!!"

퍽—!!

"이 빌어먹을 형 새끼!! 감히 내 대가리에 맥주 깡통을 던졌어!!"

1분 뒤.

301호에서 온갖 잡동사니가 깨지는 소리와 총각의 노한 음성, 그리고 갖은 비명을 내지르며 내달리는 뇌 없는 아이의 발소리가 쿵쿵대며 내 귓가를 자극했다.

덜컥—

끝없는 호기심을 참지 못하고 집 안의 동태를 살펴보려 살포시 현관문을 열고 맨발로 걸어나와 301호 문에 귀를 딱 들이대고 도청을 시도했다. =__=

퍽퍽—!!

쿠당—!!

"하아! 아씨!! 골 울려!! 좋은 말 할 때 돈 내놔라, 어?"

"미쳤어?! 그 칼 내려놓고 진정해. 나 죽이려고!!"

"죽여 버릴 거야. 하아, 하아, 머리 깨지겠네!!"

난 총각이 칼자루를 쥐고 있다는 무뇌아의 증언에 화들짝 놀라 301호 문에 대고 있던 두 귀를 떼어 두어 발자국 뒷걸음질쳤다.

"형 지금 제정신이 아니야!! 아이고, 형 새끼 이렇게 쫌쓰러웠어?! 그깟 돈 몇 푼 때문에?!"

"이런 개 새끼, 소 새끼, 돼지 새끼!! 하, 뭐? 넌 그깟 돈 몇 푼 없어서 엄마 만나러 간다고 내 돈을 들고 튀었냐?

"나 아빠한테 용돈 끊겼단 말이야!!"

"그러냐? 어? 나도 용돈 끊겼다, 이 개자식아!! 카드도 다 정지됐더라, 새꺄!!"

"그럼 우리 이제 피죽 먹고 사는 거야? 양갱이라도 주까?"

우당탕—!!

콰지직—!!

"절루 안 꺼져? 혼자 다 처먹어!! 하아, 저 새끼를 그냥!!"

"꺄아아아아!! >_< 형 새끼가 사람 잡는다!! 소 때려잡듯… 아악!!"

벌컥—!!

퍽—!!

"으아악!! 아야!!"

신발을 양손에 든 채 갑자기 문을 열고 튀어나온 무뇌아 덕에 내

몸뚱어리는 사정없이 바닥으로 곤두박질쳐 버렸다. 머리를 감싸 쥐고 고개를 들었을 때, 난 과도를 들고 황당한 표정으로 날 쳐다보는 총각과 두 눈을 마주쳐야만 했다. 다행히 사시미 칼이나 부엌 칼은 아니었다. 하지만 아무리 그렇다 해도 시퍼런 날이 번뜩이는 진짜 칼이었다. 내가 바닥에 주저앉은 채 슬금슬금 뒷걸음질치자 그제야 자기 왼손에 들린 과도를 쓱 내려다보더니 집 안으로 슬쩍 던져 버린다. 그러고선 아무 일 없단 듯 소맷자락을 끄집어내 입을 틀어막는 몹쓸 총각.

"저 망할 형 새끼!! 눈 뒤집히면 맨날 칼로 겁주고 지랄이야!! 미워!"

후다닥—

뇌가 없는 아이는 양손에 신발을 움켜쥐고 맨발로 어둠 속으로 후다닥 사라져 버렸다. 그와 동시에 입을 틀어막고 벽에 기대 거친 숨을 내쉬던 총각도 벽을 타고 주루룩 바닥으로 주저앉아 버렸다.

"하! 씨, 쪽팔리잖아. 빨리 니네 집에 들어가!!"

● 제8장
독감에 걸린 빈털터리들

## 제8장
## 독감에 걸린 빈털터리들

뭐가 쪽팔리다는 말일까? 무일푼이라는, 쉽게 말해 수중에 땡전 한 푼도 남아 있지 않다는 암울한 현실을 내가 알아버렸다는 그 사실이 쪽팔린 걸까? 아님, 제 몸 하나 제대로 가누지 못하는 약한 모습을 내게 들켜 버렸다는 사실이 쪽팔린 걸까? 난 나한테 버스비를 꿔달라고 했을 때 이미 눈치 챘는데… 난 전에도 아파서 휘청대던 총각을 봤는데… 참 새삼스럽다. 말도 안 되는 지난 기억들을 끄집어내 망상의 늪에 빠져 허우적대고 있던 난 어느 순간 입술을 꽉 깨물고 짜증스럽게 고통을 참아내고 있는 총각의 악에 받친 얼굴과 정면으로 대면해야만 했다. 총각의 악에 받친 저 얼굴이 지금 상황이 장난이 아니란 걸 여실히 깨닫게 해주었다.

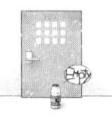

"얼굴에 열있나 봐. 많이 아파?"

"그래, 아프다, 왜!! 미치게 아프다, 왜!! 니네 집엔 신발 없냐? 추잡하게 맨발로 나와서 뭐 하는 짓인데!!"

화들짝—

사람이 좀 추잡하면 어때? 동생 놈 비명 소리가 너무 처절하길래 인간 하나 죽어나가는 현장을 구경하고픈 맘이 앞서 신발도 못 신고 한걸음에 달려나온 거다. 애석하게도 아프면 신경이 몹시 예민해지는 총각이었다. 처음 이 원룸으로 이사 와서 아픈 총각을 집까지 모셔줬던 날. 내 첫키스를 뺏은 그날도 총각은 아프다는 이유로 신경질과 짜증이 최고조였음을 소심한 나는 아직도 생생히 기억한다. 총각은 문 앞에 주저앉은 채 입을 틀어막고 날 삐딱하게 올려다보며 집에 들어가라는 짜증 섞인 힘없는 목소리로 날 자꾸만 저만치 밀어냈다. 바보야, 울면 안 돼. 울면 안 돼. 우는 아이한테는 산타 아빠가 선물을 안 주신대.

눈앞이 뿌옇다. 에휴, 올해 크리스마스에도 산타 아빠한테 선물을 받긴 글렀나 보다. 자꾸만 눈에서 눈물 방울이 대롱대롱 맺혀간다.

"울먹! 식은땀도 많이 나고 일어서지도 못하네. 어디가 아픈 건데?"

"아, 진짜. 이 여자 또 울기만 해봐. 그 눈물 방울 떨어지면 그 즉시 내 입에서 욕 나온다!!"

좌악 가라앉은 목소리에 화들짝 놀라 후닥닥 소맷자락으로 눈물을 쓱쓱 닦아냈다. 잠시 망설이다가 총각을 부축해 주기 위해 용기 내어

손을 뻗었는데… 그랬는데… 뻗은 내 손을 신경질적으로 툭 쳐내버린다. 거칠게 내쳐진 손을 내려다보면서 울먹거리고 있는데 총각은 이런 날 현관에 남겨두고 혼자 비틀대며 집 안으로 걸음을 옮겼다. 내 손은 행여 놓칠까 내게 등을 보이고 돌아서는 총각의 손을 꼬옥 붙들었다.

꽉—

"야, 이 손 놔. 나 지금 눈에 뵈는 게 없거든? 골 아파 미치겠으니까 니네 집에 가라고!! 한 며칠 병신처럼 앓고 나면 낫겠지!!"

"씨, 이렇게 나 거부하며 자꾸만 가라고 떠밀면 화를 내야 되는데… 바보같이 화내는 법도 까먹고 지민이는 그래도 좋대."

"아씨, 수도꼭지 안 비틀어? 니 눈은 언제쯤 단수되는 건데!! 제발 그 물 좀 뚝 끊을 수 없냐!!"

"맨날 화만 내고, 맨날 자기 멋대로고, 나 좋아한다는 말도 제대로 안 해줬는데, 지민이는 그래도 좋대. 나 이렇게 좋아하게 만들어놨으면 끝까지 책임지란 말이야."

탁—

총각은 내가 잡고 있던 손을 거칠게 뿌리치고는 현관문을 닫지도 않은 채 집 안으로 비틀거리며 걸어가더니 바닥에 널브러져 있던 과도를 집어 들었다. 그리고 문 앞에서 훌쩍거리며 서 있는 날 반쯤 감긴 눈으로 쳐다보다가 다시 인상을 구기며 한숨을 내쉰다.

"왜 생긴 대로 노는 건데!! 너 눈물 너무 많아서 짜증나! 아씨, 나 우는 여자 앞에서는 약하단 거 알고 일부러 이러는 거지!!"

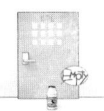

"흑! 믿으면 되잖아. 딴 여자 만나도 두 눈 꼭 감고 허벅지 찌르면서 의심없이 믿고, 며칠 만나지 말자고 해도 눈물 꼭 참고 조신하게 기다리면서 믿고, 혹시 만약 그 칼로 사람 푹 찔러서 다른 사람이 다 등 돌려도, 그래도 나는 믿을게. 믿고 또 믿고 믿어줄게. 그러니까 자꾸 나 피하지 마. 흑!"

내가 끅끅대며 말을 이어가는 동안에도 힘겹게 숨을 내쉬면서 내 끝없는 믿음타령을 듣고 있던 총각이 침대에 벌러덩 드러누워 버리더니 낮게 중얼거렸다.

"나 죽을지도 몰라. 전염이랜다. 가까이 오지 마."

망할 총각이 이제는 죽는다는 거짓말도 눈 하나 깜빡 안 하고 내뱉는다. 하지만 단순히 거짓말이라 생각해 버리기엔 총각의 말이 지나치게 심각했다.

"끅! 그, 그짓말. 무, 무슨 병인데?"

"인플루엔자."

"인, 인푸레자? 그거 죽는 병이야?"

나같이 무식한 애는 어서 듣도 보도 못한 낯선 희귀병이었다. 그러나 인플루엔자라는 이름에서부터 나쁜 기운이 마구 뿜어져 나오는 걸로 봐서 심상치 않은 병이란 건 확실한 것 같았다. 난 깊게 생각할 겨를도 없이 추잡하게 맨발로 후닥닥 집안으로 튀어 들어가 침대에 벌러덩 누워 과도를 이리저리 매만지는 총각의 허리를 덥석 껴안아 버렸다. 내가 집 안으로 거세게 쳐들어와 허리를 껴안아 버리자 화들짝 놀라며 날 떨궈내기 위해 무던히 애를 쓰는 총각. 그러나 난 고목

나무에 매미가 앵긴 폼으로 철썩 들러붙어 절대 떨어지지 않았다. 죽을지도 모른대. 죽을지도 모른대. 근데 왜 죽는다는 말을 그렇게 아무렇지 않게 내뱉는 거야, 이 냉혈 인간아!!

"이 기집애가 미쳤어? 안 떨어져?!! 절루 가!! 아씨, 침대에 흙 묻었잖아!! 발 안 닦아?!"

"으앙~ 안 갈래. 말 안 돼. 기막혀 죽겠다. 흑! 죽지 마."

"하아! 별 개폼 다 잡아봤는데 물거품으로 만들려고 환장했어? 내 몸에서 떨어져!!"

"죽을 거면 의대는 뭐 하러 다녀? 흑! 의사 될 거잖아. 의사가 왜 죽어? 아빠도 의사잖아. 아빠한테 살려달라고 그러자. 흑! 왜 죽어. 흑!"

"야, 너 이렇게 나 안고 있음 너도 옮을지 몰라. 절루 가."

"그럼 같이 아프겠네? 흑! 피도 같이 토하고, 열도 같이 나고, 머리도 같이 아프고……."

"이게 미쳤나?! 이 팔 풀고 빨리 니네 집으로 가!!"

가슴에 머리를 처박고 허리를 부둥켜안고 들러붙어서 절대 떨어지지 않으려고 바둥거리던 난 총각의 거센 손길에 치여 떨어져 나가야 했다. 서러움에 복받쳐 바닥에 퍼질러 앉아 사탕 뺏긴 어린 아이처럼 엉엉거리며 정말 서럽게 울어댔다. 엄마에게 파리채로 개 패듯이 두들겨 맞아 멍이 들었을 때도 이렇게 서럽게, 이렇게 심하게 울진 않았었다. 비틀대며 힘겹게 통곡을 하는 내 앞으로 걸어오던 총각이 대뜸 들고 있던 과도로 심장이 있는 가슴을 가리키는 위태위태한 장면

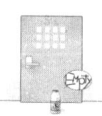

을 연출했다.

"끅! 미쳤어? 끅! 왜 그러는 건데? 미쳤어? 칼 내려놔! 끅!"

"지금 내가 하는 말 안 들으면 안 듣는 수만큼 1㎝씩 찌른다. 시간 경과되면 5초에 2㎝씩 푹 찌른다. 하나, 한 번만 더 내 앞에서 울면 죽는댔거든? 눈물 닦아!!"

난 행여 저 칼이 총각의 심장에 박히게 될까 두려워 축축하게 젖은 소맷자락을 떨리는 손으로 움켜잡고 눈물을 쓰윽 닦아냈다.

"둘, 일어나서 빨리 니네 집으로 가. 셋, 한 번만 더 장난이라도 같이 아파 뒈지자는 소리 하면 가만 안 둬. 그리고 마지막."

마지막이란 말과 함께 침대로 힘겹게 걸어가더니 나지막한 한마디를 내뱉었다.

"마지막, 우리 그만… 깨지자."

위태하게 칼을 쥐고 있는 총각을 보고 있을 자신이 없어 고개를 푸욱 숙이고 숨죽이며 총각의 마지막 말을 기다리고 있던 나. 그만 깨지자는 한마디에 심장이 멎어버릴 듯 꽉꽉 막혀 버리는 답답함에 괴롭게 숨을 내쉬며 고개를 번쩍 들어 총각을 바라봤다. 이런 거였어? 결국은… 이렇게 나 버리는 거야? 근데 어쩌지? 내 머리는 알아들었는데 내 심장은 싫다는걸? 내 심장은 지훈이 총각 내보내기 싫다는데 어떡해?

"잘 안 들렸어. 아니, 못 들었어. 나 아무 소리도 못 들었어. 뭐라고?"

"내 말 안 들으면 안 듣는 수만큼 1㎝."

"이럴 만큼 내가 싫었어? 이런 방법도 있네. 그러네. 이러면 내가 매달리지도 못하는 거네? 흐흑! 그런 거네."

"땡. 5초 경과. 2cm. 너 또 울었어. 1cm. 박지민, 미란이한테도 딱 한 번밖에 안 했던 말인데… 큭! 사랑해."

푹—

"이런 걸로 장난치지 마. 하, 웃긴다. 되게 웃긴다."

너무 기가 막혀서 눈물보다 웃음이 먼저 나왔다. 그래, 너무 기가 막혀서. 미처 말릴 새도 없이 칼은 정확히 총각의 심장을 향해 깊숙이 들어갔고 그리고 쓰러져 버렸다. 내 눈앞에서 그렇게 총각은 침대 위로 힘없이 쓰러져 버렸다. 깨지자는 말로 내 심장을 멈추게 해놓고선 내게 처음 말해 준 사랑해라는 말로 날 안심시켜 줬다. 그리고 그대로 쓰러져 버려 움직이지 않는다. 날 놀리려는 건가? 총각은 다시 내 심장을 멈추게 해버렸다.

"장난 그만 해. 안 웃겨. 하나도 안 웃겨. 너무 안 웃겨서 눈물이 난다. 왜 그래? 일어나 봐, 어?"

"……"

흔들흔들—

"일어나! 뭐 하는 건데? 장난하는 거지? 어? 흑! 지금 뭐 하자는 건데? 왜 못 일어나는 건데!! 뭐 하는 건데!!"

"……"

"지훈이 오빠! 서지훈!! 왜 안 움직여? 으으윽! 엄마, 안 움직여. 벼, 병원 가야 되는 거야? 어? 대답 좀 해봐. 흐흑!"

"……."

"바보야, 서지훈. 흑! 지훈이 오빠!! 흐흑! 내 심장에 들어와 버렸는데… 내 심장에도 서지훈이 들어와 버렸는데… 그랬는데… 이렇게 나 버리고 심장에서 나가 버리면, 내 심장 멈춰 버릴 거란 말이야. 흑! 나도 사랑한다는 말, 할 줄 안단 말야. 흑! 나는 이 말 쑥스러워서 석이 오빠한테도 안 해줬단 말이야. 사랑해. 그러니까 눈떠주라, 어? 평생 서지훈만 보고 살게. 흑!"

폭삭—

"나 멋있었냐?"

"끅!"

"씨발, 울지 말랬더니 내 눈에서 눈물 빼려고 작정했냐!! 안 그쳐!! 내가 죽긴 왜 죽어, 재수없게!! 그리고 나 기억력 하나는 끝장나거든? 평생 나만 보고 산다는 말, 100살 먹을 때까지 안 잊어버린다, 어?"

가슴을 움켜잡고 침대에 쓰러져 꿈쩍도 안 하던 총각이 펑펑 울며 오열하는 내 몸을 급작스럽게 끌어당겨 자기 품에 안아버린다.

"끅! 뭐, 뭐야? 이거 뭔데!!"

난 부르르 떨리는 손을 들어 총각의 가슴을 찌르고 있던 과도를 집어 들었다.

"이거? 장난감 칼. 누르면 푹 들어가게 만들어 놨더라. 정만이가 선물로 준 건데. 큭! 서정훈, 무식한 새끼는 몇 년 동안 이거 진짜 칼인 줄로 알더라? 리얼하든?"

난 총각 품에 안겨 3분간 난 아무 말도 하지 못했다. 그대로 굳어

버려 움직일 수조차 없었다. 장난감 칼이었단다. 장난감 칼로 죽는 연기를 한 거란다. 난 내 혼을 다 빼버린 총각 뺨을 때리고 미쳤냐는 말을 해버릴 작정이었다. 그랬는데, 그랬는데…

"이런 장난 치지 마. 내가 얼마나 놀랐는데!! 씨, 살아줘서 고마워. 흑! 나 버리고 가버린 줄 알고 겁났단 말이야. 살아줘서 너무 고마워. 씨, 흑! 이젠 죽는다는 장난 치지 마. 나는 끅! 나는 흑! 진짜 죽어버린 줄 알았단 말이야. 흑!"

바보야. 바보야. 지민이는 그래도 지훈이가 좋단다. 칼을 가슴에 대고 죽는 장난을 친 총각인데… 너무 놀란 나머지 내 수명이 몇 년 단축되어 버렸을지도 모르는데… 내 입에선 살아줘서 고맙다는 말이 튀어나왔다. 이 총각은 어느 순간 날 서지훈이란 인간이 없이는 살수 없게 만들어 버렸다.

"미치겠네. 너 지금이라도 니네 집에 빨리 튀어가!!"

날 끌어안고 있던 총각이 다시 화들짝 놀라 내 몸을 핵가닥 떨궈내더니 차디찬 바닥으로 사정없이 내쳐 버렸다. 총각의 몸에서 떨어져 나가자 차가운 한기가 내 온몸을 훑고 지나갔으며 새삼 날 안고 있던 총각의 온몸이 불덩이처럼 뜨거웠던 걸 깨달았다.

"자제력 시험하지 말고 내 눈앞에서 사라져라, 어?"

"으아, 몸!! 불덩이 같다. 인, 인푸레자 땜에 그런 거야? 나 인푸레자 병 옮아도 상관없어. 전염돼도 상관없어. 안 갈래."

"아씨, 너 보고 있으면 키스하고 싶단 말이야!! 키스하면 정통으로 옮는다고!! 빨리 니네 집으로 꺼져!!"

"까짓 거 같이 죽어버릴래."

"같이 돼지자는 소리하면 죽는댔거든? 심해지면 진짜 돼지는 수가 있단 말야. 빨리 안 가?!"

"혹시 나 피하고 입 틀어막은 이유가 그거였어?"

"시끄러!! 그냥 틀어막어 봤… 아씨, @#$%^&*()@$#@."

소심한 내가 어디서 이런 용기가 났는지 모른다. 소심한 내가 어디서 이런 배짱이 났는지 모른다. 난 목숨을 걸고 총각의 품에 달려들었고, 키스를 하면 정통으로 옮는다는 말에 총각의 목에 두 팔을 두른 뒤 두 눈을 질끈 감고 총각의 입에 내 입을 맞췄다. 그냥 입만 맞췄다. 늘 총각이 내게 먼저 했었고, 늘 총각이 날 리드했었기에 입을 맞추고 난 뒤에 어떻게 해야 하는지를 몰랐다. 그래서 그렇게 살짝 입만 맞췄다. 그리고 날 떨궈놓기 위해 기를 쓰던 총각도 절대 떨어지지 않는 내 기세에 눌려 반쯤 간긴 눈으로 날 잠시 바라본 후, 뜨고 있던 눈을 모두 감았다.

딩동딩동—

"여보세요? 콜록! 콜록!"

[아, 전화를 잘못 걸었군요. 죄송합니다.]

"아, 잠시만. 지영아, 나야, 나. 지민이. 콜록!"

[실례했어요. 제 친구 지민이 목소리는 이렇게 혐오스럽지 않거든요.]

뚝—!!

"지영아, 지영… 콜록! 콜록!"

키스를 하면 정통으로 옮는단 말은 결코 틀린 말이 아니었다. 어젯밤 정열을 불태우며 며칠 동안 보류했던 키스를 한꺼번에 해치워 버린 총각이었다. 총각과 나눈 구체적인 키스의 횟수를 묻는다면 자신 있게 헤아릴 수 없을 만큼이라는 말을 내뱉을 것이다. 그 결과 총각에게서 바이러스를 옮겨 받은 난 총각의 말처럼 심하면 죽을지도 모른다는 인푸레자 독감에 걸려 버렸다. 총각은 인플루엔자라고 했다. 일종의 유행성 독감. 난 스스로 내 묘를 위해 구덩이를 파버렸다. 총각은 감기에 걸린 상태에서 찬물에 샤워를 하는 바람에 더욱 악화된 최악의 바이러스를 고스란히 나에게 전염시켜 주었다. 집으로 돌아가라는 말에 버티고 버틴 것도 나였고, 먼저 입을 맞춰 어설프게 유혹한 것도 나였지만… 독감이라고 미리 말을 했어야지, 망할 총각!

머리가 너무 어지럽다. 내게 기나긴 키스를 선물하고 난 뒤, 총각도 고열로 쓰러져 버렸다.

"훌쩍! 콧물까지… 아, 머리 아파. 으, 추워."

으슬―

이불을 몸뚱이에 돌돌 감고 온몸을 덜덜 떨어대다가 나보다 증상이 더 심한 총각이 걱정돼 이불에 돌돌 말린 채로 현관문을 열고 나가 301호 벨을 꾸욱 눌렀다.

띠―

으슬으슬―

쿠당―!!

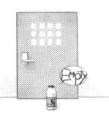

뭔가가 바닥으로 굴러 떨어지는 소리가 들렸고, 잠시 뒤 삐걱하는 소리와 함께 힘없이 301호 문이 열렸다.

"하아, 씨… 누구야?"

"으슬…나랍니다."

식은땀을 흘리며 현관 벽에 머리를 기대고 힘겹게 서 있던 총각이 이불에 돌돌 말린 내 몰골을 보고 흠칫 놀라는 듯했다.

"하아, 씨… 이럴 줄 알았어. 그러게 누가 키스하재, 이 기집애야!!"

"으슬… 추, 추워. 난 인푸라자가 독감인 줄 몰랐어."

얼굴에 인상을 구기면서 내 어깨를 턱 잡아당기더니 자기 몸도 제대로 가누지 못하면서 내 이마에 손을 짚어 열을 체크하고 짤막한 한숨을 쉬며 날 노려봤다.

"돌팔이 의사한테 가긴 싫지?"

끄덕끄덕—

한 치의 망설임도 없이 고개를 끄덕이자 다시 한 번 인상을 구기는 총각이었다. 날 집 안으로 데려온 뒤, 침대에 던지듯 집어 던져 이불을 머리끝까지 덮어준다. 그리고 총각은 침대 끝에 걸터앉아 심각한 고민을 하는 듯하다. 이불 위로 두 눈만 빠꼼히 내밀어 자기를 쳐다보던 날 잠시 바라보더니 전화기를 집어 들고 어디론가 전화를 걸기 시작했다.

"난데, 어. 잘 갔다왔어? 미란이 누나, 윤희 누나한테 전화해서 약이랑 주사… 어, 끊어. 오지 마. 오지 말라고… 씨, 끊어!"

딸깍—

감기 증상을 설명하고 약이랑 주사를 부탁하길래 누군가 싶었더니, 이젠 다른 남자의 마누라가 되신 총각의 첫사랑, 미란이 언니였다.

확—

워낙 건강 체질이라 아픈 이의 심정을 알 턱이 없는 나였다. 근데 아프면 사람이 실성도 하고 그러나 보다. 거칠게 전화기를 내려놓고 인상을 구기며 날 바라보던 총각. 이제 만날 일이 없다고 생각했던 미란이 언니에게 먼저 전화를 거는 그 모습에 입을 쩌억 벌리며 경악하다가 소심한 마음에 이불을 머리끝까지 올려 버림으로써 총각의 시선을 단숨에 차단시켜 버렸다.

"저거 또 저러네. 야!! 나랑 둘이 있을 땐 나만 쳐다봐야 돼!! 그게 법이야!! 이불 안 걷어?"

저거 또 저런다. 저번에 병실에서랑 딱 두 번 이불 뒤집어쓴 걸 가지고 또 저런다. 누가 들으면 이불자락만 보면 시도 때도 없이 정신 못 차리고 일단 뒤집어쓰고 보는 정신 나간 여인네로 알겠네. 그럼에도 나는 법을 준수하는 대한민국의 착실한 국민이었기에 총각이 억지스럽게 새로이 탄생시킨 나만 봐야 돼 법을 지키기 위해 덮고 있던 이불을 끄집어 내렸다.

"학교 안 가?"
"등신. 미란이한테 전화한 거 땜에 그러냐?"
"지각이다. 콜록!"

"이 사기꾼이 죽고 싶어? 살아줘서 고맙다며!! 믿는다며!! 하루를 못 넘기고 고새 반항을 하냐!!"

그래, 사기꾼이라고 나에게 삿대질을 해도 좋다 이거야. 그러는 자기는 생명 존엄 사상이 몸에 배어 있는 나약한 인간 앞에서 시퍼렇게 날이 선 음산한 칼을 가슴에 내리꽂는 장난 따위나 한 주제에. 그리고 몹시 아픈 주제에도 마우스는 늘, 올웨이즈, 항상, 에브리데이 살아 있지.

사람을 아무 사심 없이 믿음 하나로만 믿는다는 건 생각보다 너무 어려운 일인가 보다. 더욱이 나에게 하나의 믿음과 열 개의 불신을 안겨주는 몹쓸 총각이었다. 이런 몹쓸 총각을 변치 않은 마음으로 무조건적으로 믿기 위해서 내가 할 수 있는 방법은 두 가지가 있다. 하나는 세상 모든 것들을 차단한 채 두 눈을 파내고, 두 귀를 잘라내고, 입을 꿰매 버리는 극단적인 방법. 그리고 두 번째는 날 바라보는 저 잘난 얼굴만 내 눈 속에 집어넣고, 내게 말을 거는 저 건방진 목소리만 내 귀에 들리게 하고, 무슨 일이 있어도 믿어라는 말이 주저없이 나올 수 있게끔 정말 미친 듯이 사랑하는 방법. 난 잔인한 첫 번째 방법보다는 미친 듯이 사랑하기라는 두 번째 방법을 택하기로 했다. 그래, 미란이 언니는 이미 결혼을 한 거야. 쭉쭉이의 정체도 밝히지 못했는데, 그런 나에게 이런 가혹한 짐을 어깨에 털썩 얹는 하나님 아부지가 원망스럽지만… 나 총각을 믿나니, 부디 참된 복을 주소서. 아멘.

"사귀고 깨진 뒤에도 친구로 지내는 경우 허다해. 거기다 미란이 언니는 결혼까지 한걸?"

　비록 입꼬리는 부르르 떨려왔지만 가식적인 미소를 지어 총각을 안심시킬 작정이었다. 그런데 이런 내 모습을 어이없게 쳐다보다 고개 돌려 외면하는 총각이었다.

　똑똑—

　욕실에서 들려오는 물 떨어지는 소리만이 내 말에 응답해 줬다.

　째깍째깍—

　방 안에 울려 퍼지던 시계 소리만이 무안한 날 위로해 줬다. 그리고 벽을 바라보며 혼자 버럭버럭 화를 내는 총각.

　"아씨, 그냥 애절해. 가슴은 아픈데, 이 심장은 니 앞에 있을 때처럼 미치게 환장하지는 않는다고!!"

　"딸꾹!"

　"정미란, 이제 나한테 그런 여자, 가슴은 유리에 찔린 것처럼 아픈데 심장은 말짱해. 심장 새끼가 병신이 됐는지, 니 앞에서만 죽어라 뛰어대. 이 이상 내가 무슨 변명을 해주길 바라냐?"

　시계 소리도 들리지 않고 욕실에서 들려오던 물소리도 더 이상 내 귀에 들어오지 않았다. 근데 너무도 신기하게 총각이 내뱉은 말은 하나도 빠뜨리지 않고 생생하게 내 귀에 박혀 들어왔다. 난 총각을 미친 듯이 사랑하기 위해 이 세상에 태어난 인간이었던 것일까? =_=

　"지훈이 오빠야, 감기엔 전복죽이 최고래."

　전혀 근거없는 이야기다. 너무도 스스럼없이 내 입에서 지훈이 오빠라는 소리가 튀어나오자 벽을 보고 힘없이 앉아 있던 총각이 고개

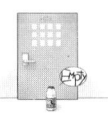

를 비틀어 어색하게 미소 짓고 있는 날 경계하는 시선으로 쳐다본다.

"고열 아냐? 머리가 깨질 것같이 아프고 토할 것 같고 그러냐?"

용기 내서 지훈이 오빠라고 말한 나인데, 이런 날 약물 복용이 절실히 필요한 인간으로 취급하다니! 그저 마냥 우울할 따름이다.

도리도리—

"그 정도는 아니고 그냥 심장만 지나치게 빨리 뛰어."

내 말에 피식 웃음 짓더니 눈언저리에 손을 얹은 채 내가 누워 있던 침대 위에 벌러덩 드러누워 버리고는 아주 당연하다는 듯 입을 놀리는 총각이었다.

"나같이 잘생긴 놈 앞에서 심장이 안 뛰면 그 심장은 죽은 거나 마찬가지야. 크큭!"

"……."

뭐든지 지나치면 주위 사람에게 불쾌감을 준다 그랬었다.

세상에서 가장 잘생긴 놈=서지훈. 꼭 내게 이런 썩을 공식을 세뇌시켜 주려는 사악한 계산이 깔려 있는 듯해 보였지만 난 어느새 이 총각에게 세뇌당하고 있었다. 내 굳어버린 뇌들이 일제히 알고 있어, 알고 있어를 외쳐 대기 시작했다. 어리석고 단순하기 짝이 없는 불량뇌 조직들 같으니라고. 그보다 뒤도 한 번 돌아보지 않고 침대에 벌러덩 누워버린 총각이었기에 내 새끼발가락이 총각의 등판에 깔려 고통을 호소하고 있었다. =__=

"아, 있잖아. 지금 내 발가락이……."

"심해지면 폐렴으로 악화될지도 모르고, 재수없으면 뒈질지도 모르니까 나돌아다녔다간 두 다리 절단시켜 버린다."

"흑! 안 나간다고……. 으으… 발가락이……. ㅠ_ㅠ"

"아!! 미치겠네. 또 왜 우는 건데!! 심심하면 내 차 긁고, 심심하면 질질 짜고 네 덕에 내가 확 돌아버릴 거 같거든? 어?"

누워 있던 상태에서 양손으로 침대를 쿵 내려치더니 삐딱하게 고개를 비틀어 날 노려보는 총각. 그 노한 시선에 대고 차마 발가락이 아파서 눈물이 나왔다는 추잡한 소리를 내뱉을 수 없었다. 훌쩍대며 발가락을 꼼지락대는데 총각이 갑자기 몸을 사리며 침대에서 벌떡 튀어오르더니 인상을 구길 대로 구겨가며 치를 떨어댄다.

"콜록! 왜 그러는 건데? 콜록!"

"아!! 등판에 바퀴벌레 지나갔어!!"

"저런! 설마……."

이 총각이 꼼지락대던 내 발가락을 바퀴벌레랑 착각한 건 아닐 거다. 아니겠지? 아닐걸? 아니길 바란다. =__= 아파서 제대로 일어서지도 못한다는 사실도 망각한 채 갖은 욕지거리를 내뱉으며 정색을 내던 총각은 비틀대며 그 길로 욕실을 향해 걸어갔다.

"콜록! 미쳤나 봐. 웬일이래? 샤워하면 죽어!!"

심해지면 폐렴이고, 악화되어서 잘못되면 뒈진다고 분명히 그랬었다. 난 침대에서 구르듯이 뛰어내려 와 욕실을 향해 힘없이 발을 옮기고 있던 총각의 허리춤을 와락 껴안고 샤워하지 못하게 필사적으로 말렸다.

"이거 놔!! 재수없어!! 찝찝하다고!! 이거 못 놔?"

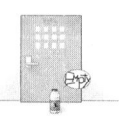

"이런 말까진 하기 싫었지만, 사실 그거 내 발가락이었어. 이러지 말아!!"

"아씨, 소리 지를 기운 없으니까 좋은 말 할 때 이 팔 풀러."

"그래, 바퀴벌레도 우리가 생각하는 것처럼 그렇게 더러운 곤충이 아닐지도 몰라. 찜찜해도 참아!!"

"나한텐 미칠 만큼 더럽고, 미칠 만큼 찜찜하니까 놔."

"샤워를 하려거든 나도 같이 해!! 그래서 나도 같이 폐……."

싸아아아—

아무래도 내가 말을 잘못 내뱉었지 싶은데. =__= 우뚝과 경직의 조화로운 만남. 내 발언에 일순 반항을 멈추고 그 자리에 우뚝 서버리는 총각. 아니야, 아니야. 난 지난밤의 그 변태 버버리가 아니야. 아가야, 같이 목욕할까?라던 그 밤색 빵모자가 아니란 말이야. 난 총각의 허리를 동여매고 있던 팔을 은근슬쩍 풀어버렸다. 천천히 고개를 비틀어 날 바라보던 총각은 입가에 사악한 미소를 달고 있었다.

"훗! 그래? 오냐, 바라던 바다. 같이 들어가자."

"꺄아아아!! 미쳤나 봐!! 오해야, 오해. 이러지 말아!!"

전세가 바뀌어 이제는 내가 손 놓으라며 바둥거렸고, 망할 총각은 절대 놓지 않았다. ㅠ_ㅠ

그러기를 10분.

털푸덕—

총각은 또 한 번 엄청난 고열로 맥없이 자리에 쓰러져 식은땀을 흘리며 바닥에 대자로 당당하게 널브러졌다.

"거 봐!! 만약 샤워했음 진짜 대한민국이랑 바이바이할 뻔했잖아!!"

"이 여자는 왜 맨날 그 딴 재수없는 소리만 지껄이고 그러냐? 하아! 난 목숨이 두 개라 고만고만해서는 안 죽어, 이 기집애야!!"

"이 돌연변이, 목숨이 어째서 두 개야!!"

"여기 한 개, 또 여기 한 개. 합쳐서 두 개. 큭!"

바닥에 널브러져 거친 숨을 몰아쉬던 총각. 그 상황에서 눈웃음을 살랑살랑 치며 제 가슴을 쿡 찌르며 한 개라 지껄였고, 내 가슴을 쿡 찌르며 한 개라 지껄였고, 한 개와 한 개가 더해져서 지 목숨은 두 개라고 했다. =__= 무서운 놈, 이제는 내 목숨까지 저당 잡혀버린 것 같다. 머리가 나빠 무슨 소린지 정확히 알아들진 못했지만 지금 분위기가 아주 죽여준다는 것만은 확실했다. 바닥에 널브러져 있던 총각이 그 옆에 꿇어앉아 초조하게 자신을 내려다보던 내 목덜미를 끌어안았다. 당황한 난 총각의 표현대로 더듬이 아다다로 돌변해야만 했다.

"하, 학교에서 안 배웠어? 그 하, 학교에선 어떻게 하면 아프지 않게 사, 살 수 있는지 안 가르쳐 줘?"

"기다려도 돼~ 이젠 그녀를 잊는 법을 알았어~ 너와 나의 사랑에 너만 슬퍼지잖아~"

"그건 또 무슨 노랜데?"

"너만을 위한 마음~ 그것만으로 존재할 수 있게~ 갑자기 떠난 그녀~ 그녀도 편히 쉴 수 있게~"

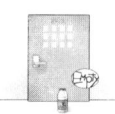

끼익—

쿵—!!

밖에서 누군가 벽에 차를 들이박는 난잡한 소리가 들려왔지만, 그러든 말든 내 모가지를 끌어안고 돌연 흥얼대며 웬 노래를 나지막하게 불러댄다.

쿵쿵쿵—

불길하다. 불길하다.

"너는 너로서 내 안에 지킬 거야~"

덜컥—

불길한 내 예감은 적중하고 말았다.

"꺄아아아!! 서지훈!! 뭐 하는 짓이야, 당장 안 떨어져!!"

노래를 흥얼거리다 요란한 고함 소리에 미간을 구기며 현관으로 고개를 틀어 미란 언니를 발견한 총각은 아무렇지 않게 두 눈을 찡긋 감았다 뜨는 발칙한 행동을 미란 언니에게 조여준다. 다시 내게로 고개를 돌리더니 아주 진지한 목소리로 입을 열었다.

"2절 부를까?"

"아, 아니."

그리고 아픈 총각과 난 미란 언니의 거친 손길에 힘없이 떨어져 버렸다. 총각은 바퀴벌레가 지나간 흔적이 있는 침대 위에 제 몸을 기댈 수 없다며 TV 앞에 놓여 있던 조그마한 소파 위에 널브러졌다. 대신 안정이 필요하다며 내 몸뚱어리를 침대 위로 거세게 넘겨뜨려 줬다.

"야! 이년아!! 니가 감기 옮겼지!!"

"그렇지 아니해요."

"아니긴 뭐가 아냐!! -0-"

"하아… 씨, 내가 오지 말랬지. 시끄러. 좀 가, 제발."

양 귀를 틀어막고 짜증스럽게, 그리고 힘겹게 소파에서 몸을 일으킨 총각이 미란 언니를 힘없이 노려보다 다시 털푸덕 소파 위로 쓰러져 버렸다. 이윽고 소파에 고개를 파묻은 총각에게서 또 한 번 들려오는 노래 소리.

"그녀를 잊는 법을 알았어~ 너와 나의 사랑에 너만 슬퍼지잖아~ 너만을 위한 마음 그것만으로 존재할 수 있게~ 갑.자.기. 떠.난. 그.녀~ 그녀도 편히 쉴 수 있게~ 너는 너로서 내 안에 지킬 거야~ 정미란, OK?"

신경질적으로 그녀를 강조했고 갑자기 떠난 그녀라는 대목을 똑똑 끊어가며 능청스럽게 노래를 흥얼대던 총각. 그런 총각을 바라보며 짤막한 한숨을 내쉬던 미란 언니가 조용히 입을 열었다.

"서지훈."

"왜?"

"너 노래 여전히 잘하네. 나 또 반했어!!"

이 아줌마가 이제는 노골적으로 애정 표현을 한다.

"정미란."

"어?"

"재수없어. 집에 가세요."

"밥 먹고 싶다고? 어어, 기다려. 윤희한테 주사랑 약이랑 받아 왔어!! 아빠가 너랑 정훈이 때문에 혈압 올랐다고 또 용돈 끊으셨다며? 몇 번째야, 증말!!"

저 아줌마, 어쩌면 저렇게 뻔뻔할 수 있는 걸까? 그리고 그래도 첫사랑인데 그런 여자한테 재수없어라니. =___=

침대에 누워 뻥찐 채 둘을 번갈아보던 난 미란 언니가 총각 몰래 내게 들이민 주먹에 화들짝 놀라 두 눈을 꼭 감아버렸고 그대로 잠이 들었다. 깊게, 깊게… 깊은 잠으로…….

미란 언니의 주먹이 보이지 않는 머나먼 나라로 꿈의 대탐험을 시작했다. 미란 언니가 보이지 않는 산꼭대기에 기어올라 가 시퍼런 깃발을 정상에 꽂는 순간, 부스럭대는 소리가 내 귀를 자극했다.

부스럭— 부스럭—

"아씨… 왜 떨고 지랄이야? 씨."

덥석—

덜덜덜—

"으음, 아씨! 난 정복했어. 콜록! 뭐야?"

부스럭대는 소리와 궁시렁대는 소리에 두 눈을 번쩍 뜬 난 상당히 졸린 눈으로 웬 주사기 하나를 왼손에 들고 있는 총각을 발견할 수 있었다. 주위를 두리번거리며 도움을 청해보려 했지만 미란 언니는 밥만 차려주고 밤이 늦어 돌아가 버린 듯했다.

"꺄아아아!! 뭐 하는 짓인데!! 나 죽이려고 이러는 거지!!"

"아, 좀 가만히 있어!! 움직이면 찔러 버린다!!"

째깍째깍—

지쳐 간다. 이제 겁이 난다기보다 지쳐 가기 시작했다. 주사기를 들고 있는 왼손을 미미하게 떨고 있는 총각을 보고 있자니 불현듯 총각의 아빠가 떠오른다.

"손을 왜 이렇게 떠는 건데? 불안하게. 난 괜찮으니까 빨리 푹 찔러 버려."

"아씨, 시끄러!! 골이 아파서 팔뚝이 두 개로 보인단 말야!!"

"무면허라서 나 이대로 죽어도 보험금도 못 받잖아. 어떡해! ㅠ_ㅠ"

푹—

"꺄아아아아!! 미쳤어? 악!! 그렇게 푹 찌르면 어떡해!!"

"아, 씨발… 세게 찔렀어? 야, 괜찮아? 어?"

"아니요!! 전혀 괜찮지가 않습디다!! 으악!!"

내 팔뚝에 주사 자국이 늘어갈수록, 바닥에 약 봉지가 늘어갈수록, 총각과 난 예전의 건강을 회복해 가고 있었다. 그렇게 인플루엔자 독감에 걸려 끙끙거린 지 5일째. 그 닷새 동안 하루도 거르지 않고 총각의 집을 방문해 날 구박하고 우리 집으로 돌아가라며 매정하게 날 내치던 미란 언니였다. 지금도 내 앞에서 씩씩대며 주걱을 들고 정말 때려죽일 기세로 집으로 돌아가라고 협박하고 있다.

"너무해요. 유부녀 언니, 자꾸 이렇게 나오시면 곤란해요."

그 닷새 내내 혹한 시달림을 받아오던 난 남몰래 깡을 키워 나가고 있었다.

"서지훈!! 눈 안 도려내? 너 정말 얘랑 사귀는 거 맞아? 눈만 땡그

랬지 뭐 하나 제대로 박힌 구석이 없어!!"

 알코올없이도 싸가지를 상실한 대담한 내 모습을 만들 수 있었다.

 "신고해 버릴래요, 간통죄로."

 "하! 웃겨, 진짜. 뭐랬니? 간통죄?"

 "지겨워. 지겨워. 아씨… 지겹다고!! 정미란!! 어떡하면 믿을래? 정미란만 죽어라 쳐다보던 서지훈은 이제 없어!! 나도 못 믿겠는데 쟤가 여기 이 안에 있던 널 다 빼내 버렸다고!!"

 "다 잊었다? 예전 일 다 잊었다?"

 "알잖아, 과거보다는 현재가 중요하다고 지껄이는 나쁜 새끼란 거. 나 그런 놈인 줄 몰랐어?"

 끼어들 틈이 없다. 정말 끼어들 틈이 없어서 난 그저 멀찌감치 두어 발 뒤로 물러나 멍하니 바라볼 수밖에 없었다.

 "과거보다는 현재? 과거는 나고, 현재는 쟤란 소리네? 이젠 나보단 쟤가 더 소중하다 그 소리네?"

 "어."

 "아, 나 집에 가봐야 될 것 같네. 늦었다. 연락하지 말라는 소리는 안 할 거지? 아, 눈에 뭐 들어갔나 봐!! 짜증나. 야, 이년아! 뭘 쳐다봐!!"

 "나 미칠 만큼 너만 좋아했었어."

 "그래, 미칠 만큼 나만 좋아해 줬어. 내가 죽일 년이었어. 아씨, 이거 쓰레기야!! 버리든 말든 알아서 해!! 나 간다. 또 봐."

 덜컥—

앞치마를 집어 던지더니 가방을 어깨에 메고 후다닥 현관문을 박차고 나가 버리는 미란 언니의 눈가가 심하게 반짝거렸다. 그리고 바닥에 너울너울 떨어지는 두 장의 티켓. 나흘 뒤 출발하는 도쿄행 비행기 티켓 두 장. 물론 탑승자는 서지훈과 정미란으로 찍혀 있었다. 바닥에 떨어져 있던 비행기 티켓을 주워 들고 한숨을 내쉬던 총각이 몸을 틀어 날 바라보며 입을 열었다.

"저 등신, 일본어도 제대로 교육 못 시켰는데 그냥 버리긴 아깝다. 그치?"

분명 일본어도 제대로 교육 못 시켰는데라고 그랬던 것 같다. 근데 그 말투의 뉘앙스가 꼭 지는 열심히 나를 가르쳤는데 등신 같은 내가 못 따라와서 교육이 덜 됐다는, 나를 굉장히 낮추어 말하는 듯이 들려왔다. 저런 썩을! 교육다운 교육을 시켜주고 그런 소리를 하면 나도 굳은 내 머리가 미안해서라도 잠자코 고개를 끄덕였을 텐데 순 음주 과외에다 별 쓰잘데기없는 것들만 내 머리 속에 집어넣어 준 덕에 내 불순한 상상력은 하루가 다르게 고속 성장해 버렸고 더 이상 예전의 내 모습을 찾을 수 없게 됐다. 난 이제 더 이상 소심 소녀가 아니에요. =__=

들썩들썩—

티켓을 바라보며 심오한 생각에 빠진 총각에게서 등을 돌려 창가에 비친 내 모습을 바라보고 있자니 불현듯 몇 년 전에 있었던 내 인생의 가장 쪽팔림으로 남아 있는 학교 축제가 떠올랐다.

축제 때 싫다고 발작하는 날 폭력으로 굴복시킨 지영이의 강요에

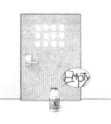

억지로 뇌에 주입시켰던 '성인식' 춤이 떠올랐다. 창문에 비친 모습을 바라보며 살짝살짝 몸을 비틀어대다 춤의 하이라이트라 할 수 있는 가슴과 사지를 흔들어대며 내려오는 부분을 추다가 딱 걸려 버렸다. 짜증난다는 표정으로 날 노려보는 총각의 모습이 창가에 비쳤으므로 일순 사지와 가슴을 떨어대는 동작을 멈추고 창문에 얼굴을 밀착시키고 멍하니 하늘만 우러러봤다.

"날씨, 참 좋다. =__="

창문에 비친 하늘은 금방이라도 드센 비를 쏟아 부을 기세로 몹시 우중충했지만, 난 창문을 뽀득뽀득 문질러 대며 연신 날씨가 참 좋다라는 말만 연발할 뿐이었다.

"너 언제 나랑 만난 적 있었냐?"

창문을 뽀득뽀득 문질러 대다 예상치 못한 총각의 반응에 화들짝 놀라 뒤를 돌아보자 게슴츠레한 실눈을 뜨고 날 위아래로 훑어보던 총각이 심각하게 고뇌하며 날 노려보고 있었다.

도리도리—

난 총각이 술에 취해 우리 집 앞에 널브러져 있었던 그날 밤, 이상한 앞집 남자. 야한 앞집 변태 아줌마라는 결코 유쾌하지만은 않은 호칭으로 우울한 첫 대면을 했었다. 집 앞 계단에서 도발적인 여자랑 키스를 나누던 총각을 그날 처음 봤고, 그 현장을 몰래 지켜봤소라고 말하기엔 내가 너무 스토커 같아 보였다.

"수능 날 말고 너 어디서… 아, 됐다. 서씨 가문의 몰락은 정훈이 새끼 하나로 족한데 며느리가 집안을 말아먹는다더만. 너랑은 평생 연애만 하고 딴 여자 데리고 살랜다. 아씨, 절루 가. 눈 버렸어!!"

총각의 입에서 서씨 가문의 몰락이란 말까지 나왔다. 난 딴 여자를 데리고 살랜다라던 총각의 진심이 배인 몹쓸 발언보다 서씨 가문의 몰락에 막대한 영향을 끼치고 있는 정훈이 놈과 같은 인간으로 취급해 버렸다는 사실에 심하게 분노해야만 했다.

"춤 한 번 췄다고 정훈이랑 날 왜 같이 취급하는 건데? 걔는 무, 무, 무, 뇌아… 그러니까……."

아무리 동생에게 폭력과 구타를 일삼고 칼을 들고 협박을 해대는 잔인한 형이라지만, 친동생이 무뇌아란 소리를 들으면 몹시 기분 나빠할 것 같았기에 말없이 분노를 삭혀야만 했다.

"내 앞에서 한 번만 더 그 딴 문란한 춤 추다 걸리면 정만이한테 확 시집보내 버린다!!"

장난감 칼을 총각에게 선물한 정만이. 장난감 작두를 좋아한다는 정만이. 조직에 몸을 담고 있는 정만이. 그런 정만이에게 시집을 보내 버린다는 총각의 말에 난 극도의 공포감을 느끼며 온몸을 떨어대야만 했다.

"울먹! 정만이 싫어. =__="

"내 친구 모욕하냐, 지금?"

"그게 아니라… 울먹!"

이를 부득부득 갈아대며 날 위협하는 저 자태. 아, 여전히 건방지구나, 넌. =__= 겁에 질린 날 내팽개쳐 둔 채 다시 티켓을 뚫어져라 바라보고 있던 총각이 돌연 한쪽 눈을 찡그리며 고개를 끄덕였다.

"생각해 보니까 4일 뒤에 엄마 생일이었어."

생각해 보니라니? 불효 자식 같으니라고. 자식이 부모 생일도 기억 못하고 있다는 건 공자, 맹자, 순자가 땅을 치고 통곡할 일이며 유교 사상이 베어 있는 대한민국에서는 있어선 안 될 일이야!!라고 혼자서 속으로만 열심히 외쳐 댔다. 도마 위에 총각을 눕혀놓고 그 앞에서 인간이 무엇이냐, 부모가 무엇이냐를 열심히 지껄여 대는 자랑스런 내 모습을 머리 속에 그려보고 있는데, 왜 자꾸만 양심에 털 나는 소리가 내 고막을 괴롭혀 대는 걸까? 그 양심의 털은 나에게 목청 높여 외쳐 댔다. 이런 죽일 년… 이라고.

총각을 잘근잘근 씹어대기를 1분. 난 잊고 있었던 무언가를 알아 버렸다.

"생각해 보니 어제 우리 마미 생일이었어."

공자, 순자, 맹자 씨, 내 일에 관여하지 마시오. 세상사가 고단해 어미의 생일을 잊은 것뿐이니. 그렇지만 전화를 해야 해. 죽기 전에 전화를 해서 내가 아팠다는 걸 증명시켜야 해. 전화를 해야 해. 이년이 며칠 동안 몹시도 아팠다는 걸 엄만 알아야 해. ㅠ_ㅠ

패닉 상태에 빠져 혼자 궁시렁대는 날 바라보던 총각은 지나치게 기분 나쁜 눈빛으로 내 위아래를 스윽 훑어보더니 한마디 내뱉어줬다

"니가 딸이냐? 니네 엄마가 왜 너한테 이년 거리는 건지 되게 궁금했거든? 빙고! 니 그 싸가지없는 행실을 보고 있으니 절로 욕이 나오네."

싸가지 없는 행실. =__= 설마 지보다 없을라고? 인푸레자 때문

에 아파서 며칠간 난 반쯤 미쳐 있었단 말야. 멍하니 천정을 쳐다보며 대롱대롱 거미줄에 옥구슬과 흡사한 눈물 방울을 매단 채 파리채에 구타당해 바닥으로 날 내팽개치는 잔인한 어미의 모습을 머리 속에 그려보았다. 이런 날 뒤로하고 총각은 그대로 표 두 장을 침대 위에 휘릭 날려 버리고 바닥에 나뒹굴고 있던 앞치마를 집어 들었다.

"울먹! 나 죽을지도 몰라. 나 죽으면 딴 여자 만날 거지?"

"당연한 걸 왜 물어봐! 뭐 해, 앞치마 안 걸치고!! 배고파."

"울먹! 여우 같은 여자 얻어서 토깽이 같은 딸자식 낳고 잘사시오. 나는 머리 끄댕이 풀어헤치고 구천을 떠돌 테니."

"다리 병신? 그래, 구천만 떠돌아. 나한테 해코지하면 남은 두 팔도 전부 절단시켜 줄 테니까. 딱 죽기만 해봐!!"

"울먹! 다리 병신은 뭔데?"

"귀신 새끼. 그 기집애들 다리 없이 소복 입고 날아다니더만."

그래, 다리 병신. 귀신들은 다리 병신들이었어. 이런 새로운 가르침을 내게 전해준 총각, 너에게 무슨 말로 감사의 인사를 대신해야 할까. 불현듯 다리 없이 날아다니는 내 모습을 떠올려 보니 죽어선 아니 되겠다는 확고한 신념이 박혀 버렸다. 총각은 손에 들고 있던 앞치마를 내가 받아 들 생각이 없어 보이자 개 목걸이 채우듯 억지로 내 목에 앞치마 줄을 걸려고 했다. 그런데 순간 멈칫하며 머리를 감싸 쥐고 바닥에 주저앉았다.

"아씨… 계산 미스."

패닉 상태의 멍한 내 얼굴을 지난밤 기분 나쁘게 쳐다보던 총각이

돌연 내 목에 채우려던 앞치마를 움켜쥐고 탄성에 가까운 안타까운 한숨을 내쉬며 괴롭게 신음했다.

"뭐가 문젠데?"

"니가 문제다."

"왜 맨날 내가 문젠데? 나는 문제아인 걸까?"

"나 니가 해주는 밥 먹기 싫어."

"왜… 먹기 싫은데?"

"간이 안 맞아서 먹으면 토할 것 같아. 그 정도로 맛없어."

매번 내가 차린 밥을 먹으면서 투덜거리긴 했지만, 이렇게 대놓고 맛없다라는 말을 내뱉지는 않았다. 그래서 어쩌면 맛있는데 맛있다라는 말을 내뱉기가 쑥스러워 괜히 투정을 부리는 거라고 혼자 단정 지어버리고 내 음식 실력에 대해 나름대로의 크나큰 자부심을 가지고 있었는데… 그랬는데… 정말 맛이 없었던가 보다. 내가 앞치마를 하지 못하게… 그로 인해서 내가 요리를 하지 못하게… 앞치마를 돌돌 감아 냉동실에 집어넣어 버리고 곧장 옷장을 향해 걸음을 옮긴다. 저런 몹쓸 것. 굳이 냉동실에 앞치마를 집어넣을 것까지는 없었잖아. 내가 한 밥을 먹기 싫다는 확고한 의지를 보여주려는 듯한 총각의 행동에 마냥 우울하고, 마냥 서글펐다.

"지훈이 오라버니는 늘 지나친 솔직함으로 주위 사람들을 기쁘게 해주곤 하지."

"하루가 지날수록 싸가지를 상실해 가는 너의 그 지나친 대담함은 늘 날 화나게 하거든?"

그리고 옷장에서 두 벌의 옷을 끄집어낸 뒤 거만하게 고개를 뒤로 젖히고 내게 형식 상의 자문을 구하는 총각.

"왼쪽 걸 입으면 니가 나한테 반할 거고 오른쪽 걸 입으면 다른 기집애들이 나한테 반할 텐데… 셋 셀 동안 말해!! 나 뭐 입어?"

이렇게 잘난 척하면서 나한테 물어본 뒤에 내가 왼손에 있는 옷을 입으라 하면 주저없이 오른 손에 있는 옷을 입을 총각이었다. 청개구리같이 팔딱대는 수법, 이제 나한테는 식상해. 그리고 난 아무것도 모른다는 듯한 표정으로 주저없이 분홍색 니트를 가리켰다. 내심 검은색 니트를 입어주길 바라는 내 가식적인 연기였다. 하지만 딴 여자들이 반한다는 옷을 입지 않기를 바라는 내 간절함이 배어 있는 가식적인 연기에 비웃음을 날려주더니 입고 있던 흰색 반팔 티를 훌렁 벗어 던지고 망설임없이 오른손에 있는 분홍색 니트를 입는 총각이었다. 오, 계산 미스.

"왜, 왜 분홍색 입는 건데?"

"니가 입으라며!!"

이럴 땐 늘 말 잘 듣는 순한 양이라도 되는 양 변덕을 부리지.

"저, 전엔 안 그랬잖아. 내 말 안 들었잖아."

내 힘없는 반박에 옷장에서 흰색 바지를 꺼내 들던 총각이 거만한 자태를 뽐내며 한마디 내뱉어줬다.

"바지 갈아입는 것도 볼 거야?"

빠라바라바라밤—

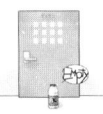

"저 새끼가 귀청 떨어뜨리려고 환장을 했나!!"

사거리 편의점 앞 버스 정류장 의자에 나란히 앉아 있는 총각과 나. 지나가는 개룡 반점의 짱깨의 경적 소리에 화들짝 놀라 욕지거리를 내뱉는 총각. 그 옆에 앉아 주위 사람의 따가운 시선을 받아내며 총각을 진정시키느라 애를 먹고 있는 나. 카센터에 차를 맡겼지만 수중에 돈이 떨어져 차를 찾아올 수 없었단다. 그런 총각이 밥을 사준다며 날 밖으로 끌고 나오길래 그래, 분식집에 갈 몇천 원은 쥐고 있나 보다 생각했었는데… 알고 보니 그 거만한 총각은 지금 버스비조차 없는 완벽한 빈털터리였다.

"나도 용돈 끊겼는데. 내 호주머니에 딸랑 460원밖에 없단 말야. ㅠ_ㅠ"

"니 지갑 말인데."

반쯤 감긴 눈으로 날 쳐다보던 총각이 내 지갑을 들먹이며 말끝을 의심쩍게 흘렸다. 그러고 보니 총각한테서 못 돌려받은 지갑 안에 거금의 돈뭉치가 숨 쉬고 있었다.

"내 지갑 줘. 거기 돈 있으니까, 그 안에 있는 돈으로 밥 사먹으러 가자."

"정훈이 그 미친 게… 그거 내 지갑인 줄 알고 또 들고 튀었어."

꼬르르륵—

이 무뇌아 자식, 알고 보니 순 날강도에 좀도둑이었다. =___=

"아씨, 쪽팔리게 이게 뭐 하는 짓인데!!"

토닥토닥—

"괜찮아. 돈이 없다는 건 결코 부끄러운 일이 아니야. 힘내."

총각은 내 뒤통수를 살짝 어루만져 준 뒤 내 손을 잡아끌고 보도블럭에서 내려와 차들이 쌩쌩 달리는 차도로 걸음을 떼었다. 이 망할 총각이 무일푼이란 사실을 비관해 실성을 했나 보다.

"이러지 마!! 돈이 없다고 이렇게 목숨을 끊는 건 미친 짓이야!! 다시 생각해 봐!! 돈이 없어도 우리의 미래는 밝게 빛나고 있고, 세상은 살아 볼 가치가 있는 곳이야!! 이러지 말아!!"

쌩—

두 눈을 꼬옥 감고 총각의 왼손을 움켜쥔 채 엄청난 괴성을 내지르던 난 지나치게 조용한 총각의 반응에 의아함을 느꼈다. 기분 나쁘게 수군덕대는 잡음에 가느다란 실눈으로 주위를 휘 둘러봤다. 버스 정류장에 있던 모든 이가 날 보며 삿대질을 하고 있었고, 변함없이 편의점에 종사하고 있던 귀여운 알바생이 편의점 유리창에 딱 붙어서 새하얗게 질린 얼굴로 내 모습을 구경하고 있었다.

"너 일부러 그랬지? 너 또 나 엿 먹이려고 그랬지, 어? 내가 거지야, 어? 자꾸 나 비참하게 만들래?"

이를 갈며 복화술을 이용해 내게 말하는 총각은 사람들이 와글대는 버스 정류장에서 돈이 없어 자살을 기도한 무일푼 총각으로 자기를 전락시켜 버린 날 노려보며 감정을 자제하기 위해 무던히 애를 쓰고 있었다. =__=

속닥속닥—

"여자가 운전하는 택시나 여자 혼자 타고 있는 차나… 아, 됐다.

집 털러가자."

돌연 내 어깨에 손을 올리고 귓가에 도통 알아들을 수 없는 말만 속삭이던 총각이 집을 털러가자는 말과 함께 마침 도로를 순찰하던 경찰 차를 택시 잡는 폼으로 거만하게 불러 세웠다.

끼익―

스르륵 창문이 열리고 빠꼼히 고개를 내민 경찰 아저씨가 총각과 날 위아래로 훑어보며 노하게 역정을 내기 시작했다.

"이 어린 노므 자슥들!! 도로에 갑자기 튀어나오믄 우야란 말인데!! 오데 경찰 차가 만만하노? 만만하노?"

저건 또 무슨 소리란 말인가. 쫌스럽게 눈까지만 창문을 내리고 역정을 내던 경찰은 이제는 그 좁디좁은 창문 사이로 손을 불쑥 내밀더니 삿대질까지 하며 버럭 소리를 지른다. 초조하게 손톱을 물어뜯으며 총각을 올려다보았다. 총각은 고개를 비틀어 기가 찬다는 듯이 거만한 헛웃음을 짓는가 싶더니, 금세 표정을 바꾸어 눈을 반쯤 내리깔고 거친 숨을 내쉬며 경찰 아저씨를 바라보았다. 몹시도 정열적이었으며, 몹시도 도발적이었으며, 몹시도 섹쉬했다. =___=

"하아, 아저씨."

"와 그라노? 니 남자를 꼬시겠다는 기가, 어잉?"

나는 보고 말았다, 고개를 돌려 인상을 쓰며 짧은 욕을 내뱉던 총각의 모습을. 잠시였지만 나는 봐버리고야 말았다.

"아저씨, 아파 죽을 것 같은데 하아, 집까지 갈 힘이 없어……."

"이거 많이 아픈 거 아이가? 김 순경, 퍼뜩 내리서 이놈아 차에 싣

그라!! 병원으로 출발시키라!!"

"아… 병원은 됐고… 집, 우리 집 하아… 하아……."

간절하게 집을 외쳐 대며 더욱 거칠고 힘겹게 숨을 내뱉는 총각.

"집이 어데고!! 숨 넘어가긋다. 안 타고 뭐 하노!!"

총각… 연기자로 데뷔했으면 분명 대박 터뜨렸어. 총각의 연기는 너무도 리얼했다.

그렇게 경찰 차 뒷좌석에 태워진 총각은 내 어깨에 기대어 쉬지 않고 거친 호흡 연기를 선보이며 경찰 아저씨들의 애간장을 녹였다.

"잠깐만 기다리그라!! 내 경찰의 이름을 걸고 니를 최단 시간 만에 집에다 데리다 주꾸마!!"

경찰 차는 도로 교통법이란 법은 싸그리 무시하고 시끄러운 사이렌을 울려대며 도로를 내달렸다. 20여 분 동안 도로에서 격한 레이싱을 벌인 경찰 차는 한적한 주택가를 향해 차를 몰아가고 있었다.

"요기서 오데로 가야 되노!! 저런 써글, 잘난 쌍판떼기에 땀 흘리는 것 좀 보소!! 확! 김 순경, 빨리 못 달리긋나!!"

"하아… 저 집, 저 이층……."

끼익―

● 제9장
그 남자와 그 여자가 습격한 그 집

## 제9장
## 그 남자와 그 여자가 습격한 그 집

우리 엄마가 이 현장에 있었다면 네 주제에 유부남이라도 팔자만 펴면 그만인 것이라며 내 등을 떠밀었을 것이야. =__= 총각만큼 거만한 자태를 뽐내는 김 순경과 직책을 알 수 없는 경찰 아저씨, 그리고 총각, 그리고 날 반겨주는 철창 같은 대문.

"아따, 직이네. 김 순경, 그라고 보니 요기가 도적놈들이 수입이 짭짤하다꼬 젤 선호하는 동네라 안 카드나? 아픈데 미안한데 느그 아빠 요기 땅값 얼마 줬다대? 엉?"

김 순경은 지나치게 과묵했고 상관의 말에 대꾸 한 번 해주지 않았다. 물론 총각도 거친 호흡 연기 도중 간간이 미간만 좁혀 나갈 뿐, 아저씨의 말에 별다른 대꾸를 해주지 않았다.

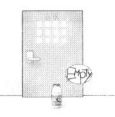

챙캉챙캉—

"모르믄 말아라. -_- 이보소!! 아들내미가 다 죽어가는고만 문 좀 열어보쏘."

"이 아저씨가 미쳤나!! 뭐 하는 짓이에요!! 하아."

내 어깨에 팔을 걸치고 거친 호흡 연기를 선보이던 총각이 무식하게 철창 같은 대문을 마구잡이로 흔들어대는 경찰 아저씨의 몰상식한 모습에 화들짝 놀라 경찰 아저씨의 쭈글쭈글한 손을 짜증스럽게 낚아채며 버릇처럼 화를 낸다. 그러나 이내 이게 아니다 싶었는지 한숨을 내쉬곤 살포시 손을 놓아주었다.

스르륵—

총각의 손에 거칠게 잡힌 자신의 손을 바라보며 겁을 먹는가 싶던 아저씨는 금세 자유로워진 손목을 매만지며 입을 쭈욱 내밈으로써 자기가 삐쳤다는 사실을 총각을 비롯한 모든 이에게 알려주려 했다. =__=

"하아… 아저씨, 가봐요. 제.발. 가요. 하아."

"내는 국민의 세금을 낼름낼름 씹어먹고 사는 입장으로 그냥 몬가것다. 니 들어가는 거 보고 갈란다. 내는 전혀 상관치 말고 퍼뜩 드가그라. 전혀 상관 말그라!!"

정의롭다고 해야 되는 건지, 아님 순찰 돌기 지루하니까 심심해서 이러는 건지 굳이 돌아가지 않으려 하는 이유를 난 잘 모르겠다. 문제는 철창에 매미처럼 딱 들러붙어서 비켜줄 생각을 안 하는 경찰 아저씨를 상관 안 할래야 안 할 수 없다는 것이다.

"아씨, 좀 가라니까!! 좀 가요, 제발!!"

"근데 이 자슥이 쌍판떼기 하나 믿고 하늘 같은 경찰한테 개기네!! 쓰읍, 봉투 봉투 열렸네~ 봉투 봉투 열렸… 헉! 아따, 김 순경 못 놓긋나!!"

질질질—

과묵한 김 순경은 악에 받친 목소리로 봉투가 열렸다는 노래와 함께 율동까지 선보이는 철없는 상관의 목덜미를 잡아 질질 끌어 경찰차 조수석에 던지듯 집어넣고는 문을 쾅 닫아버렸다.

스르륵—

조수석에 억지로 앉혀진 경찰 아저씨는 다시 쫌스럽게 눈인저리 부분까지만 창문을 내리고 삿대질을 하면서 버럭버럭 화를 내기 시작했고, 김 순경은 그대로 차를 출발시켰다.

부릉—

"빈손으로 돌려보낸다 이 말이가!! 배때지가 부르니까 은혜도 모르는 고약한 노므 자슥들!! 느그가 쥐꼬리만한 월급 받아먹고 사는 샐러리맨의 고통을 알아?! 봉투 봉투 열렸네~ 봉투 봉투 열렸네~"

그렁그렁—

조용한 주택가에 쩌렁쩌렁 울리는 경찰 아저씨의 처절한 외침에 내 두 눈에는 어느새 그렁그렁한 눈물이 맺혀 버렸다. 우리 아빠. 나약하기 그지없는 우리 아빠도 대한민국의 불쌍한 샐러리맨이다. 근데 경찰들은 샐러리맨이 아니라 공무원 아닌가? =_=

"아, 진짜 무식한 아저씨네."

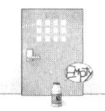

　총각은 경찰 차가 저만치 멀어지자 내 어깨에 올려져 있던 팔을 내려 바지를 탈탈 털며 경찰 아저씨를 잘근잘근 씹어댔다. 거친 호흡을 멈춘 지는 이미 오래다. 지극히 정상적으로 들숨과 날숨을 쉬며 짜증스럽게 투덜대기에 여념이 없는 총각이었다. 눈물이 그렁그렁 맺힌 눈으로 멍하니 자신을 바라보는 내 시선을 느낀 건지 작업용 눈웃음을 치더니 나지막히 내 귓가에 속삭였다.

　"큭! 이번에도 리얼하지 않든?"

　"어, 그럼. 못하는 것도 없지."

　"나이트에서 놀다가 캐스팅됐을 때 그대로 데뷔했으면 너랑 나 스캔들났겠다."

　뭔가 꺼림칙한 여운을 남기며 말끝을 흐리는 총각. 촉촉한 눈으로 내 입술을 부담스럽게 주시하고 있었다. 길거리 캐스팅도 아니고 나이트 캐스팅? 이 망할 총각 같으니라고. 아낙네들이랑 부킹하고 술 마시며 몸 흔들어대다 캐스팅된 게 어지간히 자랑이겠다 그래. 총각의 타는 듯한 시선을 애써 외면한 채 삼엄하기 그지없는 철창 같은 대문만 만지작거리고 있는데 집 주위를 건성으로 몇 번 두리번거리는가 싶더니 돌연 힘주어 철창에 내 몸을 밀어붙인다.

　철컹—

　왈왈!! 으르르릉!!

　개 키우나 보다. 무신경한 개가 이제야 집 앞에 사람이 있다는 걸 감지한 건지, 아님 퍼질러자다가 놀라 깬 건지 우렁차게도 짖어댄다.

　"아따따따, 따가! 왜 밀어? 울먹."

"니 눈이 방금 키스하고 싶다고 그랬어. 눈 감아."

"내 눈은 그런 말 안 했어!!"

"확! 정만이한테 시집보낸 댔다!! 좋은 말 할 때 감아!!"

철창 구석진 곳에 날 몰아붙이고 입가에 사악한 웃음을 흘리며 내 얼굴과의 거리를 좁히는 총각. 총각네 집 앞에서 혹여 아버님이나 무뇌아 자식에게 들킬까 심장이 콩닥콩닥 뛰었지만, 몹쓸 내 블랙 아이즈는 다시 한 번 겁을 질러먹고 힘없이 감겨 버렸다. 사실 내 눈은 총각이 키스를 할라치면 버릇처럼 감긴다. =___=

크릉. 크릉. 크르르르릉. 헥헥! 크릉.

총각이 내 입술을 탐한 지 40초. 철창 안에서 보초를 서고 있는 품종 모를 똥강아지의 이 가는 소리에 등줄기에서는 식은땀이 흘러 내렸지만 총각은 전혀 개의치 않았다. 40초를 조금 넘기고 내 입에서 입을 떼던 총각이 돌연 바닥에 뭔가를 툭 내뱉은 뒤 이리저리 담벼락을 매만지며 중얼거린다.

"그냥 참고 하긴 했다만, 나 오렌지 사탕 젤 싫어해."

내가 먹고 있던 오렌지 사탕이 총각 입으로 넘어갔나 보다. 뭘 내뱉나 했더니 사탕이었구랴.

크릉. 할짝. 크르르릉. 왈왈!!

화들짝—

멍하게 철창 대문 구석에 들러붙어 서 있는데 철창 틈새로 혓바닥 하나가 쑥 튀어나와 고사리 같은 내 손모가지를 할짝할짝 핥아댔다.

"꺄아아아아! 내, 내, 내 손… 읍!"

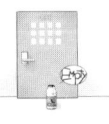

담벼락을 기웃대며 집 안의 동태를 살피던 총각이 내 비명 소리에 인상을 쓰며 튀어와 내 입을 틀어막아 버렸다.

속닥속닥—

"누구 죽는 꼴 보고 싶어?"

"내, 내 손 개가, 저 개가 핥았단 말이야. ㅠ_ㅠ"

내 말에 문틈으로 혓바닥을 내밀고 내 손에 끈적한 침을 발라대는 개를 잠자코 내려다보던 총각이 쪼그리고 앉아 자기네 집 개한테 나지막히 한마디 건넸다.

"이 변태 새끼, 넌 집도 안 나가냐? 도둑도 못 잡고 니가 할 줄 아는 건 뭐냐?"

크릉. 크르르릉.

"내가 집 나올 때 너한테 뭐라든? 개새끼면 개새끼답게 굴라고 안 그랬냐? 몇 개월 지났다고 주인도 못 알아보냐?"

툭툭—

총각은 급기야 창살 틈으로 손가락을 집어넣어 개의 머리통을 기분 나쁘게 툭툭 치기 시작했다.

크릉. 왈왈!! 왈왈!!

개도 자기 주인을 거부하고 있었고, 주인도 자기 개를 거부하고 있었다. =__=

한동안 그렇게 쪼그리고 앉아 모질게 개를 괴롭히던 총각이 자리에서 일어나 호주머니를 뒤적인다. 열쇠 하나를 꺼내 들고 열쇠 구멍에 열쇠를 맞추려다 돌연 바닥에 내동댕이쳐 버리고 옆에 서 있던 날 으스러지게 끌어안아 버린다.

"뭐 하는 짓인데?"

"하… 씨발, 저거 차 키다."

"그런데 왜 날 안는 건데?"

"안고 싶어서."

그렇게 나는 그냥 총각이 날 안고 싶어서 안을 줄로만 알았다. 행복에 겨워하며 말이다.

"일부러 개기는 거지, 어? 일부러 개기는 거지?! 쌀 세 가마는 되겠네, 진짜!! 담벼락 낮아서 안 죽어!!"

알고 보니 총각의 아부였다. 젠장! 난 지금 담을 넘을 목적으로 총각의 널찍한 두 어깨에 살포시 올라가 있는 상태다. 아빠가 다정하게 딸내미를 어깨 위에 얹혀 무등을 태우듯 말이다. 시간이 흐를수록 총각의 입은 더욱더 거칠어져 갔고, 내 무게를 견디다 못한 건지 간간이 짧은 탄식과 함께 내 귀에도 들릴 만큼 선명한 욕지거리를 중얼거렸다.

"울먹. 학교 담도 이것보다 높았지만 적어도 개는 없었단 말야. 저 개 땜에, 저 개 땜에 못 넘겠어. 울먹. ㅠ_ㅠ"

15분 경과.

"아씨! 야, 내려와!!"

총각의 차갑고 살 떨리는 한마디 덕에 내 두 다리는 다시 땅을 밟을 수 있게 되었다. 바닥에 내리자마자 난 내가 뭐 하는 짓인가에 대해 심각하게 고민하다 서러움에 복받쳐 격하게 울먹였다. 총각은 나

의 과체중으로 인해 어깨가 결리는지 잠시 일그러진 표정으로 고통을 호소하더니 아주 노하게 날 노려봤다. 그러더니 내가 15분 동안이나 생쇼를 해봤지만 무리라는 걸 깨닫고 결국 포기해야 했던 일을 능숙한 폼으로 단 1초 만에 해내는 경악스런 행동을 보여주었다. 난 전직이 의심스러운 총각을 바라보며 작은 한숨을 내쉬어야만 했다. 진작 저럴 걸, 도대체 날 왜 시킨 거냔 말이야!

털썩—

집 안에선 총각이 무사히 착지에 성공했다는 효과음이 들려왔고, 잠시 후 철창 같던 대문이 거만한 자태를 뽐내며 조심스레 삐거덕 열렸다.

탁탁—

"이거 봐, 이거!! 흰 바지에 흙 묻었잖아!!"

문을 열자마자 신경질을 내며 바지에 조금 묻은 흙을 탈탈 털어대는 총각. 아무래도 흰옷에 흙이 묻을 걸 염려해 나에게 담 넘기를 권한 것 같다. 난 그래도 총각의 애인인걸? 그럴 리 없다며 세차게 고개를 내저었다. =___=

"이래가지고 니네 집 어떻게 가냐!!"

화들짝—

"우, 우리 집엔 뭐 하러 가려고?!!"

"어제 어머니 생신이셨다며!! 집 털어서 생일 선물 사드리려 그런다, 왜!!"

크릉. 크릉. 크릉. 왈왈!!

지금 내게는 총각의 말에 감동받아 훌쩍거릴 여유가 없다. 내 눈앞에 보이는 어마어마한 도베르만의 기세에 질려 총각의 손을 꼭 붙들고 살기 위해 세차게 그리고 아주 조심스레 뛰어야만 했다. ㅠ_ㅠ 난 집 앞 놀이터에서 흙먼지를 마셔대며 꺼끌꺼끌한 난잡하게 두꺼비 놀이를 하면서 우악스럽게 컸는데, 총각은 넓고 보드라운 잔디구장에서 뒹굴고 뛰놀며 자랐나 보다. 그 덕에 이렇게 거만해졌나 보다. 우리 할아버님이 말씀하시길, 자고로 인간은 누구든 천성이 착하지만 인간이 인간을 변하게 하고 주위 환경이 그 사람을 변하게 한다고 했다. 역시 그 말이 결코 틀린 말은 아니었나 보다. 나 같아도 이런 잔디구장에 근사한 집에서 자랐더라면, 싸가지의 표본이라 할 수 있는 정희보다 더한 기집애로 성장했을 것이다. =__=

"집이 좋아 보이네. 땅값 얼마래? 잔디에 물은 며칠에 한 번씩 주는 거야?"

"시끄러!"

몇 마디 건네지도 못하고 총각의 거친 손길에 이끌려 도착한 곳은 집 뒤편에 있는 허름한 뒷문이었다.

"뭐야? 개구멍이야? 근데 왜 이렇게 숨어서 집에 들어가야 되는 건데?"

"집 털러 왔다고 그랬잖아!!"

"……."

자기가 자기 집을 털겠다고 담을 넘어서 집으로 들어왔다. 그럼 하릴없이 그 옆에 있던 난 한순간에 공범이 되는 걸까? 이런. =__=

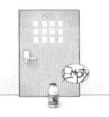

끼익—

총각은 이미 오래 전부터 여길 자주 드나들었던 폼으로 문 옆에 좌악 늘어서 있는 화분 중 유난히 초라한 세 번째 화분 밑을 더듬다가 열쇠 하나를 끄집어낸다. 그 열쇠로 뒷문을 열어 보였다.

"야, 나 집에 들어갔다 나올 테니까 여기 앉아 있어."

"나도 같이 갈래. 고생이 나올까 봐 무섭단 말야."

"야, 그냥 내 방에서 돈만 들고 나올 거니까 앉아 있어!!"

"그럼 방 구경할래."

날 심하게 노려보는가 싶더니 결국은 내 손을 잡아끌고 집 안으로 들어간다. 신발도 벗지 않은 채.

아무래도 이 뒷문은 부엌이랑 연결되어 있나 보다. 껌껌하게 불이 꺼진 부엌의 싱크대가 흐릿하게 보이고, 환하게 불이 켜진 거실, 그리고 뒤이어 들리는 TV 소리, 낯익은 목소리.

"아씨, 웃기네, 웃기네. 이게 말이 돼!! 다 큰 아들내미한테 손 들고 꿇어앉아 있으라는 게 말이 돼!! -0-"

"아, 저 미친놈! 왜 저기 자빠져 있어."

어두운 부엌을 거닐던 총각이 우뚝 멈춰 서며 조용히 내뱉은 말이었다.

"당신이 정말 내 아비라면 용돈을 내 손에 쥐어주며 정훈아, 사랑한다고 해야지!! -0-"

아비에 대한 분노와 한 맺힌 설움을 울부짖으며 돈을 내놓으라 고래고래 소리치는 내 지갑을 훔쳐 달아난 도적놈의 목소리가 집 안 가득 쩌렁쩌렁하게 울려 퍼진다. 예상치 못했던 서정훈이라는 복병에 우뚝 멈춰 한동안 움직일 생각이 없어 보이는 총각과 행여 놓칠까 총각의 니트 자락을 꼬옥 움켜잡은 난 어둠에 익숙해진 두 눈으로 부엌 살림살이를 쓱쓱 훑어보며 이리저리 만져 보고 쓰다듬기에 여념이 없었다. =__=

속닥속닥―

"나 끌어안어."

"뭐, 뭘 끌어안으라고?"

식탁 위에 올려져 있던 열대 과일 더미들을 쓰다듬는 척하다 호주머니에 쑥 집어넣으려던 찰나, 내 손목을 낚아채 자기 허리에 두르는 총각. 얼떨결에 총각의 널찍한 등에 얼굴을 파묻혔다. 니트에서 배어 나오는 좋은 냄새에 취해 열대 과일을 호주머니에 집어넣지 못한 좌절감도 잊은 채, 애인의 도적질을 돕기 위해 집에 몰래 잠입했다는 사실도 잊은 채, 그렇게 정신없이 쿵쿵거렸다.

"행복했던 기억 다 지우진 말아줘~ 너 하나만 사랑한 늘 초라한 날 잊지는 마~ 내겐 너뿐이야. 이거 지훈이 노랜데 부른 사람은 정훈이다? 아빠, 지훈이 말고 정훈이가 불렀다고."

느닷없이 들려오는 몹시 낯익은 노래 한 소절과 형의 이름을 대놓고 마구 부르는 동생 놈. 대차구나, 정훈아.

"아빠, 아들 힘들다. 돌팔이 의사!! 내 병도 못 고치지? 내 병 못 고쳐 줄 거면 날 악의 구렁텅이에서 건져 줘!! 아들 유학 보내달라구! 차라리 엄마한테 보내주라."

"야, 미친놈아!! 너 뒈진대? 누가 뒈진댔어!! 누구 멋대로 뒈지래!!"

화들짝―

정말 순식간에 일어난 일이었다. 허리에 둘려져 있던 내 팔을 거칠게 내치고 거실을 향해 성큼 뛰쳐나가 버리는 총각.

"꺄아아아! 형 새끼다!! -O-"

"이 정신 나간 자식아!! 너 누구 멋대로 뒈지래!"

"미쳤어? 이 형 새끼가!! 내가 죽긴 왜 죽어!! 캑캑! 아빠 살려줘!!"

껌껌한 부엌에 홀로 남겨진 난 그 와중에도 열대 과일 하나를 호주머니에 쏙 집어넣은 뒤 쭈뼛쭈뼛 거실로 걸음을 옮겼다. 따갑게 내리쬐는 거실의 지나치게 현란한 샹드리에의 빛에 잠시 인상을 찡그리다가 슬며시 실눈을 뜨고 거실의 동태를 살폈다. 청색 모자를 꾹 눌러쓴 웬 남정네가 거실 바닥에 널브러져 있었고, 그 남정네의 몸뚱어리를 세차게 밟아대며 욕지거리를 내뱉는 총각의 모습에 입을 쩌억 벌리고 멍하니 굳어버렸다. 난 온몸으로 총각의 발길질을 막아대며 애처로이 저항을 해대는 동생 놈과 눈이 마주쳐 버렸고, 내키지는 않았지만 힙겹게 입 꼬리를 올리고 어색한 웃음을 지어 보였다.

"=_= 씨.익. 아, 안녕, 정훈아?"

"꺄아아아!! 저 기집애는 여기 또 어떻게 들어왔어!! 아빠!! 아빠!! -O-"

물론 반갑게 화답해 줄 거란 기대는 하지 않았다.

벌컥―

"서정훈!! 이 망할 놈아!! 사람 좀 살자!! 손 들고 있으랬……."

몇 미터 근방에 있던 방문이 벌컥 열렸다. 이놈의 집에선 두세 발자국, 서너 발자국이라는 치수로는 셈이 나오지가 않는다. 아직은 미확인이지만 우리 집 거실이 이놈의 집 화장실 평수보다 작을 것 같단 생각이 미치자 우울함을 떨쳐 버릴 수 없었다. 분명 이 집 사람들은 화장실에서 100m 달리기를 하면서 체력을 보강하고, 너른 거실에서 도베르만과 원반을 던지고 물어오는 게임을 하며 친목을 다졌을 거야. 그리고 도베르만은 너른 거실을 내달리느라 지친 나머지 다음날 깨갱거리며 앓아 눕겠지. =__=

　방문이 열리는 짧은 시간 동안 내 머리 속은 대한민국 빈부격차에 대한 서러움을 아주 잘근잘근 씹어대고 있었다. 집에서 초라한 남색 츄리닝을 입고 바둑이나 두고 앉아 있을 우리 아버지와는 몹시 상반되는 귀티가 잘잘 흐르는 차림새를 한 총각의 아버님이 고고하게 고함을 내지르며 방에서 걸어나오시다가 우뚝 멈춰 섰다. 장남이 오랜만에 집에 들어와 차남을 구타하고 있다는 사실보다 그 옆에 멀뚱히 서 있는 날 보고 더 놀라신 듯했다.

　"서, 선생님, 오랜만이에요. =__= 씨.익."
　"지민이 학생이 우리 집엔 어쩐 일이오?"
　도적질하러 들어왔쏘!!라고 말했다간 날 집에서 처참하게 끌어내 버리겠지?
　"아, 하하. 그게 별. 일. 아니에요."
　그리고 이 순간에도 멈추지 않는 폭력과 폭언.
　"누구 멋대로 돼지래!! 이 정신 나간 놈아!! 어!! 무슨 병이래!! 아빠

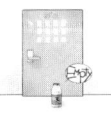

란 사람이 아들 새끼 병 걸렸대는데 것도 몰라!! 어?"

"형… 악!! >_< 이, 일단 내 말을 들어줘!"

퍽퍽—

병에 걸렸단 말에 화들짝 놀라더니 날 노려보던 노한 시선을 거두시고 넓은 거실을 내달려 아들내미들이 뒤엉켜 있는 현장을 덮치는 아버님. 한술 더 떠 정훈이의 멱살을 거세게 움켜쥐시는 아버님.

흔들흔들—

"이 망할 놈!! 증상을 설명해!! 어디가 아프다는 말이야?! 아비를 믿고 불어!!"

턱—

이윽고 아빠의 손을 귀찮다는 듯 척 내려놓은 뒤, 옷고름을 정갈하게 매만지는 동생 놈이 형과 아빠에게 진지한 목소리로 입을 열었다.

"에휴, 평소에는 지나가던 개 취급도 안 하더니 아프다는 말에 엄청 쫄아서는……. -_-"

"……."

퍽—!!

아무리 무식해도 저런 말을 하면 한 대 맞을 거라는 것쯤은 알고 있을 법도 한데.

"헛소리 나불대지 말고, 무슨 병이냐고!"

"지랄병."

"뭐?"

"그러니까 난 지금 심각한 지랄병이라는 병마와 싸우고 있어. 다

들 날 건드리지 말아줬으면 좋겠어. 하아, 피곤하다. 띨빵아, 여전히 넌 너무도 띨빵해 보인다. 그래도 사랑해."

순식간에 분위기는 싸해져 버렸고 집 밖에서 들려오는 도베르만의 짖음만이 조용한 집 안에 울려 퍼졌다. 죽음의 그림자를 느낀 정훈이는 행여 죽을까 봐 후다닥 이층으로 튀어올라 가버렸다

"지훈아, 도장 챙겨라."

"동사무소 퇴근 시간 언젠데?"

"서류 준비는 알아서 할 테니까… 내일 중으로 호적 파마."

"동생 포기하는 대신에 카드 정지시킨 거 풀어줘."

"오냐, 니 호적도 같이 파주마. -_-"

동생을 포기하는 대신 정지시킨 카드를 풀어달라는 장남이나 지랄병에 걸렸다는 철없는 차남의 호적을 파버린다는 아빠나 우리 집 만큼이나 정상적인 가정이 아닌 것 같았다.

"아, 왜 치사하게 용돈을 끊어, 끊기를!! 카드 정지시킨 거 좀 풀어달라고요!!"

"니가 저 학생 집에 데리고 왔냐? 제삿날에도 안 들어오던 놈이 무슨 이유로 집에 기어왔냐!!"

"용돈 끊기고 눈에 뵈는 게 없어서 집 털러 왔습니다, 의사 선생. 박지민 뭐 해!! 돈 될 만한 거 다 챙겨!!"

"……."

아무래도 대놓고 집을 털 작정인가 보다. =___=

"이 빌어먹을 놈이!! 저 학생이랑 무슨 사이냐!! 애인만 아니라고

말해다오!!"

애인인데 애인만 아니라고 말하라면 어쩌란 말인가, 저 영감? 아빠가 아들을 닮아 머리가 좋은 건지, 아들이 아빠를 닮아 머리가 좋은 건지… 철저히 계산된 발언으로 사람을 궁지에 몰아가는 건 아들이나 아비나 무서우리만치 닮아 있었다.

"서주환 씨 며느리 될 여자. 박지민, 큰 소리로 시아버지라고 불러!!"

그렇지만 아들이 아비보다 한 수 위였다. 총각의 말에 입을 쩌억 벌리고 어버어버 거리시던 시아버지는 망할 놈이란 말과 함께 말도 안 돼!!라는 듣기 거북한 말을 연발하셨다. 때마침 울리는 초인종 소리.

지지지베베베베~

총각은 얼이 빠진 아빠를 남겨놓고 내 팔을 확 잡아끌어 이층으로 데리고 올라가 버렸다.

덜컥—

"어머, 자기야. 글쎄 집 앞에 후니가 풀이 죽어서는 널브러져… 어머, 왜 이래요?"

"버릇을 백 원에 팔아넘긴 그 여학생이… 그 여학생이 지훈이, 지훈이… 말도 안 돼."

"버릇을 백 원에 팔아넘긴 개가 왜요? 어머어머, 또 병원에 와서 자기 속 박박 긁고 갔어요? 세상에… 얼굴 한 번 보고 싶네, 진짜."

이층으로 향하는 내 귀에 막 집으로 들어온 듯한 웬 젊은 여자의 목소리와 시아버지의 목소리가 들렸다. 버릇을 백 원에 팔아넘긴 그 여학생은 아마 나를 뜻하는 말인 듯했다. 나 박지민은 이 집에서 버릇을 백 원에 팔아넘긴 여학생으로 통하고 있나 보다. 한시라도 빨리 이 집에서 나가고 싶다. ㅠ_ㅠ

"저 여자 목소리… 엄마야?"

"우리 엄마 일본에 있다고 안 그랬냐?"

"아참, 근데… 아빠가 나 싫어하나 보다."

"니네 엄마도 날 싫어하는 것 같더라."

총각의 말에 더 이상 반박의 여지가 없었음으로 조용히 입을 다물어야만 했다. =___=

이층엔 또 하나의 작은 거실을 사이에 두고 두 개의 방이 마주하고 있었다. 왼쪽 방 문고리엔 시뻘건 매직으로 종이에 휘갈겨 쓴 「날 사랑한다면 이 방에 들어오지 마시오」라는 위협적인 글이 적혀 있었다.

"저 방은… 정훈이 방인가 보네. 사랑 안 하면 저 방에 들어가도 되는 거네?"

"저 새끼가 하는 짓에 상관하지 마. 골 때려."

"그렇지만 사람을 꼭 상관하게 하는 뭔가가 있는 애 같아."

정훈이 방을 철저히 외면하고 거친 손에 이끌려 도착한 총각의 방. 폴폴 뿜어져 나오는 총각의 체취에 아찔한 정신을 가눌 길이 없어 휘청대며 둘러봤다.

"방이 지나치게 넓네. 이런 방에 혼자 자면 귀신 나올까 무섭지도 않나?"

"무서우면 니가 같이 잘래?"

"아니요."

"밤마다 옷장 위에서 다리 병신들이 쪼그리고 앉아서 나 유혹하더만."

"어, 어? 그래, 귀신들한테도 인기가 많아서 참 좋겠다."

"허연 치마 걸치고 나 쳐다보는데 미치게 섹시하더라."

우득—!!

"그래, 나는 미치게 섹시하지 못해서 정말 미안해."

내 말에 피식 웃음을 날리더니 정신없이 서랍장을 뒤적거리며 뭔가를 찾는 총각. 섹시한 귀신들이 총각을 유혹해 댄다던 옷장을 심하게 노려보며 그 자세 그대로 유지하고 있으려니 다리가 저려 허연 침대보로 휘감겨 있는 침대로 걸음을 옮겨 살포시 걸터앉았다.

"집은 좋다만… 터가 좋지만은 않은 것 같은데?"

신경질적으로 서랍장을 뒤지는 총각의 뒤통수에 대고 터가 좋지 않다는 소릴 내뱉었다가 날아오는 고무 지우개에 이마를 정통으로 가격당해야만 했다.

"시끄러. 아, 야!! 너 고개 돌려!!"

"어? 고개?"

"오른쪽으로 고개 돌려!!"

이마를 쓱쓱 문지르던 난 본의 아니게 왼쪽으로 고개를 돌려 버렸고, 서랍을 뒤지던 총각이 감추려던 뭔가를 보고야 말았다. 침대 옆에 스텐드, 그 앞에 자리 잡고 있는 웬 액자 하나.

"으하, 안 어울려. 침대 옆에 사진 놔두고 자는……."

 액자를 들어 사진 속의 주인공을 확인해 버리고 만 나. 사진 속에 찍힌 아낙과 청년. 아낙은 미란 언니였고 청년은 총각이었다. 그럴 수 있다며 아무렇지 않은 듯 입가에 웃음을 머금기엔 사진에 연출된 포즈가 그다지 건전하지 못했다. 미란 언니와 교복을 입은 총각이 찰싹 들러붙어서 키스를 하고 있는 사진이었으니까.

 툭—

 챙그랑—!!

 내 손에 들려 있던 액자가 힘없이 바닥에 떨어져 버렸다. 산산조각 나 버린 유리 조각들은 뒤늦게 사진을 감춰보기라도 하겠다는 듯 사진 위에 난잡하게 서로 뒤엉켜 있었다. 그 덕에 내 눈에 더 더욱 선명하게 박혀 들어오는 총각의 지나치게 행복하게 감긴 두 눈.

 "아, 미안. 깨졌다. 미안, 고의가 아니었어. 정말로……."

 내 입은 연신 고의가 아니었다는 어색하기 그지없는 가식적인 말들을 쉼없이 내뱉었다. 작은 한숨을 내쉬며 내 모습을 내려다보던 총각이 유리 조각을 치우고 있는 내 옆에 같이 쪼그리고 앉는다.

 "박지민, 죽고 싶으면 계속 유리 조각 만지고 살고 싶으면 유리 조각에서 손 떼."

 난 황급히 손을 뗐다. 살고 싶다는 내 인간적이고 육감적인 본능이 주저없이 유리 조각에서 내 손을 떼게 해주었다. =__=

 내 대신 유리 조각을 조금 신경질적으로 주워 들며 침대 옆에 있던 쓰레기통에 툭툭 집어넣는 총각. 지금 난 참 무안하다.

"어? 입고 있는 교복, 해산고 교복이네. 이 학교 나왔어? 애고, 우리 학교랑 진짜 가까운 학교였는데… 아니? 하하."

"어."

내가 발끈해야 되는 상황인데 어째서 나보다 총각이 더 화나서 착 가라앉아 있는 걸까? 당황스럽기까지 하다.

"아이고, 미안해라. 액자 이쁜 거 하나 새로 사 올게. 그리고 나 아무렇지도 않다~ 봐봐, 우, 웃고 있잖아. =___= 씨.익."

"쇼하지 마."

잠시 잊고 있었다. 총각 앞에선 가식적인 웃음이 통하질 않는다는 애석한 사실을. 그리고 총각 말처럼 여기서 쇼를 그만 접었어야 했는데, 무모한 난 무리하게 쇼를 감행하다가 급기야 사고를 치고 말았다.

"나 쇼하는 거 아니래도~ 다른 여자랑 키스하는 거 본 거 한두 번도 아닌데 새삼스럽… 아니, 내 말은 그런 뜻이 아니라… 하.하."

우뚝—

아, 내 입. 촐싹맞은 내 입. 왠지 끄집어내서는 안 될 말을 끄집어내 버린 것 같다. 총각이 유리를 집던 손을 우뚝 멈춘다. 바닥에 고개를 처박고 무안함을 극복해 보려 굳세게 허허거리며 웃고 있는 내 턱을 쓱 잡아당겨 허공으로 들어 올리는 총각.

"니가 하는 쇼는 너무 단순해서 짜증이 나려고 그런다. 어쩌냐?"

"고등학교 때부터 사귀었으면 천 일 정도 되려나? 와, 보기보다… 아, 보기엔 그렇지 않다는 말이 아니라 행실이, 아니, 행주……. =___="

어쩌면 나도 정훈이 놈과 별반 다를 것 없는 무뇌아에 가까운 인간이었나 보다. ㅠ_ㅠ

"내 입에서 미안하단 말 듣고 싶어서 이래?"

"아니, 미안하단 말 절대 하지 마. 꼭 바람피우다 들킨 것 같아서 싫어."

"염병한다. 저번부터 자꾸 바람, 바람 거릴래!!"

"염병 아니야!! 그냥 욕심나는데 어떡해? 과거도 갖고 싶단 말이야. 현재도 내가 갖고, 과거도 내가 갖고, 미래도 내가 갖고, 보너스로 전생도 내가 다 갖고 싶은데."

"하! 착하다. 그래, 세상을 다 가져라. 2년을 이겼는데, 최단 시간만에 2년을 이긴 기집앤데. 그래, 내 몸뚱어리 다 가져가라."

"몸뚱어리 달라는 소리가 아니라······."

벌컥—

"OK, 거기까지! 웃기네, 웃기네. 몸뚱어리란 소리까지 나왔어? 고맙게 접수하겠어. 오, 금방이라도 키스할 폼인데?"

갑자기 벌컥 문이 열렸다. 모자를 푹 눌러쓴 동생 놈이 총알처럼 튀어와 내 턱을 잡고 있는 형 옆에 쪼그리고 앉아 두 눈을 반짝거렸다. 뭔가 심하게 갈망하고 있는 저 눈빛. 엄마가 왜 날 파리채로 그렇게 때려댄 건지 알 만도 하다. 지금 난 이 자식을 파리채보다 더한 것으로라도 확 쥐어패고 싶은 심정이다. =__=

"개정훈, 그냥 가. 좋은 말 할 때 방문 닫고 절루 꺼져, 어?"

"사랑하는 형, 내 성은 서씨야. 엉큼한 것들. 보기 흉해. 좀 떨어져

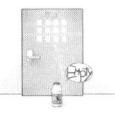

앉어라!!"

"여기 니가 사랑하는 형 새끼 없어. 면상 처박고 튀어나가. 쏠려!"

"아!! 띨빵아, 드디어 니가 증거물을 입수했구나!! 형 새끼 질이 아주 안 좋아. 더 야하게 찍은 사진도 있는데 보여줄까? -0-"

더 야하게 찍은 사진? 이것보다 더 불건전한 사진이 있단 말이더냐?

퍽퍽—

"미친 새끼!! 꺼지라고 좋은 말로 할 때 좀 꺼지면 덧나냐, 어?!"

"꺄아아아!! 형 새끼, 이러지 마!! 띨빵아, 형 새끼 안 말리고 뭐해!! 너 때문에 으악!! 맞고 있잖아!! 니네 몸뚱어리 비적비적댄 사이란 거 다 불어버릴 거야!! -0-"

몸뚱어리 비적비적댄 사이는 무슨 사이를 말하는 거니, 정훈아? 니 형을 말리고픈 맘이 고양이 눈곱만큼도 남아 있지 않아서 참 미안하다. 그냥 맞거라. 원없이… 원없이 맞거라. 정훈이는 학대당하는 와중에도 목이 터져라 띨빵아, 살려줘를 외쳐 댔다. 난 두 귀를 틀어막고 조신하게 쪼그리고 앉아 묵묵히 유리 조각을 치워 나갔다.

쿵쿵쿵—

"세상에, 이게 뭐 하는 짓이니!! 정훈아!! 지훈아!!"

긴 머리를 흩날리며 저돌적인 기세로 정훈이와 총각를 향해 달려 들어오는 저 아낙. 지나치게 낯이 익어.

"새누나, 살려줘!! 웃겨, 웃겨!! 내가 뭐 틀린 말했어? 죄다 주둥아리 맞대고 찍은 사진투성이더만!! 내가 방 다 뒤져… 악!!"

"방을 뒤져? 니가 뭔데 남의 방을 뒤져!!"

"둘 다 그만 해. 어머, 왜 이러니? 아빠 골프채 찾으러 가셨어!! 너네 일 년 동안 용돈 끊어버릴 거래. 그만 해!! -0-"

저 아낙을 어디서 봤더라? =_=

"뭐!! 일 년 동안? 누구 맘대로!!"

"웃기네, 웃기네. 이게 다 형 새끼 때문이야!!"

"지훈아, 우선 아빠 화 풀리실 때까지 내 카드로 용돈해. 어서 맞기 전에 나가. 화 많이 나셨어!!"

"아, 내가 이걸 왜 받아!! 내가 거지야?"

"이 자식아, 받으라면 받아! 4일 뒤에 엄마 생신이잖아!!"

"뭐야!! 4일 뒤에 새누나 생일이야? 웃기네, 웃기네!! 근데 이거 인종 차별이야!! 나도 용돈 끊겼어!! 나도 카드 필요해!!"

"정훈아, 인종 차별이 아니라 인간 차별 아닐까?"

기어들어 가는 소심한 내 발언에 모두의 시선이 나에게 집중되어 버렸다. 미모의 아낙이 날 바라보며 고개를 갸웃거렸고 정훈이의 입에서 웃긴다는 비아냥거림이 나오려던 찰나였다.

쿵쿵쿵—

"우오오오!! -0- 서지훈, 서정훈!! 이 망할 놈들 다 죽었어!!"

화들짝—

골프채를 집어 들고 허공을 향해 삿대질을 해대며 방문을 벌컥 열고 들어오시는 시아버님. 일순 혼비백산해진 방 안. =__=

"내가 양육권을 포기할 테니 내일 어깨동무하고 호적 파러 동사무

소 가자, 이 자식들아!"

"어머머머!! 자기야, 이러지 말아!! 뭐 해? 지훈아, 정훈아, 튀어!!"

"웃겨, 웃겨! 난 맞는데 이골이 난 놈이야!! 아버지!! 골프채로 원없이 나 패!! 패고 난 뒤에 진단서 끊어서 경찰서 갖다주… 아악!! 아버님, 잘못했어. 이러지 마. 아악!!"

온몸으로 정훈이를 막아내며 시아버님의 골프채 세레머니를 저지시키는 저 아낙. 그랬다. 쭉쭉이의 실루엣과 닮아 있었다!

"살고 싶으면 튀어!!"

나도 바라던 바야. 이 난잡한 가족들 틈에 일 분이라도 더 끼어 있으면 숨이 막혀 버릴지도 몰라. 내 손목을 낚아챈 총각은 시아버님이 내려치는 골프채의 방향과 각도를 능숙하게 요리조리 피해 집 안에서 빠져나왔다.

"하아, 하아, 골프채에 잘못 맞아서 죽거나 그런 경우는 없지?"

"어, 없어. 병원에 실려가는 걸로 끝나."

"어? 어, 그래."

화목하고 단란하게 자라온 것 같지만은 않은 총각네 가정사를 알고 난 지금, 정훈이가 몹시 걱정스럽다.

왈왈. 크릉. 크릉.

"뭘 봐? 눈 안 깔아?! 개새끼면 개새끼답게 굴어, 어? 집도 좀 가출해 보고 그래야지. 몇 년째 뒹굴거리냐!!"

깨갱. 깨갱.

대문을 열고 나가기 전, 다시 한 번 도베르만 앞에 쪼그리고 앉아

온갖 망언과 욕들로 자기집 개를 한없이 주눅 들게 만들고 있는 총각. 그런 총각을 걱정스레 바라보고 있던 난 우연찮게 도베르만의 밥그릇을 보고 난 뒤 목이 메어 눈물이 앞을 가릴 수밖에 없었다.

"저 밥그릇, 우리 집에선 우리 엄마가 제일 아끼는 국그릇인데… 귀한 손님 올 때만 쓰고, 행여 때가 탈까 툭하면 닦아대고 닦아대는데… 저게 지훈이 오빠 집에선… 울먹! 개 밥그릇밖에 안 돼? ㅠ_ㅠ 울먹! 진짜 재수없어, 저 개새끼."

퍽—

와울~ 깨갱. 깨갱. 깨갱.

울컥하는 마음에 도베르만의 장딴지를 걷어차 버렸다. 난 어이없어하는 총각과 장딴지를 부여잡고 바닥에 널브러져 오열하는 도베르만을 뒤로한 채 대문을 열고 집 밖으로 뛰쳐나와 버렸다.

"고물. 사진은 찍히냐?"

"사진 찍혀, 왜 이래!! 이래 봬도 40화음이란 말이야!!"

"40은 얼어 죽을. 단음 아냐?"

우득—

새로 장만한 핸드폰을 자랑이라도 하듯 내 눈앞에 들이밀어 보이는 총각이었다.

"아까 그 여자랑 무슨 관계냐니까? 왜 안 가르쳐 주는 건데?"

"아씨, 집 안 들어? 팔 부러지는 꼴 보고 싶어? 쪽팔린 거 무릅쓰고 속옷 사러 가게 들어갔더니 빨간 내복을 고르고 지랄이야!!"

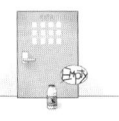

"우리 엄마, 관절 마디마디가 시리다고 한여름에도 빨간 내복 입는단 말야. 그 쭉쭉이 누구야?"

"니네 집 어디야!!"

"다 왔어. 여기."

"이거 봐, 이거!! 흰 바지에 흙 묻은 거 어쩔 거야!! 스타일 구기게!! 저 집?"

"아아아!! 어디로 가!! 거기 아니야!! 거기 정희 집이야!! 여기 이 낡아 빠진 초라한 집이 우리 집이라고!!"

때는 이미 늦어버렸다.

딩동—

"뭐? 아, 씨발! 벨 눌렀어!!"

규모에서부터 차이가 난다. 무식하게 큼지막한 정희네 집에 가려 일광욕은 꿈조차 꿀 수 없는 저 소외당한 쪼그만 집이 우리 집이란 말이다. 일부러 저렇게 지은 건지 정희네가 조금 재수없는 각도로 집을 지은 덕분에 옆에 붙어 있던 껍딱지 같은 우리 집은 순식간에 암흑 속으로 몰락해 버렸다. =__=

틱—

[엄마!! 부정 타게 또 지민이네는 왜 가는… 어? 지훈 씨? 꺄아아!!]
딸깍!!

"이 기집애, 미친 거 아냐?"

"……"

인터폰에서 흘러나오는 정희의 목소리는 몹시 소름 끼쳤다. 혼자 뭔가를 떠들어대다 급기야 괴성을 지르며 인터폰을 뚝 끊어버렸다. 순식간이었지만 정희의 입에선 우리 집을 굉장히 낮추어 말을 하는 부정 타게란 말이 거침없이 흘러나왔다. 정작 부정 타야 될 사람이 누군데? 다량의 금가루가 덕지덕지 붙어 있는 스뎅 목걸이를 요일마다 바꿔 걸고 모가지가 부러질 것 같다는 말을 버릇처럼 중얼대시며 우리 집에 출근하시는 정희 엄마. 금가락지 사이좋게 나눠 끼고 결혼하신 엄마 앞에서 다이아 반지 척 들이밀며 손모가지가 주저앉을 것 같다는 말을 습관적으로 중얼대시는 정희 엄마. 우리 엄마 염장을 지르던 그분이 네 어미다, 정희야. 우리 엄마는 늘 너희가 우리 옆에 살고 있는 이웃사촌이라는 사실에 대해 재수가 옴 붙었다고 그러시더라. =__=

"뭐 해, 달아나지 않고!!"

인터폰에서 흘러나온 정희의 목소리에 화들짝 놀라 황급히 두어 발 물러나던 총각. 달아나라는 다급한 내 음성에 각양각색의 욕지거리를 내뱉으며 몸을 틀어 한 걸음, 두 걸음 느긋하게 옮긴다. 그러면서 내 애간장을 타게 해주었고, 간간이 흰 바지를 탈탈 터는 모습으로 내 속을 시꺼멓게 태워주었다. 총각은 끝까지 절대 뛰어주지 않았다.

"정희가 나올지도 모르니까 빨리 여길 떠야 한다고!!"
"아, 니가 죄졌어?! 벨 한 번 잘못 눌렀다고 죽인대, 어?"
"나는 정희가 그냥, 단지, 정말 싫단 말이야. 울먹!"
"아, 다리 아프다. 나 업어주라."

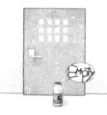

털썩—

양손에 들린 보따리를 바닥에 턱 내려놓더니 바닥에 털푸덕 주저앉아 버리는 총각의 모습에 잠시 심한 경기가 일어났다. 서둘러 몸을 추슬러 총각의 기다란 손을 붙들고 울며 매달려야만 했다.

"흰 바지에 흙 묻는 거 싫다며!! 이런 추잡한 데 앉으면 바지에 흙 묻잖아!! 스타일이 아주 구겨져 버려!! 빨리 여길 벗어나자!! 울먹! 제발."

"등신. 스타일 구겨져도 난 얼굴로 커버하잖아."

너무 진지하게 그런 말을 내뱉으면 어쩌니, 총각? 내 입에서 욕 나올 뻔했다.

"내 마지막 부탁이야. 나와 함께 세차게 뛰어보지 않을래?"

끼이이익—

손톱으로 칠판을 긁을 때 들을 수 있는 소름 끼치는 효과음과 함께 금색으로 흉하게 도금을 한 정희네 집 대문이 오픈됐다.

"어머, 이게 누구야? 지민이 아니니? 어머, 지훈 씨!! 우리 집엔 웬일이에요?"

밥을 굶기고 구박을 한 건지, 삐쩍 말라 뼈만 앙상하게 붙어 있는 치와와 한 마리를 품에 안고 도도하게 걸어나오는 정희.

"죄송해요. 남의 집에서… 아이고, 지나가다 번지수를 착각했지 뭡니까? 저희 상관 말고 도로 들어가서 휴식하세요."

"지민아, 친구끼리 남사스럽게 말 높이는 거 좀 그렇다. 큭!!"

"절 아시나요?"

"어, 잘 알아. 너 장현석 애인이었잖아. ^—^"

바닥에 퍼질러 앉아서 정희가 나오든 말든 기지개를 쭉 펴고 있던 총각은 정희의 비아냥거림에 그대로 돌처럼 굳어버렸다. 벌어진 내 입도 좀처럼 다물어지지 않았다.

그렇게 말없이 1분이 흘렀다. 언제까지 굳어 있을 것만 같던 총각이 자리를 훌훌 털고 일어났다. 으스러뜨릴 폼으로 치와와를 안고 있는 정희 앞으로 걸어가 너무도 거만스레 정희의 코앞까지 얼굴을 들이밀었다.

"나 고막 찢어졌나 봐. 방금 뭐라고?"

매일 찢어지고, 다시 복귀되고, 찢어지고, 복귀되고… 초자연적인 치유 능력을 가지고 있는 축복받은 인간인가 보다.

"너무 가까운 거 아닌가? 이러다 입술 부딪치면 어쩌려고? 큭! 지민이 앞에서 키스해 볼래요?"

"어, 침 뱉고 난 뒤에 너 골로 보내줄게."

지훈 총각, 눈웃음 치면서 그런 험한 말 하지 마. 일단 총각의 얼굴을 정희의 코앞에서 끌어내기 위해 옷자락을 잡아당기며 입을 열었다.

"아앗! 저녁 8시다!! 우리 엄마 잘 시간인데!! 엄마 자기 전에 집에 가자, 어?"

순 거짓말이다. 우리 엄마 새벽 2시까지도 깨길 수 있고, 옆에서 말리지 않으면 밤까지 새는 독한 위인이시다.

"나 고막 찢어졌다고!! 방금 뭐랬냐? 석이 새끼가 뭐?"

"장.현.석. 애인이었다고 그랬는데요?"

내 말을 무참히 씹어버리는 야속한 사람들. 정말 고막이 찢어져서 내 목소리가 안 들리는 거라면 이렇게 무안하지는 않았을 텐데.

"그럼 난 뭐냐?"

"지훈 씨요? 글쎄요. 지민아, 너 지훈 씨랑 무슨 관계야? 사귄다는 거짓말은 하지 말아줄래? 니 입에서 딴 남자랑 사귄다는 소리 나오면 장현석 기분이 어떨 것 같아? ^—^"

사귄다는 거짓말? 양정희, 왜 나와서 이렇게 사람 염장 지르는 건데? 왜 자꾸 현석 오빠 이름 들먹이는 거냔 말이야!

"재수없다."

"뭐?"

"너 미치게 재수없다. 내가 누군지 알아, 어?"

"하! 그거 나한테 한 소리예요?"

"씨발!! 그럼 개새끼한테 지껄였겠냐!! 내가 누군지 아냐고, 어! 나 박지민 애인이거든? 개새끼 데리고 집에 안 들어가?!"

"꺄아아아아!! >_<"

결국 뚜껑이 열려 버린 총각이 난폭하게 정희에게 소리쳤다. 난 거칠게 돌변한 총각의 허리춤을 붙잡고 늘어지며 정희보다 정희가 안고 있는 치와와를 구하기 위해 필사적으로 총각을 말렸다. 총각의 기세에 쫄아 후다닥 집으로 뛰어들어 가 버린 정희. 세상 사는 법을 제대로 익힌 여자였다. 덤벼야 할 때, 도망가야 할 때를 알고 있는 정희. 그 모습만은 진정으로 본받고 싶다. 씩씩대며 우리 집 앞으로 저만치 앞서 걸어가는 총각. 사실 세 발자국 옆이 우리 집이었다.

애써 화를 삭혀가며 벨을 누르려던 총각은 고개를 틀어 등 뒤에 있는 날 무서운 눈초리로 노려봐 줬다.

"야!! 넌 과거가 중요해? 현재 천시형, 과거 중시형, 그거야?"

또 무슨 억지를 늘어놓으려고 저러는 건지 무섭기까지 하다. 정희 입에서 튀어나온 장현석이란 이름에 추욱 늘어져 버린 내 컨디션으로 총각의 억지를 받아들이기는 너무 벅차다.

"그런 게 어딨어? 지금 내가 지훈이 오빠를 좋아하면 그걸로 된 거 아냐? 아아아, 우리 엄마가 졸음이랑 전쟁을 치를 지도 몰라. 벨 세게 누르면 고장나니까 살살 눌러. 수리비 달라고 그럴지도 몰라."

"내 과거까지 다 갖고 싶댔으면 네 과거부터 머리 속에서 지워!!"

"방 안에 있던 키스 사진 찢어버리면 노력할게."

"씨, 그 사진은 집에 안 들어간 지 오래돼서……."

끼이익―

짤그락! 캉―

"아이고!! 어데서 개새끼가 짖는 거야, 뭐야!! 시끄러워서 살 수가 있나!! 이사를 가든지 해야지. 퉤퉤! 오호호호~ 정희 엄마, 아무것도 아니야. 개 밥그릇 던지면 잠잠해지니까. 뭐? 다이아가 어쨌다고?"

잡초가 무성하게 뒤엉켜 있는 쥐꼬리만한 우리 집 마당에는 누런 똥강아지 해피가 널브러져 엄마가 던진 밥그릇에 이리 채이고 저리 채이다 먼 산만 바라보며 하루하루를 보내고 있다. 아무래도 실어증에 걸려 버렸지 싶다. 개 밥그릇이 마당에 나뒹구는 소리와 엄마의

위협적인 목소리에 거만하던 총각은 자기가 내뱉으려 했던 말이 뭔지도 잊고 뻣뻣하게 굳어버렸다.

"벨, 내가 누를까?"

"그러니까 내 말은 석이 새끼 완전히 잊기 전에… 아씨, 그러니까 내가 하려던 말이 이게 아니라…….."

"우리 엄마 그렇게 무서운 사람만은 아냐. 벨 눌러, 어서."

쉬쉬이이익익—

초인종 앞에서 고개를 처박고 가까스로 벨을 누른 총각. 쇠붙이 비비는 느낌의 낡은 벨소리가 울려 퍼졌다. 뒤이어 들려오는 힘없는 가장의 목소리.

[누구쇼?]

"아, 그게… 야, 니가 말해!!"

총각은 거친 손길로 날 자기 앞으로 끌어당긴 뒤 초조하게 입술을 잘근잘근 깨물었다.

"아, 아빠! 나야, 나. 딸…….."

딸깍!

문을 열어주지는 못할망정 아무 말도 없이 툭 끊어버린 아빠. 출가외인은 가족도 아니란 말인가? 엄마도 아닌 아빠에게 외면당했다는 서글픈 현실을 아무렇지 않게 받아들이기에 내 마음은 너무도 작았다.

"딴 집 데리고 와서 지금 쇼하는 거지?"

"아니여. 여기 우리 집 맞단 말이야. 울먹."

"사기치……."

삐거덕—!!

소곤소곤—

"딸, 딸, 우리 딸! 아빠야, 아빠."

총각이 버럭 소리를 지르려던 찰나 대문이 열렸다. 바둑을 두시다 뛰쳐나왔는지 츄리닝 바지에 반팔 티를 입고 고개만 빠꼼히 내밀어 반갑게 말을 건네는 아빠.

"아빠!! 왜 끊어버린 건데? 문 열어줘."

"쉿! 지금 정희 엄마 와 있어. 엄마 혈압 올랐으니까 오늘은 그냥 돌아가는 게 좋겠어, 딸. 생일에 너 안 왔다고 죽여 버린다고 칼을 갈더라. 몸 사려. 근데 이 청년은 누구냐?"

대문 틈으로 고개만 빠꼼히 내밀어 총각을 위아래로 쓰윽 훑어보던 아빠는 지나치게 잘나 보이는 남자가 나와 같이 집을 방문했다는 사실을 몹시 부담스러워하는 눈치였다.

"서지훈입니다."

"아, 그, 그래요?"

짧은 목례와 짧은 답변. 총각과 아빠가 첫 대면한 지도 30여 분이 흘렀으리라. 너무도 절약적인 우리 집 거실. 한 치의 불필요한 평수도 허락치 않는다. 게다가 살림마저 부실하다. 인푸레자로 생일을 잊어버린 것을 살려달라고 무릎을 꿇은 내게 엄마는 웃으며 괜찮다고 말했다. 정희 엄마가 시퍼렇게 두 눈 뜨고 있었기에 가능했던 일이었다. 엄마는 정희 엄마에게 행여 들릴까 조심스레 이를 갈았다. 소파

가 자그마해서 앉을 자리가 없으니 바닥에 앉든지 나가든지라는 말로 총각의 인내심을 시험하던 엄마였다.

30분이 흘렀다. 잘하면 내일 당장이라도 결혼시킬 두려운 분위기다.

"으흠, 지민 엄마? 나 이따 자정에 파리~ 타임이 있어서."

"오호호호~ 조금 더 놀다가지. 아이고, 왜에? 우리 잘난 서 서방 얼굴 좀 더 보고 가지 그래, 응?"

오늘은 은색 스뎅 목걸이에 허연 다이아 반지, 눈부신 밤무대 의상을 몸에 두르고 누추한 우리 집에 행차해 주신 정희 어머니셨다.

정확히 25분 전.

"어머! 지민이, 애인이야? 호호~ 지민 엄마, 지민이가 착하긴 해도 공부는 좀 딸리잖아. 그래도 남자 후리는 재주가 용하네."

"오호호호호~ 그 싸.가.지.없는 정희보다 공부는 좀 못해도 착한 우리 딸이 낫지, 암. 그러니까 잘생긴 남자들도 줄줄이 따르는 거잖우. 오호호호~"

"어머, 우리 정희가 무슨 싸가지가 없다고 그래? 남자 인물만 보고 결혼했다가 인생 망친 여자들 여럿 봤어. 지.민.이. 엄.마. 호호~"

우리 아빠. 지금은 추레하기 그지없지만 그래도 젊었을 적엔 얼굴 하나로 꽤 날렸었다고 한다. 물론 뜬소문에 불과하다. 우리 엄마를 빗대어 말한 듯해 보이지만 난 절대 우리 엄마가 인생을 망쳤단 생각 따윈 해본 적 없는데 그 기준이 돈인가 보다. 돈 많은 집에 시집가 인생 성공하셔서 참 좋으시겠네요.

그리고 15분 전.

"그래서 돈 걱정은 안 하고 지민이를 데리고 살 자신 있습니다."

"호호~ 의대생? 요새 사람들 촌스러워서 의대 다닌다 하면 속물같이 무식하게 좋아하더라. 행색을 보니 좀 많이 논 것 같은데 이름 없는 대학 물 먹어서 그런가 봐, 응? 그럼 아버지는 직업이 뭔가?"

총각은 아주 잘 참아주었다. 마치 도 닦는 도인의 모습이었다. 간간이 미간이 꿈틀거리긴 했지만 눈웃음으로 꿈틀거리는 미간을 요령 있게 감추었다. 엄마와 난 어느새 두 손을 맞잡고 죽일 듯이 정희 엄마를 노려보고 있었고, 아빠는 바둑을 두며 살포시 두 주먹을 불끈 쥐고 계셨다. =__=

"그냥 저라는 인간 자체를 평가해 주셨으면 하는데요. 아버지 직업이랑 저란 인간이랑은 아무 상관이 없다고 봅니다."

"정희 엄마, 집에 가보지 그래? 나 잘 시간이 다 되어서… 오호호호~ 남의 사위 아빠가 뭐 하는지 알아서 뭐 하려고 그래? 호호~"

"어머, 아니… 뭐, 시골에서 소작농하나 궁금해서… 호호~"

엄마의 피를 고스란히 물려받은 정희. 돈 많이 벌어서 정희네가 없는 해외로 이민을 가버리자는 말로 무능력한 아빠를 꼬드기는 엄마의 심정을 나도 알 것 같아.

"작은 병원을 운영하고 계십니다. 정희 어머님, 외람된 말씀입니다만 목걸이가 좀 부담스럽네요. 반지랑 특히 그 옷이."

"뭐, 뭐야? 이거 디자이너들이 일일이 수공으로 만든 것들인데 자네가 볼 줄이나 알아? 이게 얼마짜린 줄이나 알아?"

"시장에서 떨이로 산 거 아니었어요?"

"뭐, 뭐야!! -O-"

"세상에… 우리 서 서방 눈썰미 좀 봐. 오호호~ 정희 엄마, 좀 부담스럽긴 해. 비싸다고 다가 아니지이!"

이렇게 총각은 우리 엄마에게 두터운 신임을 얻었다. 총각에게 크게 당한 정희 엄마는 파리 타임이 임박했다며 씩씩대며 쌩 하니 우리 집을 빠져나가 버렸다. 그날 밤, 우리 집에서는 승리를 자축하자는 엄마의 성화에 닭 모가지가 비틀어지는 잔인한 소리가 우렁차게 울려 퍼졌다.

꼬끼오오—!!


"서 서방, 더 놀다 가지 그래? 응?"

"하! 어머니 지민이, 내 꺼다… 그치?"

알코올이 식도를 타고 온몸에 퍼져 버린 총각은 생사를 구분하지 못했다. 제정신일 때도 제대로 구분하지 못하던 반말, 높임말도 턱턱 내뱉어댄다. ㅠ_ㅠ

"아이고, 늬 집 자식인지 참말로 잘생겼네."

"나 잘생겼죠, 어? 그러니까 지민이 내 꺼 해도 되죠?"

"오호호~ 지민이 년 말고 날 갖지 않으련?"

"지민이 엄마, 옥상에 빨래 걷어야지."

"쓥, 이 사람이!! 우리 집에 옥상이 어딨어요!!"

너무 어리둥절한 이 상황에 쉽게 적응하지 못한 아빠와 난 현관

구석에서 걱정스런 눈길로 총각과 엄마를 안타깝게 바라볼 뿐이었다.

　엄마 아빠의, 아니, 정확히 말하자면 엄마의 지나치게 극진한 호의를 받으며 대문 앞까지 비틀거리며 걸어나온 총각. 그 옆에 떨거지처럼 자리를 지키고 있던 나.

　"빨간 내복 잘 입을게, 서 서방. 오호호~ 또 놀러와, 서 서방."

　들렸다. 들리고도 남았다. 엄마의 고함 소리는 정희 집에 들리고도 남을 만큼 고의성이 짙었다. 이윽고 정희 집에서 들려오는 살림 깨지는 소리. =__=

　왈왈!!

　그날 밤 해피는 짖었다. 실어증에 걸린 줄 알았던 해피가 엄마의 가식적인 쓰다듬음과 밥그릇에 퍼준 닭 가슴살에 발광하는가 싶더니 자리를 박차고 일어나 우렁차게 짖었다. 아마도 애정 결핍과 영양실조에 걸렸었나 보다.


　내 목을 끌어당겨 가슴팍에 묻은 뒤, 비틀대며 원룸을 향해 걸어가는 총각의 옷에선 여전히 좋은 냄새가 났다.

　쿵쿵―

　간만에 기분 좋게 하루를 마감하나 싶었더니,

　"후우! 서지훈, 잘생겼다라고 20번 말해!!"

　"잘생겼어. 잘생겼어. 울먹. 잘생겼어. 이제 그만 해. 벌써 네 번째……."

"하! 반항? 10번 추가. 입술을 내준다면 10번 삭감해 줄게. 크큭!"
그날 밤 달을 바라보며 서지훈, 잘생겼다를 100번 이상 외쳐 댄 내 목은 완전히 가버렸다. =__=

3권에 계속…

### 화제 만발! 시선 집중!
### N세대 연애 소설!

연인 N세대 연애 소설

# 『세상에서 제일 싫어! 1~2』

남자보다 더 남자 같은 여자 아이 개구쟁이 골목대장 **은세별**.
여자보다 더 예쁘고 내성적인 남자 아이 세별에게 괴롭힘을 당하는 **강은빈**.
10년 후, 그들이 다시 만났다!!
"난 옛날의 내가 아니야!! 강은빈 너 너무 많이 변했어.
이렇게 불량스럽게… 너!!"
"과거에 네가 나한테 했던 짓을 생각해 봐.
설마 과거를 잊은 건 아니겠지?"
내성적인 성격이 되어버린 세별과 불량 학생이 되어버린 은빈의
**좌충우돌 사랑 이야기!!**

● 연인 지음

---

도서출판 **청어람**  E-mail : eoram99@chol.com
부천시 원미구 심곡1동 350-1 남성빌딩 3층 우420-011  ☎ 032-656-4452  FAX 032-656-4453

## 세간의 화제 속에 베스트 셀러에까지 오른 N세대 연애 소설!

한유머 N세대 연애 소설

# 『눈부처』

맑고 투명한 그녀 잔디.
그리고 그런 그녀 앞에 배다른 동생으로 인연을 맺고 나타난 이환.
어느 순간부터 서로의 눈빛을 마주하고픈 설레임이 찾아든다.
힘들고 시린 사랑을 하던 그들에게 서서히 다가오는 이별.

"나 여기 있어. 아무 데도 안 가, 언제까지나 네 옆에 있을 테니까,
그러니까 잔디야, 불안해하지마."
미칠 것 같아… 어쩌지? 너 없으면 이미 이렇게 아파지는 나인데…….

오랜 시간 서로만 바라보는 것만으로 웃음 지을 수 있던 잔디와 환.
사랑하기에 그토록 깊은 눈동자로 마주할 수 있던 그들.
힘겹지만 시리도록 아름다운 그들만의 사랑이야기.
눈부처!!

 한유머 지음

---

도서출판 **청어람**  E-mail : eoram99@chol.com
부천시 원미구 심곡1동 350-1 남성빌딩 3층 우420-011  ☎ 032-656-4452  FAX 032-656-4453